# FANATICISM HUNTER
## 광신사냥꾼

류승현 판타지 장편 소설

FANTASY FRONTIER SPIRIT

# 광신사냥꾼 4

## 류승현 판타지 장편 소설

초판 1쇄 찍은 날 § 2014년 8월 5일
초판 1쇄 펴낸 날 § 2014년 8월 12일

지은이 § 류승현
펴낸이 § 서경석

편집부장 § 권태완
편집책임 § 박은정

펴낸곳 § 도서출판 청어람
등록번호 § 제387-1999-000006호
등록일자 § 1999. 5. 31
어람번호 § 제1-1912호

주소 § 경기도 부천시 원미구 부일로 483번길 40 서경B/D 3F (우) 420-822
전화 § 032-656-4452   팩스 § 032-656-4453
http://www.chungeoram.com
E-mail § chungeorambook@daum.net

ISBN 979-11-316-9149-6 04810
ISBN 979-11-316-9067-3 (세트)

# FANATICISM HUNTER

# 광신사냥꾼

### 류승현 판타지 장편 소설

FANTASY FRONTIER SPIRIT

# 4

도서출판 청어람

# CONTENTS

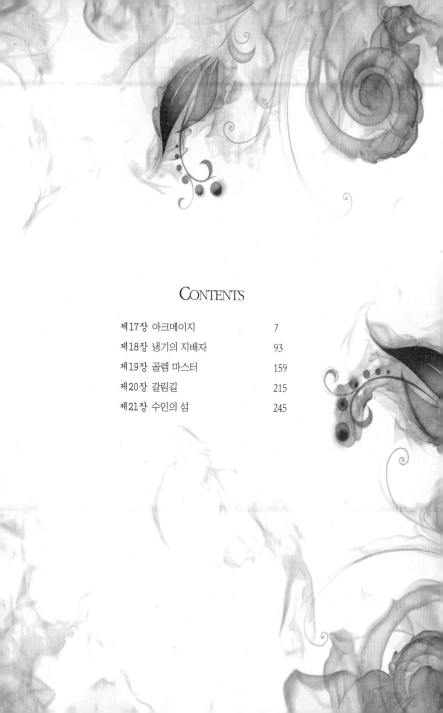

# 17장

아크메이지

최후의 세대의 연구실 구조는 복잡했다. 우선 사막 바로 밑에 있는 통로는 외부의 적을 감지하고 막아내는 저지선이었다. 부식이 심한 벽돌로 되어 있어 금방이라도 무너질 것처럼 보였지만, 실제로는 안에서 전투를 벌여도 쉽게 파괴되지 않도록 벽돌 안쪽이 강력한 내구성의 금속 프레임으로 되어 있었다.

통로와 연결된 몇 개의 승강기를 타고 아래로 내려가면 연구실의 메인이라 할 수 있는 육성구역이 모습을 드러낸다. 이곳은 천장까지의 높이가 20미터인 거대한 공간으로, 각종 신수나 실험체를 육성하는 크고 작은 실험관 200여 개가 설치

되어 있었다.

다만 이곳에 있는 실험관 중에 실제로 작동되고 있는 것은 10퍼센트에도 미치지 않았다. 천 년이라는 시간이 기계를 고장 내기도 했지만, 가장 큰 이유는 연구실에서 활동하는 연구원의 숫자가 20명이 채 되지 않는다는 것이었다.

육성구역에서 또다시 아래로 내려가면 주거구역이 나온다. 이곳은 연구원의 개인적인 생활이 이뤄지는 장소로, 하나의 거대한 공간인 육성구역과는 달리 세부적인 통로로 나눠져 얼핏 보면 복잡한 미로처럼 느껴질 정도이다.

이곳에는 각자의 방을 제외하고도 회의실, 식당, 오락실 등 다양한 장소가 마련되어 있었다. 그러나 실제로 활동하는 연구원 중에 이곳을 이용하는 사람은 거의 없었다. 대부분의 시간을 육성구역에서 연구에 몰두하거나, 아니면 더 깊숙한 지하에 위치한 '케인의 방'에서 계산이나 자료 분석에 시간을 보내기 때문이다.

주거구역보다 더 아래로 내려가면 입력된 모든 정보를 처리할 수 있는 거대한 성법기 케인의 방이 자리 잡고 있다. 케인의 실제적인 크기는 매직 아카데미에 있는 도서관을 능가하는 것으로, 이 성법기가 뿜어내는 열기를 식히기 위해 케인이 있는 방은 언제나 낮은 온도를 유지하고 있는 것이 특징이다.

그리고 지금 제온이 있는 곳이 바로 케인의 방에 있는 작은 테이블이었다.

"오랜만에 왔는데 여긴 여전히 춥네. 옷을 두껍게 입고 오길 잘했어."

샤리는 몇 명의 연구원이 붙잡고 있는 케인을 바라보며 말했다. 마주 보고 앉은 제온은 복잡한 심정으로 한숨을 내쉬었다.

"…밝혀지지 않았다면 평생 숨길 생각이었어?"

"딱히 숨기려고 했던 건 아니야."

샤리는 언제나처럼 활기찬 표정으로 어깨를 으쓱였다.

"일부러 말할 필요를 못 느낀 거지. '사실 제온, 난 너를 만든 그 사악한 연구원들과 깊은 관련이 있었어. 미안해. 내가 대신해서 사과할게', 그렇게 말해줬으면 네 기분이 좀 좋아졌겠어?"

"그게 기분 문제로 끝날 일이야?"

"당연하지. 세상의 모든 일은 그걸 겪는 사람의 기분에 달려 있으니까."

샤리는 그렇게 말하며 자신의 무릎 위에 앉은 마이를 꼭 껴안았다. 어쩌다 붙잡힌 마이는 빠져나가려고 가볍게 몸부림을 치다가 이내 축 늘어지며 말했다.

"샤리, 마이는 샤리가 왜 껴안고 안 놔주는지 모르겠어."

"왜긴 왜겠어?"

샤리는 뒤에서부터 고개를 쑥 내밀어 마이의 얼굴에 자신의 볼을 비볐다.

"당연히 네가 귀여우니까 그렇지. 아유, 이 살 보드라운 것 좀 봐."

"마이는 잘 모르겠어. 하지만 샤리는 제온의 친구니까 가만히 있을게."

억지로 참는다는 말투였지만, 실제로는 그다지 싫지 않은 듯한 모습이다. 샤리는 한쪽 손을 풀어 마이의 머리를 쓰다듬으며 말했다.

"처음엔 머리카락도 그냥 하얀색인 줄 알았는데 자세히 보니까 화이트 블론드에 더 가까워. 생각보다 머리숱이 많아서 관리를 좀 해줘야겠다. 언니가 좀 빗겨줄까?"

"아, 최근엔 내가 자주 빗겨줬어."

그러자 옆에 앉아 있던 마그나스가 찻잔을 내려놓으며 말했다. 샤리는 기특하다는 얼굴로 마그나스를 보며 고개를 끄덕였다.

"너 뭘 좀 아는구나? 요새 여장하고 다닌다더니 머릿결 좀 관리할 줄 아나 보네?"

"아아, 사실 내가 한 관리 하지."

"그런 것치고는 상태가 안 좋아 보이는데?"

샤리는 여장을 푼 마그나스의 모습을 위아래로 훑어보았다. 마그나스는 길게 내려온 앞머리를 뒤로 쓸어 넘기며 고개를 끄덕였다.

"사실이야. 요즘 하도 밖으로만 돌아다니는 바람에 관리를 못했어."

"머릿결과 피부는 항상 관리해야 해. 아무튼 예전부터 넌 좀 그런 조짐이 보이긴 했어."

"조짐? 무슨 조짐?"

"자아도취 조짐 말이야. 여자애들을 그렇게 많이 울리고 다니면서도 정작 진심으로 사귄 사람은 없잖아, 아카데미 사상 최악의 바람둥이 마그나스 씨?"

"오는 사람 막지 않고 가는 사람 잡지 않았을 뿐이야."

"너 때문에 아카데미가 안 좋은 쪽으로 소문이 나서 신입생 중에 여성의 비율이 팍 줄은 건 알기나 해?"

"정말이야? 그거 대단히 유감인데?"

"유감은 네가 아니라 학장인 내가 유감이지. 아무튼 지금은 그러고 다니는 거 보니까 안심이네. 한때는 아카데미의 객원교수로 초빙하려고 한 적이 있었는데……."

"…잠깐만."

순간 제온이 손을 들며 두 사람의 대화를 끊었다.

"그런 이야기라면 나중에 실컷 하고, 지금은 일단 본론으로 돌아오자."

"본론? 내가 이 연구실과 관련이 있었다는 이야기 말이야?"

"그거 말고, 아까 밖에서 큰일이 벌어졌다고 했잖아. 대체 무슨 일이 생겨서 네가 여기까지 직접 찾아온 거지?"

제온은 심각한 표정으로 물었다. 샤리는 다시 양팔로 마이의 몸을 끌어안으며 대답했다.

"그럼 그 문제는 대충 넘어간 거지? 내가 숨겼다고 화내지 않을 거지?"

"이제 와서 무슨, 상관없으니까 대체 무슨 일인지나 말해."

"다행이다. 사실 난 겁이 나서 인질까지 잡고 있는 거거든."

"인질?"

그러자 마이가 고개를 돌려 샤리의 얼굴을 올려다보며 물었다.

"마이는 샤리의 인질이었어?"

"맞아, 요 귀여운 꼬마 아가씨. 후후, 저 무서운 아저씨가 폭발할 걸 대비해서 꼭 끌어안고 있던 거야. 그러니까 빠져나가면 안 돼. 알았지?"

샤리는 마이의 이마에 살짝 입을 맞췄다. 그리고는 장난스런 표정을 풀고 제온을 바라보았다.

"지금 페슈마르 왕국에 큰일이 났어."

"페슈마르? 네프카를 말하는 거야?"

마그나스가 먼저 반응하자 샤리는 고개를 끄덕이며 말했다.

"추기경 다리우스가 성법기를 미끼로 네프카를 함정에 빠뜨렸어. 태양의 망토에 관해서는 들어본 적 있지?"

"…냉기로부터 몸을 보호한다는 성법기 말이지?"

제온이 대답했다. 샤리는 심각한 표정으로 말을 이었다.

"태양의 망토를 얻으려다가 함정에 빠져서 온몸에 화상을 입었어. 플레임(Flame)으로 통하는 남자가 화상이라니 아이러니하긴 하지만, 아무튼 네프카는 심하게 다쳤고, 거기에 교황시해범이라는 누명까지 얻어 쓴 상태야."

"교황시해범? 그랜트 3세가 죽었어?"

"확실히 죽었어. 장례식까지 치른 모양이니까. 아무튼 네프카가 그런 짓을 할 인간이 아니라는 건 너도 알고 나도 알고 우리 모두가 알고 있지. 이 세상에서 경솔한 짓을 하지 않을 인간을 순위로 꼽자면 1위는 맡아놓은 녀석이잖아?"

"당연하지. 자기 몸으로 페슈마르를 짊어지고 있는데."

그것은 일국의 국왕에 대한 비유적인 표현이 아니었다. 네프카는 말 그대로 국가의 명운을 자신의 육체로 지탱하고 있는 것이다.

샤리는 한숨을 내쉬며 고개를 저었다.

"문제는 타로스 왕국과 알타 왕국이 그렇게 생각하지 않는다는 거야."

"군대를 일으켰나?"

"일으켰어. 아마 곧 전쟁이 터질 것 같아."

"말도 안 돼! 페슈마르 왕국은 이제 곧 축제란 말이야!"

마그나스가 눈을 부릅뜨고 소리쳤다. 제온은 '축제'라는 용어의 의미를 몰랐지만, 분위기상 그것이 매년 벌어지는 아이스 피닉스와의 대결을 뜻하는 것을 즉시 눈치챌 수 있었다.

제온은 눈살을 찌푸리며 샤리를 보며 물었다.

"…네프카는 언제 레기스크 화산에 들어가지?"

"이제 엿새쯤 남았어. 그래서 내가 직접 여기까지 온 거야. 네프카가 직접 부탁했어."

샤리는 그렇게 말하고는 입을 다물었다. 짧지만 무거운 침묵이 흘렀다. 그것을 깬 것은 그녀의 무릎에 앉아 있는 마이였다.

"페슈마르 왕국의 초대 국왕인 디제는 신수 파이파와 계약을 맺었어. 파이파가 레기스크 화산의 폭발을 막아주는 대신 일 년에 한 번씩 자신과 싸울 인간을 보내라고 말이야. 그래서 페슈마르 왕국의 국왕은 파이파와 싸워서 이길 수 있는 자만이 될 수 있어."

"그렇게 수백 년이 이어졌지. 그리고 지금 국왕이 네프카이고."

샤리가 고개를 끄덕이며 마이의 머리를 쓰다듬었다. 제온은 시선을 테이블로 떨어뜨리며 한동안 말을 잇지 못했다.

"어떻게 할 거야? 아무래도 한시가 급한 것 같은데."

마그나스가 물었다. 제온은 테이블에 시선을 고정한 채 한참 만에 입을 열었다.

"…네프카에겐 큰 빚을 졌어. 물론 너희 모두도 마찬가지지만. 어쨌든 그 네프카의 부탁이야. 절대로 약한 소리 하는 녀석이 아니니까 상황이 정말로 심각하다는 거지."

"확실히 심각해. 전쟁이야 병사들이 해줄 수 있지만 파이파를 상대하는 건 대책이 없어."

"하지만 내가 파이파를 상대하게 되면 신수교단이 절대로 가만있지 않을 텐데……. 아니, 어차피 신수교단이 먼저 네프카를 함정에 빠뜨렸으니 이제 와서는 상관없는 일이겠군. 한데 다리우스는 어째서 그런 짓을 한 거지?"

제온은 부릅뜬 눈으로 테이블을 노려보며 물었다. 샤리는 마음속으로 저 눈을 마주 보면 오금이 저릴 것 같다는 생각을 하며 대답했다.

"그게 말이지, 대충 이야기를 듣긴 했는데 도무지 이해할 수 없는 말이었어. 다리우스의 목적은 초신수가 되는 거래."

"뭐?"

제온과 마그나스가 동시에 소리쳤다. 샤리는 영문을 모르겠다는 표정으로 어깨를 으쓱였다.

"나도 네프카한테 자세히는 못 들었어. 사람이 많이 죽게 되는 원인이 되면 초신수가 될 수 있다나 뭐래나?"

"무슨 그런 말도 안 되는……."

제온은 고개를 저으며 말끝을 흐렸다. 문제는 그게 말이 되는지가 아니라, 다리우스 본인이 그것을 진심으로 믿고 있다는 것이다.

샤리는 불안한 표정으로 한숨을 내쉬며 말했다.

"아무튼 자세한 이야기는 직접 가서 네프카한테 들어. 어차피 이 세상에 파이파를 상대로 이길 수 있는 인간은 너 아니면 네프카뿐이야. 설마 도와주지 않을 생각은 아니겠지?"

"…네프카와는 약속한 게 있어."

"약속?"

제온은 고개를 끄덕이며 말했다.

"만약에 짐이 너무 무거워질 때가 오면… 내가 대신 상대해 주기로 말이야. 그리고 지금이 바로 그때인 것 같네."

제온은 의자에서 몸을 일으켰다. 지금 당장은 아프레온에게 복수하는 것보다 이것이 더 큰 문제였다. 그는 도움을 원하는 친구들을 저버릴 생각이 없었다. 그 어떤 일이 있다 해도.


"위까지만 같이 올라가지."

데카는 제온과 마그나스가 탄 승강기에 올라타며 말했다. 제온은 무심한 듯 망토의 깃을 여미며 대꾸했다.

"그러고 보니 테스트 결과를 알려주지 않았군. 반지의 조정은 성공이야. 바실리스크 정도는 그냥 관통했어. 자세한 이야기는 페슈마르 왕국에 다녀와서 하도록 하지."

"아, 그 이야기를 하려고 했던 건 아니네만."

데커는 제온의 왼손 중지에 끼워진 검은 반지를 바라보며 말을 이었다.

"아무튼 말이 나온 김에 라시드의 반지에 대해 말하자면… 그 이후로 케인을 통해 데이터를 분석했다네. 자네라면 좀 더 다른 방법으로 활용할 수도 있을 것 같아서 말이야."

"무슨 소리지?"

"자네는 강력한 마력을 가지고 있기 때문에……."

데커는 라시드의 반지의 새로운 활용법에 대해 설명했다. 제온은 흥미로운 표정으로 반지를 들어 올리며 말했다.

"정말 그런 식으로 쓸 수 있는 건가?"

"물론 외피가 단단한 신수라든가 강력한 역장을 만드는 마법사에게는 안 통할 테지. 하지만 자네의 적은 그런 것만 있는 게 아니지 않나?"

"그렇지. 다만 지금 싸우러 가는 적은 A급 신수인 파이파지만."

"샤리에게 들었네. 아무튼 도움이 될 거라고 생각하네."

제온은 입을 다물고 고개를 끄덕였다. 데커는 그런 제온의 눈치를 잠시 살피다 말을 돌렸다.

"파이파라면 초신수와 싸우기 전에 좋은 훈련이 될 테지. 걱정하진 않겠네. 그런데 자네가 마이를 여기 두고 가서 하는 말인데……."

"그게 어쨌다고?"

제온은 순간 눈빛을 바꾸며 데커를 노려보았다.

"혹시 내가 없다고 마이에게 이상한 실험을 할 생각이라면……."

"아니! 아니야. 그럴 리가 있겠나?"

데커는 급히 부정하며 말했다.

"더 이상 그 아이를 가지고 뭔가 해볼 생각은 없네. 자네라는 최종병기를 확보했는데 그럴 이유도 없지. 거기에 샤리에게 그 아이를 맡겼는데 내가 강제로 어쩔 수 있을 것 같나?"

"샤리를 못 믿는 건 아니지만… 아무튼 그 녀석도 여기 출신이니까."

"걱정 말게. 샤리는 날 별로 좋아하지 않아. 오히려 클론 프로젝트를 이어나가는 내게 큰 혐오감을 가지고 있지."

"…그러면?"

"세타에 관한 문제라네."

"세타? 그 아이들이 마이랑 무슨 상관이지?"

제온은 실험관 속에 들어 있는 네 명의 뱀파이어 아이를 떠올렸다. 데커는 조심스런 표정으로 잠시 주저하다 말했다.

"그러니까… 난 자네의 부탁으로 그 아이들의 정신적인 문제를 해결하고 있는 중이네."

"세뇌를 푸는 것 말이지? 그리고 부탁이 아니라 계약이다. 내가 초신수를 모두 죽이는 것에 대한 대가이지 않나?"

"아, 물론이네. 계약은 신성한 것이지. 그런데 그게 대단히 복잡하고 힘든 작업이라는 걸 이해해 줬으면 좋겠군."

"내가 이해하지 않는다고 결과가 달라지나?"

"그런 건 아니네만… 아무튼 세타에게 지금까지 심어놓은 초신수에 대한 증오와 분노를 대체하기 위한 무언가가 필요하네. 보다 인간적인 무언가가 말이지. 그래서 마이를 치료 과정에 넣으면 어떨까 생각하고 있네만."

"…좀 더 자세한 이야기를 들어야 할 것 같은데?"

"그렇게 복잡한 이야기는 아니네. 말하자면 마이를 세타의 '가족'으로 인식시키는 거지."

"가족?"

"같은 클론이라는 입장을 생각하면 아주 틀린 말은 아니네만. 아, 그렇다고 자네까지 그렇게 생각하는 건 물론 아니고……."

데커는 자신이 말실수를 했다고 생각했는지 당황한 표정으로 말끝을 흐렸다. 제온은 지긋지긋하다는 얼굴로 한숨을 내쉬었다.

"상관없으니까 치료 과정에 대해서나 설명해."

"아, 알겠네. 나 세타를 인간적인 면을 완전히 제거하, 막하자면 초신수를 죽이기 위해 만들어진 로봇으로 완성시킬 계획이었지. 아, 전에도 말한 것 같지만 로봇이란 정해진 프로그램을 통해 움직이는 기계로 된 자동인형이라고 생각하면 될 거야. 이들은 프로그램을 바꾸는 것만으로 제작자의 의도를 실행할 수 있는……."

제온은 순간 데커의 어깨에 손을 얹으며 힘을 주었다.

"치료 과정."

"아, 그렇지. 치료 과정 말이지. 아무튼 그런 세타의 정신적 세뇌를 풀기 위해서 마이를 그 아이들의 가족으로 설정해 인간적인 감정을 심을 계획이네. 정확히는 누나로 설정할 셈이지."

"누나……."

"마침 마이도 그 아이들에게 흥미가 있는 모양이네. 자네와 함께 있을 때가 아니라면 계속해서 그 아이들의 실험관에 붙어 있으니 말이지. 그래서 떠나기 전에 자네에게 허락을 받고 싶네. 마이를 세타의 치료 과정에 참여시켜도 괜찮겠나?"

"……."

제온은 승강기의 벽으로 시선을 돌리며 생각했다. 벽은 마치 아래로 내려가는 것처럼 보였지만, 실제로는 승강기에 탄자신이 위로 올라가는 것이었다.

모든 것은 상대적인 것이다.

물론 조금이라도 마이를 위험에 빠뜨리는 짓은 하고 싶지 않았다. 하지만 마이가 세타를 인간적으로 돌려놓는 치료 과정에 참여한다면 반대로 마이 역시 그 과정을 통해 보다 인간적인 감정을 느끼고 배울 수 있을 것이다.

"난 괜찮은 이야기 같은데?"

순간 마그나스가 침묵을 깨며 말했다.

"형제가 생긴다는 건 좋은 일이야. 아무리 그게 인위적이라 해도 말이지. 인격 형성과 발달에 큰 도움이 돼."

"옳은 말이네. 아무래도 여장을 풀더니 정신도 정상으로 돌아온 모양이군."

데커가 감탄한 얼굴로 마그나스를 바라보았다. 물론 마그나스는 사납게 웃으며 데커를 노려보았다.

"난 원래부터 정상이었다고, 이 꽉 막힌 고대인 아저씨야."

"…마이에게 위험할 일은 없나?"

제온이 물었다. 데커는 즉시 고개를 끄덕이며 대답했다.

"없네. 확답할 수 있지. 정신적으로도 육체적으로도 그 아이에게 해가 가지 않도록 모든 과정을 신중하게 진행하겠다고 맹세하겠네."

그때 승강기가 멈추며 사막 밑의 통로에 도착했다. 제온은 소리 없이 한숨을 내쉰 다음 대답했다.

"그렇다면 좋아."

"감사하네. 다시 한 번 말하지만 마이에게 해가 될 일은 없을 거야."

"반드시 그래야 해. 만약 내가 돌아왔을 때 그 아이에게 무슨 일이 생겼다면……."

제온은 말을 잇지 않고 앞으로 걸어 나갔다. 때로는 침묵이 가장 효과적인 경고가 될 수 있었다. 그것은 제온의 뒷모습을 바라보는 데커의 긴장한 얼굴만 봐도 알 수 있었다.


"이것들이 좀 봐줬더니 누굴 호구로 알고 있나."

이그니스는 일그러진 얼굴로 동쪽 벌판을 노려보았다. 그가 라시크 요새를 포기하고 에슈빌로 퇴각한 지 사흘 만에 적의 군대가 다시 움직이기 시작한 것이다.

"앞으로 약 한 시간 후면 적이 사거리에 들어옵니다. 사령관님, 궁수와 마법부대를 전면에 배치할까요?"

정식으로 부관을 맡은 것은 아니지만, 거의 비슷한 일을 하고 있는 부하 마법사가 조심스러운 표정으로 물었다. 마법사가 전쟁의 주역이 된 유리언 대륙에서 다수의 마법사 부대를 보유한 왕국은 미리 원거리에서 마법 포격을 가함으로써 전투에서 유리한 고지를 차지할 수 있었다.

하지만 이그니스는 쉽게 결정하지 않았다. 그가 생각하는 것은 그 이상의 전투였다. 단지 마법사가 많은 게 아닌, '강력한' 마법사를 많이 보유하고 있는 진형은 보다 적극적인 전술을 선택할 수 있었다.

이그니스는 멀리 일어나는 흙먼지를 한참 동안 노려보다 물었다.

"적의 숫자는?"

"약 3만입니다."

물론 애초부터 알고 있는 사실이다. 이그니스는 눈살을 찌푸리며 중얼거리듯 말했다.

"그리고 우리는 1만이지. 적은 숫자만 믿고 돌진해 오는 멍청한 놈들이지만 원래 인간은 멍청할수록 무모한 법이니까. 그 무모함에 잘못 말려들면 이쪽도 큰 피해를 입을 수밖에 없는데……."

"사령관님?"

"가능하면 이쪽의 기습으로 시작하고 싶은데… 역시 나 혼자서라도 해야 하나? 루펜!"

이그니스는 순간 부하의 이름을 외쳤다. 루펜은 순간 자세를 바로잡으며 대답했다.

"네, 사령관님!"

"왕궁에 요청한 것은 어떻게 되었지?"

"아직입니다! 여섯 시간 전에 도착한 전문이 전부입니다!"

이그니스의 요청은 자신이 포진하고 있는 에슈빌로 샐러맨더 킬러 다섯 명을 보내달라는 것이었다. 물론 자신이 속한 1번 부대는 당연히 무리일 것이다. 그래도 일단 샐러맨더 킬러의 이름을 달고 있는 녀석이라면 자신을 도와 적진을 기습하는 데 도움이 될 거라고 생각했다

그리고 여섯 시간 전인 아침에 도착한 전문의 내용은 지극히 간단했다.

기다려라.

더도 덜도 없이 딱 한 단어뿐이었다. 그러나 이그니스는 그 전문을 쓴 사람이 국왕인 네프카라는 사실을 확신했다. 비록 약간 흔들리긴 했지만, 전에 받은 국왕의 친서와 글씨체가 똑같았기 때문이다.

"사령관님, 설마… 전격전(電擊戰)을 하실 생각이십니까?"

루펜이 불안한 얼굴로 물었다. 전격전이란 일반적인 마법사를 능가하는, 그야말로 강력한 마력을 가진 마법사가 적의 대군에 뛰어들어 단신으로 적진을 휘저어 큰 피해를 입히는 전투를 의미한다.

그것을 위해 필요한 것은 다수의 적에게 피해를 줄 수 있는 광역 마법, 빠르게 적진의 상공을 습격할 수 있는 비행 마법, 그리고 쏟아지는 적의 화살이나 마법을 막아낼 수 있는 강력한 역장이다.

물론 이그니스는 그 세 가지를 모두 갖춘 마법사였다. 그의 실력은 하이 위저드 등급의 마법사 중에서도 상급이었고, 이미 3차 마도대전에 참전해서 마족의 대군을 상대로 같은 작전을 수차례나 완수한 경험이 있다.

하지만 그럼에도 불구하고 혼자서 전격전을 치르는 것은 위험했다. 아무리 하이 위저드라 해도 3만의 적을 상대로 전격전을 제대로 전개하려면 최소한 미들 위저드 등급의 마도사, 그중에서 전투 경험이 있는 마법사 열 명은 필요했다.

'지금 우리 군에 그 정도 되는 녀석은 별로 없어. 폐하께서도 내가 전격전을 원하는 걸 알고 계실 텐데 왜 지원군을 보내주시지 않는 거지? 그만큼 날 믿고 계신 건가? 하지만 그게 아니라면……'

불안감과 함께 오만가지 잡생각이 이그니스의 마음속을 휘몰아쳤다. 그러나 이젠 더는 고민할 시간도, 기다릴 시간도 없었다. 남은 것은 샐러맨더 킬러에서 최강임을 자부하는 자신이 전력을 다해 적의 사기를 꺾어버리는 것뿐이었다.

결심을 굳힌 이그니스는 천천히 공중으로 떠오르며 말했다.

"루펜, 난 먼저 가서 적의 전열을 박살 내겠다."

"사령관님, 아무리 사령관님이라 해도 너무 무모합니다!"

"나도 알아."

이그니스는 순순히 동의하며 말했다.

"하지만 전격전으로 끝장낼 생각은 없어. 넌 즉시 명령을 전달해서 군대를 진격시켜라. 적이 혼란을 일으킴과 동시에 돌격한다면 큰 피해를 입힐 수 있겠지."

"사령관님……"

"무엇보다 저 더러운 타로스의 종자들에게 내가 직접 쓴맛을 보여주지 않으면 속이 안 풀리겠어. 뒤는 맡긴다. 페슈마르의 미친개를 건드리면 어떻게 되는지 똑똑히 보여줄 테니… 응?"

이그니스는 깜짝 놀라며 하늘을 올려다보았다. 그곳에는 세 명의 남자가 레비테이션 마법으로 천천히 지면을 향해 내려오고 있었다.

"설마!"

이그니스는 부릅뜬 눈으로 남자들을 바라보았다. 정확히는 샐러맨더 킬러의 전투복을 입고 있는 두 명의 남자에게 부축받고 있는 한 명의 남자였다.

"폐하!"

이그니스는 순간적으로 공중으로 솟아올랐다. 샐러맨더 킬러에게 부축받고 있는 것은 다름 아닌 폐슈마르 왕국의 국왕인 네프카였다.

"폐하! 그런 몸으로 어찌 여기까지!"

"이그니스, 수고가 많다."

네프카가 지면에 내려오자 주변에 있는 모든 병사가 부복했다. 네프카는 여전히 자신을 부축하고 있는 두 명의 샐러맨더 킬러를 떨어지게 한 후 한쪽 무릎을 꿇고 있는 이그니스에게 다가갔다.

"일어나라, 이그니스. 보아하니 혼자서라도 적진에 뛰어들 기세던데, 다행히 내가 늦지 않은 것 같군."

"폐하……."

몸을 일으킨 이그니스는 불경이라는 것을 알면서도 네프카의 몸을 위아래로 훑어보았다. 얼굴은 비교적 멀쩡해 보였지만, 목부터 둘둘 감겨 있는 붕대는 희미한 붉은색으로 물들어 있는 상태였다.

붕대 안쪽이 어떤 상태일지는 상상조차 하기 두려웠다. 이그니스는 마른침을 삼키며 말했다.

"설마… 싸우러 오신 것입니까?"

"왜 아니겠나? 적들에게 페슈마르를 공격했다는 게 어떤 의미인지 알려주러 왔다."

"그러나 그런 몸으로……."

"부상은 많이 회복됐으니 걱정 마라."

네프카는 고개를 저으며 말했다.

"신수 파이파라면 모를까, 상대는 변변찮은 마법사도 없는 타로스 왕국이다. 그들은 결코 내 몸에 손가락 하나 댈 수 없다."

"그러나 폐하, 말씀하신 것처럼 축제가 얼마 남지 않았습니다. 타로스 왕국과 싸우는 건 누구나 할 수 있지만 파이파와 자웅을 겨루실 수 있는 건 오직 폐하뿐이십니다. 대체가 불가능하다는 걸 아시지 않습니까?"

"보통은 그렇지만, 이번에는 예외적으로 한 명 구했다."

네프카는 담담하게 말했다. 의아한 얼굴로 국왕을 바라보던 이그니스는 순간 눈을 크게 뜨며 말했다.

"폐하? 설마 그분을 말씀하시는 겁니까?"

"그래, 아마도 그대가 생각하는 사람이 맞을 거다."

네프카는 희미하게 웃었다. 이 세상에 폐슈마르 왕국의 국왕과 쌍벽을 이룰 마법사는 오직 한 명뿐이다. 이그니스는 놀란 표정을 숨기지 못한 채 잠시 머뭇거렸다.

"그러나 그분은……."

"나의 친구다."

네프카는 딱 잘라 말했다.

"그대가 걱정할 것은 아무것도 없다. 연락이 제대로 닿았다면 분명 시간에 늦지 않게 올 테지. 당장은 나를 도와 전격전을 치를 것만 생각하라. 눈앞에 싸워야 할 적들이 있지 않나?"

"물론입니다, 폐하."

이그니스는 오른 주먹을 가슴에 얹으며 고개를 숙였다. 이견은 있어도 불복은 없다. 폐슈마르 왕국에 있어 국왕의 뜻은 절대적이었다. 이그니스에게 남은 것은 목숨을 걸고 네프카의 전투를 보좌하는 것뿐이었다.

"목숨을 걸고 보좌하겠습니다. 적의 공격이 폐하의 털끝조차 닿지 못하도록."

"그대를 믿겠다. 마력은 아무 문제 없지만 몸이 아직 낫지 않아 빠른 이동은 불가능하다. 기븐과 아스타가 내 양 날개를 맡을 테니 그대는 적의 상단을 교란하라."

"명령에 따르겠습니다."

이그니스는 다시 한 번 고개를 숙였다. 그의 역할은 기동력을 살려 적의 공격을 분산시키는 것이다. 비록 전격전의 핵심인 화력 담당은 아니지만, 그것을 맡은 자가 네프카라면 기쁜 마음으로 미끼 역에 전념할 수 있었다.

네프카는 흙먼지가 점점 커지는 동쪽 벌판을 노려보며 말했다.

"레비테이션을 쓸 수 있는 마법사는 모두 후방에 배치해 적의 비행부대가 배후를 습격하는 것을 차단한다. 동시에 전격전을 끝낸 이후 즉시 몰아칠 수 있도록 군대의 움직임을 준비하라. 그러니 이그니스 그대는 반드시 살아 돌아와서 전투를 지휘해야 한다. 적은 수만이고 우리가 치를 전격전은 전초전일 뿐이다. 내 말을 알아듣겠나?"

"명심하겠습니다, 폐하."

이그니스는 즉시 대답했다. 네프카는 동쪽을 노려본 채로 고개를 끄덕이다가 순간 시선을 하늘 쪽으로 옮기며 눈을 가늘게 떴다.

"저건……."

"폐하, 무언가 문제라도 있으십니까?"

위펴에 서 있던 기부이 걱정스러 표정으로 물었다. 그는 교황청에서 함정에 빠진 네프카를 본국까지 무사히 수행해 온 샐러맨더 킬러로, 지금 이 순간도 네프카가 직접 전투를 벌이는 것에 지극히 부정적인 생각을 품고 있는 상태였다.

"……."

네프카는 대꾸하지 않고 한동안 하늘을 노려보았다. 잠시 눈살을 찌푸리고 무어라 중얼거리다가 이내 입가에 미소를 짓기 시작했다.

"이그니스?"

"네, 폐하."

부하들에게 군대의 움직임을 지시하던 이그니스가 급히 몸을 돌리며 네프카를 바라보았다. 놀랍게도 네프카는 1분 전과는 마치 전혀 다른 사람이 된 것처럼 온몸으로 활기를 내뿜고 있었다.

"방금 내가 우리의 전투는 전초전이라고 했지?"

"그렇습니다, 폐하."

"그 말을 취소한다."

"네?"

"지금부터 우리는 섬멸전을 시작한다. 이후에 우리 군이 할 일은 적의 잔당을 소탕하는 것뿐이다. 병력을 둘로 나눠 적의 좌우로 전개시켜라. 도주하는 적을 포위하여 전멸시킬 수 있도록 말이다."

"폐하, 그게 대체 무슨 말씀이신지……."

"저기를 보아라."

네프카는 손으로 하늘을 가리켰다.

"우리에게 있어 최강의 지원군이자 적에게 있어 최악의 재앙이 오고 있다. 바로 나의 자랑스러운 친구들이지."

"대군이군……."

제온은 지면을 내려다보며 중얼거렸다. 타로스 왕국의 군대는 마치 개미 떼처럼 바글거렸고, 멀리 보이는 페슈마르 왕국의 군대는 상대적으로 초라해 보였다.

"곧 전투가 벌어질 모양인데, 어떻게 할 거야?"

마그나스가 물었다. 그들은 지면에서 300미터 상공을 비행하며 타로스 왕국군의 진형을 막 통과한 상태였다.

"아무래도 페슈마르가 불리해 보여. 가능하면 지원하고 싶은데, 네 생각은 어때?"

"축제가 사흘 정도 남았는데 괜찮겠어?"

제온이 페슈마르 왕국에 온 것은 네프카를 대신해 파이파와 싸우기 위함이었다. 제온은 상관없다는 듯 고개를 끄덕이며 말했다.

"회복할 시간은 충분해. 오히려 몸풀기로 제격이지."

"그것참 과격한 몸풀긴데… 아무튼 좋아. 하지만 그전에 저쪽으로 가서 페슈마르 군에 사정을 설명하는 게 좋겠어. 작전에 혼선이 오면 안 되니까."

마그나스는 지면을 향해 빠르게 방향을 꺾었다. 이 정도면 페슈마르의 마법사들이 눈치챌 정도의 높이였는데 아무런 반응도 없이 자신들의 접근을 계속 허용하는 것이 의문이었다.

"아무도 마중을 안 오네? 좀 이상하지 않아?"

마그나스가 물었다. 제온은 페슈마르 군의 전열을 한동안 바라보다 말했다.

"이상할 거 없어. 저기 네프카가 있으니까."

"뭐? 정말?"

"중상을 입었다더니… 잘도 여기까지 나와 있군."

제온은 웃었다. 그곳에 있는 것은 자신이 기억하는 바로 그대로의 네프카였다. 그는 어떤 상황에 처해도 자신이 할 수 있는 모든 것을 계획하고 해내는 인간이었다.

"정말이네? 하긴 무슨 생각인지 안 봐도 뻔해. 어차피 자기는 파이파를 상대로 싸울 수 없으니까 그전에 왕국을 침략한 적군이라도 상대하겠다는 속셈이겠지?"

마그나스 역시 최전방에 서 있는 네프카를 확인하고는 혀를 내둘렀다. 정찰을 위해 페슈마르 군의 진형 상공에 떠 있던 마법사들이 하강하는 제온과 마그나스를 향해 경례를 붙이기 시작했다.

"오랜만입니다, 폐하."

착지한 제온이 네프카를 향해 고개를 숙였다. 마그나스는 좀 더 공손하게 허리를 숙이며 인사했고, 네프카는 근엄하면서도 즐거운 표정으로 고개를 끄덕였다.

"오랜만이다, 제온 스태틱. 그리고 마그나스 그람벨."

"회포를 풀기에 좋은 상황은 아닌 것 같군요. 몸은 좀 어떠십니까?"

제온이 물었다. 네프카는 고통이라곤 조금도 찾아볼 수 없는 얼굴로 미소를 지었다.

"나쁘지 않다. 하지만 전력은 무리다. 페슈마르 왕국의 국왕으로서 정식으로 도움을 요청하는 바이다. 들어주겠는가?"

"여부가 있겠습니까?"

제온은 웃으며 답했다. 어떤 도움인지는 말할 필요도 없었다. 네프카는 즉시 앞으로 걸음을 옮기며 말했다.

"이그니스, 명령에 따라 군을 움직여라! 그대가 직접 전격전에 참여할 필요는 없다! 이견이 있는가?"

"없습니다, 폐하!"

이그니스는 가슴에 주먹을 대며 소리쳤다. 물론 '그들'과 함께 전투를 치르고 싶은 마음은 굴뚝같았다. 이미 전설이 된 나인제로 몬스터즈의, 그중에서도 최강이라 일컬어지는 제온과 네프카의 협격이 다시 시작되는 것이다.

그것을 눈앞에서 볼 수만 있다면 샐러맨더 킬러의 직위를 내려놓아도 좋을 정도이다. 하지만 지금 그는 단순한 샐러맨더 킬러가 아닌, 일군을 지휘하는 지휘관이었다. 아무리 자유로운 성격의 이그니스라 해도 자신이 맡은 일의 중요성 정도는 자각하고 있었다.

"오랜만이네요, 이그니스 씨! 샐러맨더 킬러가 되셨다더니 아주 당당해지셨는데요?"

3차 마도대전 당시 안면을 튼 마그나스가 이그니스를 향해 손을 흔들었다. 이그니스는 씩 웃으며 고개를 끄덕였다.

"마그나스 경, 폐하를 잘 부탁드립니다."

"위험하다 싶으면 쏜살같이 내뺄 테니 걱정하지 마세요. 그럼……."

마그나스는 어깨를 으쓱이며 먼저 가기 시작한 네프카와 제온의 뒤를 따랐다. 단 세 명이 3만의 적군을 향해 진격하는데도 그것을 지켜보는 이그니스의 마음엔 일말의 불안감조차 생기지 않았다.


"폐하, 작전은 어떻게 할까요?"

백여 미터쯤 걸었을 무렵 제온이 물었다. 네프카는 옆에 선 제온과 마그나스를 보며 가볍게 코웃음을 쳤다.

"이쯤이면 됐으니까 편하게 말하는 게 어때?"

"괜찮겠어? 아직 호위가 있는데?"

마그나스가 뒤를 돌아보며 말했다. 네프카의 호위를 맡은 두 명의 샐러맨더 킬러가 조금 떨어진 곳에서 걸어오고 있었다.

네프카는 고개를 저으며 말했다.

"신경 안 써도 돼. 그보다도 샤리에게 이야기는 들었어?"

"대충은. 그래서 파이파와 대신 싸워주려고 온 건데 말이야."

"아직 사흘 남았어. 그 정도면 충분하지?"

"충분하고말고. 그런데 너야말로 그런 몸으로 싸워도 되는 거야?"

"확실히 자유롭게 움직이면서 싸우는 건 힘들어. 그러니 파이파는 무리다. 하지만 가만히 서서 마법을 쓰는 거라면 문제없어. 그러니까……."

네프카는 마그나스를 보며 말을 이었다.

"이런 건 네가 전문이지. 어떻게 할까, 마그나스?"

"어쩌고 자시고 간에……."

마그나스는 어깨를 으쓱이며 말했다.

"이럴 땐 선택의 여지가 별로 없어. 제온도 고정포대가 전문이잖아? 결국 고정포대를 두 개로 할지 하나로 할지의 문제일 뿐이야."

"어느 쪽이 좋아 보여?"

제온이 물었다. 마그나스는 눈을 가늘게 뜨며 잠시 생각하다 말했다.

"좀 전에 날아오면서 적의 진형을 좀 봐뒀는데, 기병은 생각보다 많지 않았어. 레비테이션을 쓸 수 있는 마법사가 얼마나 될지는 모르지만… 일단 공주은 내가 맡을게. 너희는 인단 지상에서 화력 시위를 해."

"둘 다 고정포대를 하라는 거군. 그것도 나쁘지 않지."

네프카가 입가에 미소를 지었다. 제온은 서서히 다가오는 흙먼지를 노려보며 물었다.

"네프카, 전투의 최종 목표는?"

"물론 적의 섬멸이다."

"그럼 적당히 하면 안 되겠군. 선공은 네가 해. 난 상황을 봐서 가장 효율적으로 공격할 테니까."

"부탁한다."

네프카가 고개를 끄덕였다. 제온은 우측으로 점점 멀어지며 마그나스에게 말했다.

"유사시에 네프카의 기동을 부탁해. 난 혼자 알아서 할게."

"걱정 마. 난 동시에 여러 가지 일을 하는 게 특기니까."

"아니, 이쪽은 너무 신경 쓰지 않아도 돼."

네프카가 고개를 저으며 말했다.

"내 몸은 기븐과 아스타에게 맡길 테니까. 샐러맨더 킬러 두 사람이 수비에 전념하면 어지간해서는 뚫지 못해. 알겠지?"

"그렇게 말한다면야……."

마그나스는 뒤쪽에 있는 두 사람을 바라보았다. 기븐과 아스타는 즉시 가슴에 주먹을 대며 소리쳤다.

"폐하의 옥체는 저희가 목숨을 걸고 지키겠습니다!"

"좋아. 든든한데? 그럼 난 일단 위쪽으로 간다!"

마그나스는 순간적으로 공중으로 떠올라 적진을 향해 이동하기 시작했다. 오른쪽으로 점점 멀어지던 제온은 네프카를 바라보며 손가락 하나를 들어 올렸고, 네프카 역시 고개를 끄덕이며 손가락 하나를 들어 올렸다.

그것은 나인제로 몬스터즈라면 누구나 알고 있는 신호였다. 각자가 쓸 수 있는 가장 강력한 결전 병기, 바로 9등급 마법을 쓰겠다는 사전 예고였다.

'이럴 땐 통증이 차라리 도움이 되는군.'

네프카는 전신에 작렬하는 격통에 입술을 깨물었다. 사실 왕궁의 의사가 처방해 준 진통제가 얼마나 강력했는지 친구들과 만날 무렵부터 정신이 몽롱하고 눈에 초점을 제대로 잡기 힘들 지경이었다.

그러나 시간이 지날수록 통각이 회복되었고, 네프카의 신경 또한 칼날처럼 날카롭게 곤두서기 시작했다. 적의 대군은 이미 가시거리 안쪽으로 들어왔고, 백여 명 정도로 보이는 소규모 선발대 집단 여럿이 앞장서 몰려오는 것이 보였다.

네프카는 잠시 생각하다 부하들에게 말했다.

"기븐, 아스타."

"네, 폐하!"

"적의 선발대가 보이나?"

"네, 보입니다. 백여 명의 소집단이 열 개 정도 선두에 있습니다."

기븐이 대답했다. 네프카는 고개를 끄덕이며 말했다.

"지금 바로 날 붙잡고 적의 선발대를 넘는다. 알겠나?"

"네? 하지만 그렇게 하면 적에게 포위됩니다!"

아스타가 깜짝 놀라며 소리쳤다. 네프카는 몸 안의 마력을 천천히 끌어 올리며 말했다.

"걱정 마라. 너희가 막아내야 할 건 후방의 선발대뿐이니까."

"…폐하?"

"내가 마법을 사용하면 전방의 적들은 괴멸된다. 두 번 말하지 않겠다. 지금 바로 시행하라."

네프카는 나지막한 목소리로 명령했다. 두 사람은 네프카의 몸 안에 끌어 오르는 거대한 마력을 느끼며 동시에 마른침을 삼켰다.

"뭐하고 있나, 빨리 적의 선발대를 돌파하지 않고?"

"그, 그럼 폐하, 잠시 무례를……."

두 사람은 곧바로 네프카의 양팔을 붙잡고 레비테이션으로 떠올랐다. 네프카는 붙잡힌 양팔이 떨어져 나갈 듯한 고통을 느꼈지만 눈 하나 깜짝하지 않았다. 여기서 신음 소리라도 냈다간 자신을 호위하는 부하들의 부담만 더 가중될 테니까.

"마법사다! 적의 마법사다!"

타로스 왕국의 선발대가 손으로 공중을 가리키며 소리쳤다. 그러나 네프카는 호위의 도움으로 순식간에 선발대를 넘어 후방에 있는 적의 본대 앞에 착지할 수 있었다.

"……."

그것은 짧은 침묵이었다.

타로스 왕국의 본대는 순간적으로 걸음을 멈췄다. 그들은 눈앞에 벌어진 상황을 이해할 수 없었다.

물론 적의 마법사 부대를 주의해야 한다고 귀에 못이 박히게 듣긴 했다. 그러나 고작 세 명의 마법사, 그것도 하늘이 아닌 일부러 자신들의 무기가 닿는 지상에 착지한 것이다.

"고, 공격하라!"

마침 그 자리의 부대를 지휘하던 천인장이 칼을 치켜들며 소리쳤다. 그의 목소리를 들은 약 600명의 병사가 순식간에 손에 쥔 창을 정면으로 내밀었고.

철컹!

그것을 신호로 네프카는 모으고 있던 양손을 공중으로 들어 올렸다.

"인퍼널 스톰."

네프카는 나지막한 목소리로 말했다. 국왕의 목소리를 들은 두 명의 샐러맨더 킬러는 거의 반사적으로 한 걸음씩 뒤로 물러섰다.

그 순간, 네프카의 손 위로 작은 태양이 생성됐다.

그것이 얼마나 밝고 선명한지 정면에 있는 타로스 왕국의 병사들 중 누구도 그것의 진정한 정체를 파악하지 못했다.

'뭐지, 저건?'

'눈부셔. 빛이…….'

'태양? 뭔가 작은 태양 같은 게…….'

'저런 마법도 있나?'

'빛을 만드는 마법인가? 하지만 지금은 대낮인데?'

병사들의 마음에 의문이 떠오른 찰나의 순간, 네프카는 자신이 만든 작은 태양을 적진의 깊숙한 곳으로 날렸다.

"……."

병사들의 시선이 자신들의 머리 위를 날아가는 작은 태양을 따라 움직였다. 그것은 낮은 포물선을 그리며 백여 미터를 날아간 다음 지독하게 운이 없는 한 병사의 정수리에 정면으로 내리꽂혔다.

물론 어떤 의미로 생각하자면 그것은 오히려 운이 좋은 편이었다. 고통이나 공포를 느낄 새도 없이 죽음을 맞이할 수 있었으니까.

이윽고 눈부신 섬광과 함께 불의 축제가 시작되었다.

콰과과과과과과과과광!

폭음은 단지 청각적인 자극에 불과했다. 실제로 중심점으로부터 사방으로 퍼져 나가는 화염은 별다른 소리 없이 수백 명의 병사를 집어삼켰다.

화르르르륵!

그 불꽃이 얼마나 뜨거운지,

후와아아아악!

또한 그 불꽃이 얼마나 빠른지 병사들은 비명 한 번 질러보지 못하고 절명했다.

치이이익!

눈 깜짝할 순간이 지났을 때, 폭발 지점으로부터 80미터 안에 살아남은 것은 아무것도 없었다. 화염이 지나간 자리에 남아 있는 것은 말 그대로 까맣게 탄 잿더미와 그 잿더미마저 바스러뜨리는 강렬한 열기뿐이었다.

"이런……."

진열의 가장 앞에 있었기 때문에 아슬아슬하게 목숨을 구한 병사들이 믿을 수 없다는 눈으로 뒤를 돌아보았다.

약 300명이 한순간에 증발했다.

그리고 약 500명이 거의 죽거나 죽음을 향해 빠른 속도로 추락하고 있었다.

몸에 불이 붙은 채 발버둥치거나 비명을 지르는 사람은 거의 없었다. 네프카의 마법은 순식간에 나타나 순식간에 모든 것을 잿더미로 만들었고, 마치 언제 그랬냐는 듯 순식간에 자취를 감춘 상태였다.

그것이 바로 화염계의 9등급 마법 중에서도 가장 강력한 것으로 알려진 '인퍼널 스톰(Infernal storm)'이었다. 작은 태양처럼 보이던 빛의 구체의 정체는 바로 끝도 없이 압축된 화염의 정수로서, 그것이 해방되는 순간 모든 것을 불태우는 지옥불의 짧은 향연이 펼쳐지는 것이다.

그리고 그것은 전설이었다.

그것도 불과 5년도 지나지 않은 현재 진행형의 전설이었다. 나인제로 몬스터즈라 불리는 불과 다섯 명의 젊은 영웅의 힘으로 끝도 없는 마족의 군대와 마왕을 물리친.

이윽고 타로스 왕국의 병사들이 절규했다.

"인퍼널 스톰!"

"네프카다!"

"플레임(Flame)!"

"도망쳐! 도망쳐야 해!"

공포는 말 그대로 음속으로 퍼져 나갔다. 비명을 지르는 병사들이 사방으로 도망치는 가운데 가까스로 사기를 유지한 병사들이 장교의 명령에 따라 네프카를 향해 돌진하기 시작했다.

"저게 페슈마르의 국왕이다! 잡아! 아니, 죽여!"

"돌격하라! 단숨에 이 전쟁을 끝내는 거다!"

"적의 왕을 잡으면 우리가 승리한다!"

장교들의 외침엔 조금의 거짓도 없었다. 네프카를 제거하면 페슈마르 왕국이 단숨에 무너질 것이다.

그러나 그것은 성공했을 때의 경우다. 국왕의 양익을 맡은 기븐과 아스타는 허리에 차고 있던 짧은 스틱을 손에 쥐고 몰려오는 적을 향해 휘둘렀다.

촤자자자자작!

동시에 강렬한 냉기가 적을 향해 쏟아졌다. 그것은 칠링 쇼크(Chilling shock)로, 역장 없이 맨몸으로 맞을 경우 끔찍한 결과를 초래하는 빙결계의 5등급 마법이었다.

쩌적!

순간 뭉쳐서 몰려오던 병사 십여 명이 석고상처럼 얼어붙었다. 그렇게 얼어붙은 병사들은 달려오던 관성에 밀려 앞으로 쓰러졌고.

파직!

마치 추락한 샹들리에처럼 산산조각으로 박살 나며 사방으로 흩어졌다. 함성을 지르며 몰려오던 병사들의 움직임이 순간 경직되었다.

"헉⋯⋯."

네프카에 의해 잿더미가 된 병사들은 인간의 형상을 남기지 못하고 사라졌다. 그러나 얼어붙어 박살 난 병사들은 그 참혹한 죽음의 흔적을 시각적으로 생생하게 전달했다. 제아무리 역전의 용사들이라 해도 온몸이 얼어붙는 충격에서 벗어날 수는 없었다.

"뭐냐? 무슨 일이야?"

전방의 병사들이 전투 불능의 상태에서 헤어 나오지 못하는 동안, 타로스 왕국의 중진에 대기하고 있던 1천의 기병대가 전방을 향해 움직였다. 그들은 자신이 밟고 지나가는 새까만 잿더미가 원래 무엇이었는지조차 모르는 채 빠른 속도로 네프카를 향해 질주했다.

"너희가 초래한 일이다."

네프카는 흔들림 없는 눈으로 적의 기병을 향해 손을 들어올렸다. 마치 앉아 있는 사람에게 일어나라고 신호를 보내는 듯한 움직임이었지만, 그 신호에 따른 것은 사람이 아니라 화염이었다.

푸확!

정확히는 화염으로 만들어진 거대한 벽이었다. 폭 30미터, 높이 5미터의 거대한 불길이 네프카의 앞에 장벽처럼 솟아올랐다.

"우와아아악!"

선두의 기병들이 갑자기 솟아오른 불길에 비명을 질렀다. 그러나 말을 멈추기엔 이미 늦은 상태였다.

"젠장!"

"마법사다!"

"상관없어! 돌파해!"

그들은 울며 겨자 먹기로 불길을 돌파하는 수밖에 없었다. 잘 만하면 멋지게 불길을 돌파하며 적을 향해 칼을 내리꽂을 수 있을 거라는 기대를 품었지만…….

"자, 잠깐!"

화염의 벽에 닿기도 전에 말의 갈기에 불이 붙는 것을 보았을 때, 그들은 자신들이 무언가 큰 착각을 했다는 것을 깨달

왔다. 말이 비명을 지르며 몸부림쳤지만 이미 때는 늦은 상태였다.

푸확!

불의 벽에 닿은 순간 말과 인간의 몸이 불길에 휩싸였다. 그리고 불의 벽 반대편에 도착한 순간, 이미 그들은 살아 있는 장작이 되어 생명을 불태우고 있었다.

"으아아아아아아아아악!"

그것은 전투가 시작된 이후 처음으로 울려 퍼진 고통의 절규였다. 기병들은 화염에 휩싸인 채로 말에서 뛰어내리거나, 혹은 말과 하나가 되어 바닥을 뒹굴었다. 그들은 숨이 끊어지기 직전까지 비명을 질렀다.

매 초마다 비명을 지르는 인간의 숫자가 열 명씩 늘어났다. 그렇게 10초가 지났을 때, 기병단의 대장이 급히 손을 들며 소리쳤다.

"전군 정지! 멈춰라! 저 불길에 뛰어들지 마!"

그것은 백여 명의 처절한 죽음을 통해 얻은 값비싼 교훈이었다. 그러자 네프카는 기다렸다는 듯이 마법을 거뒀다. 멈춰 선 기병들은 눈앞에 펼쳐진 끔찍한 죽음의 현장에 전율하지 않을 수 없었다.

"어, 어떻게 파이어 월에 이런 위력이……."

마법에 견문이 있는 한 장교가 믿을 수 없다는 듯 중얼거렸다. 그것은 장교가 알고 있는 파이어 월의 위력을 몇 배나 초월한 것이었다. 아무리 시전한 사람이 최강의 화염술사인 네프카라고 해도 사라지지 않을 의문이었다.

그러나 비밀은 단순했다. 네프카는 단지 같은 자리에 두 개의 파이어 월을 겹쳐서 발동시킨 것뿐이다.

마력은 두 배가 들지만 위력은 제곱으로 상승한다. 물론 말로는 쉬워도 실제로 실현하는 건 불가능에 가까운 재주였다. 그것은 네프카가 자신의 재능에 더불어 수백 년에 걸쳐 화염계 마법을 연구해 온 페슈마르 왕가의 비전을 전수받았기 때문에 가능한 것이었다.

"이 땅을 지킨다는 게……."

네프카는 분노한 목소리로 중얼거리듯 말했다.

"어떤 의미인지, 너희는 열 번을 다시 죽어도 모를 것이다."

푸화아아악!

동시에 기병대의 정면에 새로운 파이어 월이 솟구쳤다. 좌측과 우측에도 마찬가지였다. 기병들은 마치 화염의 장벽에 포위된 듯한 불길한 기분을 느끼며 동요했다.

"뭐야! 왜 저런 곳에 불을 지른 거지?"

"그야 접근하지 못하게 하려는 거지!"

"대장님! 뭔가 예감이 안 좋습니다!"

"병사들이 페슈마르의 국왕이 나타났다고 합니다!"

"지금은 일단 퇴각해서 상황을 파악하는 게……."

기병대의 장교들이 우왕좌왕하는 가운데 네프카는 자신이 만든 파이어 월을 순간적으로 움직이기 시작했다.

마치 사방에서 밀려오는 파도처럼.

가운데로 뭉친 기병들은 경악의 눈으로 그것을 노려볼 뿐이었다.

"말을 돌려! 후방으로 퇴각한다!"

기병대장이 뒤늦게 상황을 판단하고 소리쳤지만 이미 때는 늦은 상태였다. 파이어 월은 외곽의 기병들부터 집어삼키며 가운데 쪽으로 거침없이 질주했다. 몰려오는 불의 벽에 휘말린 기병들은 온몸이 불길에 휩싸인 채 지옥에 떨어진 듯 비명을 지르기 시작했다.

우우우우우웅!

그것은 분명 비명이었다. 동시에 쏟아지는 끝도 없는 비명이 서로 공명하며 인간의 목에서 나왔다고는 도저히 믿을 수 없는 울림을 퍼뜨리기 시작했다.

그 울림은 땅과 하늘을 뒤흔들었다. 그러나 가장 심하게 흔들린 건 주변에 있던 병사들의 마음이었다. 지상에서 펼쳐지는 지옥도를 자신의 눈과 귀로 직접 경험한 순간, 주변에 있던 수백의 병사는 자신들이 대체 어디에 있으며 무엇을 하기 위해 있는 것인지 까맣게 잊어버렸다.

"도망쳐!"

병사들은 마치 물결처럼 사방으로 퍼지며 도망쳤다. 물론 총 3만의 군세에 비하면 여전히 작은 파문에 불과했다. 그러나 아무리 작은 파문이라도 원인이 사라지지 않는 한 결국 호수 전체를 뒤흔들 것은 자명했다.

"컥, 컥, 커흑……."

기병대장은 온몸이 불길에 휩싸인 채 고통에 몸부림치며 지면을 뒹굴었다. 기도가 타버려 더 이상 비명조차 지를 수 없었고, 망막이 타 아무것도 볼 수 없는 상태였다.

그리고 그 순간, 누군가 자신의 목덜미를 움켜쥐며 들어 올렸다.

"우윽……."

"난 이해를 구하지 않았다."

그것은 바로 페슈마르의 국왕인 네프카였다. 물론 기병대장은 상대가 누구인지 알 수 없었지만, 네프카는 얼음처럼 차가운 눈으로 죽어가는 기병대장을 노려보았다.

"내가 짊어진 게 얼마나 무거운지… 축제가 다가올 때마다 어떤 기분을 느끼는지 아무에게도 털어놓지 않았다."

"어으……."

"그건 마치 도살장에 끌려가는 짐승이 된 기분이다. 몸부림치고 싶고 비명을 지르고 싶지. 울고 싶고 도망치고 싶다. 바로 지금 네놈들처럼 말이다."

"우우, 우어……."

"내가 느낀 그 모든 것을… 지금 네놈들에게 똑같이 느끼게 해주겠다. 페슈마르를 공격한다는 게 어떤 의미인지… 천년이 지나도 잊지 않게 해주마!"

순간 꺼져가던 기병대장의 몸에 다시 불길이 치솟았다. 그것은 파이어 월에 옮겨 붙은 불길과는 비교조차 할 수 없는 강렬하고 선명한 화염이었다.

"우와아아아아아악!"

기병대장은 다시 비명을 질렀다. 그것은 성대가 타버린 이상 나올 리 없는 비명이었다. 그는 죽음 직전에 인간의 한계를 초월한 것이다.

"잘 가라."

네프카는 짧게 인사하며 불타는 기병대장을 적진 깊숙한 곳으로 날려 버렸다. 그것은 마법협회에서 공식적으로 금지한 마법인 '리빙 봄(Living bomb)으로, 비록 4등급 마법이라 위력이 그렇게 강렬한 것은 아니었다.

콰과과과광!

적진으로 날아간 기병대장은 순간적으로 폭발하며 주변에 있던 십여 명의 병사를 죽음으로 몰고 갔다. 물론 적군의 전체 규모를 볼 때 큰 피해는 아니었지만, 그것은 적에게 최대한의 공포와 고통을 안겨주겠다는 네프카의 결의였다.

'네프카가 제대로 열 받은 모양이네.'

마그나스는 폭발하는 리빙 봄을 보며 혀를 내둘렀다. 인간을 살아 있는 폭탄으로 만드는 그 마법은 인도적인 목적 때문에 마법협회에서 금지되었지만, 적에게 심리적인 충격을 줄 수 있다는 부가적인 효과를 위해 종종 사용되는 편이었다.

예를 들면 마도대전에서 마족을 상대로 싸울 때 같은 경우이다.

즉, 지금의 네프카는 싸우는 상대를 인간으로 취급하지 않는다는 이야기였다. 얼마나 많은 인간이 잔혹한 죽음을 당하게 될지 불 보듯 뻔했다.

마그나스는 마음속으로 적들을 애도했다. 이 세상에 건드리면 안 될 인간이 적어도 두 명이 있는데, 하필이면 그 둘이 친구라는 사실이 비극의 시작이었다.

"거기에 발끝에도 미치지 못하지만 나 같은 것도 껴 있고 말이지."

마그나스는 혼잣말을 중얼거리며 전장을 내려다보았다. 가장 높은 곳에 떠 있는 그는 모든 것을 내려다볼 수 있었고, 이내 서른 명 정도의 마법사가 레비테이션으로 급히 날아가는 것이 보였다.

"그냥 보내줘도 상관없겠지만……."

마법사들의 목표는 네프카가 확실했다. 마그나스는 마력을 끌어올려 적들의 이동 방향에 바람의 벽을 펼치며 중얼거렸다.

"그래도 할 일은 해야지."

부웅!

아직은 위험 지역이 아니라고 판단했는지 역장을 만들지 않은 마법사들이 순간적으로 바람의 벽에 튕겨나며 균형을 잃고 추락했다. 마그나스가 노린 것도 바로 그것이었다. 그에 겐 제온이나 네프카처럼 압도적인 마력이 없기 때문에 이런 식으로 적들의 허점을 노려 최대한 효율적인 결과를 이끌어 낼 수밖에 없었다.

"6등급 마법 한 방으로 마법사 서른 명을 잡았으면 할 만큼 한 거지."

마그나스는 추락하는 적들을 노려보았다. 그가 사용한 윈 드 월(Wind wall)은 같은 등급의 파이어 월이나 라이트닝 월 에 비해 파괴력은 가장 낮았다. 그러나 대처를 못하고 충돌했 을 경우 엄청난 속도로 튕겨나기 때문에 상대의 의식이나 균 형 감각을 잃게 만드는 효과가 있었다.

30여 미터의 공중에서 병사들 사이로 추락한 마법사들은 대부분 다시 위로 떠오르지 못했다. 겨우 네 명이 아슬아슬하 게 균형을 회복하고 당황한 얼굴로 주위를 살폈지만 끝내 적 의 모습은 발견하지 못했다. 마그나스가 떠 있는 150미터 상 공은 그들의 의식 범위를 아득히 벗어난 천상계였다.

그리고 그것이야말로 질풍계 마법이 가진 두 번째 장점이 었다. 바람을 다루는 질풍계 마법은 순수한 화력 면에서 다른 모든 마법에 뒤떨어지지만, 시전자의 능력에 따라 다른 모든 마법을 압도적으로 능가하는 넓은 사거리를 가지고 있었다.

그리고 마그나스가 마법을 발동시킬 수 있는 최대 사거리는 150미터였다. 그는 눈을 크게 뜨고 물결처럼 움직이는 적진의 움직임을 주시했다. 살아남은 네 명의 마법사는 더 이상신경 쓸 필요 없었다. 그의 목표는 전투를 위해 몰려오는 적에게 최대한의 혼란을 주는 것이었다.

"적의 숫자를 줄이는 건 '고정포대'가 할 일이니까……."

십여 초를 관찰하던 마그나스는 순간 적진의 중심부에 회오리바람을 일으켰다. 그것은 질풍계 6등급 마법인 트위스터(Twister)였다. 물론 그가 쓸 수 있는 가장 강력한 마법인월윈드(Whirlwind)보다 등급은 두 단계나 낮았지만, 어차피최소한의 역장도 쓰지 못하는 병사들에게 혼란을 일으키는것이라면 이 정도로도 충분했다.

"뭐야, 이건?"

"회오리다!"

"돌풍이야! 전군 정지!"

"적이다! 마법사의 습격이야!"

전방을 향해 움직이던 몇 개의 부대가 갑자기 치솟은 회오리바람에 진격을 멈추며 우왕좌왕했다. 물론 회오리 자체는폭이 10미터 정도밖에 되지 않아 돌아가면 그만이었지만, 수만 명이 밀집된 진형에서 오직 한 부대만이 전방의 회오리를피해 돌아가는 것은 결코 쉬운 일이 아니었다.

사실 적들이 돌아가려고 무리하게 방향을 트는 것이야말로 마그나스가 원하는 일이었다. 그로 인해 주변에 있는 다른 부대가 밀리게 되고, 처음엔 수 미터에 불과한 그 밀림이 최종적으로 수십 미터 이상의 균열을 낳으며 진형 전체에 혼란을 주기 때문이다.

　"에잇! 무리하게 돌아가지 마!"

　"일단 정지하라니까! 대열을 이탈하지 마라!"

　"적의 마법사가 어딘가에 있어! 지금은 함부로 움직이면 안 된다!"

　"주변을 살펴! 공중이다! 아마도 적은 공중에 있을 것이다!"

　혼란에 빠진 수백 명의 병사가 하늘을 살피며 우왕좌왕하기 시작했다. 그러나 마법사조차 찾지 못한 마그나스를 일개 병사들이 찾을 수 있을 리가 없었다. 마그나스는 마치 양 떼를 모는 것처럼 적절한 위치에 회오리바람을 만들어내며 적의 움직임을 컨트롤했다.

　"이거 옛날 생각나는걸."

　마그나스는 입가에 미소를 지으며 중얼거렸다. 그의 진가는 바로 적의 숫자가 많은 이런 전장에서 두드러진다. 제온이나 네프카처럼 강렬한 9등급 마법을 몇 번이나 퍼부을 수는 없지만, 훨씬 약한 마법을 몇 번 사용하는 것만으로도 9등급 마법을 능가하는 효과를 만들어낼 수 있는 것이다.

그런 의미에서 제3차 마도대전의 진정한 영웅은 바로 마그나스라고 할 수 있었다. 마족의 군대는 압도적이었다. 마그나스가 높은 곳에서 적의 규모와 움직임을 파악하고 적절한 견제를 펼치지 않았다면 한 줌밖에 되지 않는 인류의 군대는 순식간에 전멸을 면치 못했을 것이다.

적의 총병력.

적의 병력 포진 상황.

적의 주력군의 위치.

적의 마법부대의 위치.

적의 사령부의 위치.

적의 움직임의 변화.

시시각각 변하는 모든 정보가 마그나스의 머릿속에서 엄청난 속도로 처리되었다. 그리고 몇 가지의 의문과 해답이 동시에 떠올랐다.

ㅡ적은 수만의 대군을 몰고 왔다. 그런데도 동원한 마법사의 숫자는 왜 이렇게 적은가?

'이건 아직 결론을 내릴 수 없어. 전면에 드러나지 않고 부대에 섞여 몸을 숨기고 있을 가능성도 있으니까. 하지만 그렇다 해도 이런 상황에선 마법사들이 적극적으로 나서는 게 정석인데, 역시 타로스 왕국은 전투에서 마법사의 역할에 대해 한계를 두고 있는 걸까?

—압도적인 규모에 비해 움직임 자체가 대단히 소극적이고 신중하다. 적의 목적은 무엇인가?

'전쟁의 기본 목적은 점령. 하지만 이번엔 무언가 다르다. 마치 목적과는 상관없이 피해를 최소화하려고 하는 것 같아. 그렇다면 전투 그 자체가 목적인가? 전투를 치렀다는 명분을 얻기 위해? 신수교단에게 우리는 페슈마르 왕국과 싸웠다는 생색을 내기 위해 시작한 전쟁인가?

—각 부대의 움직임은 느리고 제한적이다. 그런데 어째서 후방에서부터 소수의 부대가 빠르게 전방으로 이동하고 있는가?

'그건 바로 저 부대가 주력군이기 때문이지. 타로스 왕국의 주력군이라면……'

마그나스는 눈을 가늘게 뜨고 적지를 노려보았다. 여섯 마리의 말이 끄는 육중한 마차 수십 대가 전방을 향해 빠른 속도로 이동하고 있었다.

오래 생각할 필요도 없었다. 타로스 왕국에서 저런 식으로 움직여야 하는 부대는 오직 크롬나이트뿐이었다.

'크롬나이트… 저 녀석들은 약간 위험해.'

마그나스는 즉시 움직여 크롬나이트 부대의 전방에 트위스터를 사용했다.

휘이이이익!

순간적으로 회오리바람이 사납게 치솟았다.

그러나 놀랍게도,

푸확!

선두에 달리던 마차에 강력한 역장이 발생하며 회오리바람을 그대로 관통해 버렸다.

"아니?"

마그나스는 눈을 크게 뜨며 마차를 노려보았다. 추측할 수 있는 것은 마부석에 앉아 있던 네 명의 남자가 사실은 마법사라는 것이었다.

"어쩐지 마부가 많더라니까."

마그나스는 재미있다는 듯 웃었다. 그리고 마차보다 훨씬 빠른 속도로 전방을 향해 이동했다. 그는 수가 막히면 오히려 기뻐하는 타입이었다. 새로운 해결 방법을 찾아내는 것이야말로 가장 큰 즐거움 중의 하나였기 때문이다.

비행을 멈춘 그는 적진 이곳저곳에 몇 개의 트위스터를 동시에 사용했다. 마법사를 갖춘 크롬나이트 부대와는 달리 일반 병사들은 솟구치는 회오리바람을 피해 이리저리 방황하는 수밖에 도리가 없었다.

그리고 마그나스는 그 방황을 자신의 의지대로 컨트롤했다. 순식간에 2천 명이 넘는 병사가 그의 뜻대로 한 지역으로 밀집되었다.

그곳은 바로 크롬나이트를 태운 마차들이 질주하고 있는 이동 경로였다.

"어디 한번 인간의 벽도 돌파해 보시지?"

마그나스는 사악하게 웃으며 중얼거렸다. 질주하던 마차들은 아군의 벽에 막혀 어쩔 수 없이 그 자리에 멈출 수밖에 없었다.

물론 시간이 지나면 결국 전투가 벌어지는 전방에 도착하긴 할 것이다. 하지만 중요한 건 시간이었다. 마그나스의 역할은 결국 두 명의 아크메이지가 편안하게 싸울 수 있도록 시간을 벌어주는 것뿐이었다.

그 순간, 어딘가에서 섬광이 번쩍였다.

콰과과과과과과광!

그리고 강렬한 뇌성이 천지를 뒤흔들었다. 마그나스는 기다렸다는 듯이 섬광의 발생지를 돌아보았다.

"언제 시작하나 궁금했다고."

마그나스는 가볍게 웃었다. 네프카가 싸우고 있는 장소에서 우측으로 300미터쯤 떨어진 전장에 칼처럼 기다란 상흔이 만들어져 있었다. 제온이 드디어 칼을 뽑은 것이다. 뇌전이라는 이름의 빛나는 광검을.

"돌진! 돌진하라!"

"적은 한 명이다! 마법사라도 두려워할 것 없다!"

"깔아뭉개! 타로스 왕국군의 힘을 보여주는 거다!"

제온을 발견한 최전방의 병사들이 방패를 내밀고 돌진했다. 제온은 적들의 방패에서 미약한 마력을 감지했다. 십중팔구 적의 마법에 반응해 일회용 역장을 펼치는 방어용 성법기였다.

비록 최하급 성법기라 해도 수백이 넘는 병사가 그것을 장비하고 있다는 사실은 주목할 만했다. 그것만 보아도 타로스 왕국과 신수교단이 얼마나 밀접한 관계를 맺고 있는지 알 수 있었다.

'타로스 왕국은 안티 매직(Anti-magic)에 사활을 건 것 같군.'

제스터 섬에서 싸운 크롬나이트 역시 비슷한 경우였다. 타로스 왕국은 강력한 마법사를 육성하는 대신, 오히려 마법에 강한 저항력을 갖춘 군대를 양산하는 것을 지상과제로 삼은 듯했다.

그리고 그 중심엔 비밀리에 연관을 맺은 고대인들, 일명 '최후의 세대'가 전수해 준 기술이 있었다. 끊임없는 연구와 실전이 더해진다면 언젠가 유리언 대륙의 전쟁에 마법사가 활약할 곳은 사라질지도 모른다.

하지만 적어도 오늘은 그날이 아니다.

"체인 라이트닝."

제온은 나지막하게 중얼거리며 양손으로 마법을 뿌렸다.

파지지지직!

작열하는 뇌전이 병사들의 몸을 휘감으며 후방으로 퍼져 나갔다. 방패에서 만들어진 약한 역장은 제온의 마법을 1초도 견디지 못했고, 십수 명의 병사가 번개의 사슬로 연결된 채 소름 끼치는 비명을 지르기 시작했다.

"번개!"

"뇌전이다! 뇌전술사야!"

"페슈마르는 빙결술사가 유명한 거 아니었어?"

"걱정 마라! 저런 마법사 따위, 거리만 좁히면 아무것도 아니다!"

"우와아아아!"

"달려! 달려서 뭉개 버리는 거다!"

제온의 연속된 마법에도 불구하고 병사들은 사기를 잃지 않은 채 격렬한 함성을 내질렀다. 그들은 이미 페슈마르 왕국에 강력한 마법사가 다수 존재하며, 그에 대한 충분한 경고와 정신 무장이 되어 있는 상태였다.

알고 당하는 것과 모르고 당하는 것은 천지 차이였다. 하지만 그들은 진짜 중요한 사실을 몰랐다. 지금 자신들이 돌진하고 있는 상대가 '강력한 마법사'의 개념을 아득히 초월하고 있으며, 일부러 약한 마법을 뿌리며 자신들을 중심부로 모으고 있다는 사실을 말이다.

'네프카는 이미 시작했군.'

제온은 미소를 지었다. 비록 제온의 감지 범위를 한참 벗어난 곳이지만, 공기 중에 섞여 있는 미세한 탄내가 그의 후각과 추억을 아련하게 자극했다.

반면에 비명, 함성, 대지의 울림, 갑옷과 무기가 덜그럭거리는 소리, 이 모든 소리가 제온의 청각을 자극하며 고통스럽게 만들었다.

지금까지 내색한 적은 거의 없지만, 제온은 비명 소리에 대한 트라우마가 있었다. 그의 머릿속에 남아 있는 최초의 기억. 그것은 바로 자신과 똑같이 생긴 소년이 자신을 노려보며 처절하게 비명을 지르는 순간이었다.

"아무리 시간이 지나도 사라지질 않아."

제온의 혼잣말은 전장의 소음에 묻혀 누구의 귀에도 들리지 않았다. 제온은 오른팔을 뒤로 끌어당긴 다음, 끌어모은 마력을 단숨에 뿜어내며 앞으로 내밀었다.

그러자 모두가 그 소리를 들을 수 있었다.

콰과과과과과과과과광!

그것은 압축되고 또 압축된 거대한 뇌전의 줄기였다. 그것은 제온의 정면에 있는 모든 것을 관통하며 까맣게 탄 인간의 시체를 끝도 없이 양산해 냈다.

비록 짧은 시간이었지만 전장에 침묵이 맴돌았다.

뇌전계 9등급 마법인 라이트닝 캐논.

그것은 바로 제온의 자기소개나 다름없는 마법이었다. 대륙의 역사상 라이트닝 캐논을 사용한 사람은 제온이 유일했다. 애당초 라이트닝 캐논을 처음 만든 것이 제온이기 때문이다.

그 일격으로 523명이 즉사했다. 아무리 라이트닝 캐논이 강렬해도 500명이 넘는 사상자를 만들어낸 건 경이적인 일이었다. 피해가 눈덩이처럼 불어난 이유는 사전에 제온이 체인 라이트닝을 양쪽으로 뿌리며 적을 중심부로 집결시켰기 때문이다.

"아, 아아……."

"이건……."

"우……."

가까스로 목숨을 구한 수백의 병사는 자신들의 중심을 관통한 검은 흔적에 경악했다.

그들의 목숨을 구한 것은 고작 1, 2미터의 차이일 뿐이었다. 비록 네프카의 인퍼널 스톰처럼 인간을 잿더미로 만들지는 않았지만, 살과 근육이 검게 탄 시체가 떼거리로 무너지는 광경은 그보다 더 충격적으로 살아남은 인간들의 뇌리를 파고들었다.

"제온 스태틱……."

그때 누군가가 중얼거렸다. 단 일격에 진격을 멈춘 병사들은 공포와 경악의 눈으로 제온을 노려보았다.

파직!

거두지 않은 제온의 오른팔에서 미세한 전기가 대기 중으로 방전되었다. 살아남은 장교들은 흔들리는 마음을 가까스로 움켜쥐며 병사들을 향해 소리쳤다.

"뭐, 뭣하고 있나! 돌격하라!"

"저런 마법은 연속으로 쓸 수 없다!"

"지금이 기회다! 전군 전진!"

"이단자를 우리의 손으로 쓰러뜨릴 절호의 기회다!"

그러나 타로스 왕국의 병사 중에 먼저 앞으로 달려가는 사람은 아무도 없었다. 장교들 역시 입으로 소리만 지를 뿐 실제로 앞장을 서는 본보기를 보여주지 못했다.

"오지 않는 건가?"

제온은 눈살을 찌푸리며 오른팔을 거둬들였다. 적의 후방에서 거대한 흙먼지가 몰려오는 걸로 봐서 후속 부대가 차례차례 도착하고 있는 듯했지만, 심장을 후벼 파인 전방의 부대는 여전히 경직된 채 그 어떤 움직임도 보이지 않았다.

단 한 명의 마법사에 의해 수천 명의 발이 묶인 셈이었다. 제온은 쓴웃음을 지으며 천천히 앞으로 걸어가기 시작했다.

"그럼 이쪽에서 가지."

"우, 우와아아악!"

"오지 마!"

"도망쳐!"

"빨리! 빨리 퇴각해! 저건 제온 스태틱이란 말이야!"

제온이 움직이자 전열의 병사들이 비명을 지르며 뒷걸음치기 시작했다. 장교들조차 그런 병사들의 움직임을 막을 수 없었는데, 왜냐하면 그들이 가장 먼저 뒤로 몸을 빼기 시작했기 때문이다.

제온이 한 발 내밀 때마다 타로스 왕국의 병사들은 두 발 뒤로 물러났다. 마치 송사리로 가득 찬 거대한 수조에 상어 한 마리를 풀어놓은 것 같은 광경이었다.

하지만 수조에 벽이 있듯 밀집될 대로 밀집된 병사들은 더 이상 물러날 공간을 확보할 수 없었다. 전방에 무슨 일이 벌어졌는지 모르는 후속 부대는 물러나는 전방 부대의 움직임을 몸으로 막으며 경고의 고함을 내질렀다.

"그만! 그만 물러나라!"

"퇴각의 명령은 떨어지지 않았다!"

"무슨 일이야! 싸우라고! 앞으로 달려나가 싸우란 말이야!"

"멍청한 놈! 저 앞에 누가 있는 줄 안기나 해!"

전방의 병사들은 하얗게 질린 얼굴로 후속 부대에 전방의 상황을 알렸다. 공포는 마치 전염병처럼 순식간에 퍼져 나갔다. 수천의 군대가 완전히 밀집된 상황에서 오도 가도 못한 채 단 한 명의 압박에 밀려 서서히 후방으로 밀리는 추태를 연출하기 시작했다.

그러나 병사는 그냥 병사일 뿐이었다. 아무리 평소에 정신 무장이 잘되어 있다 해도 신수교단의 토벌단처럼 종교적인 신념으로 자신의 목숨을 내던지는 것은 불가능했다.

"에잇! 뭣들 하는 거야!"

"내가 간다! 모두 나를 따라 돌격하라!"

가까스로 마음을 다잡은 몇 명의 장교가 이를 악물고 제온을 향해 돌진하기 시작했다. 제온은 그들이 얼마나 큰 용기를 쥐어짰는지를 생각하며 가능한 고통 없이 단숨에 숨을 끊어 주었다.

파지지지직!

라이트닝 볼트에 직격을 맞은 장교들은 비명조차 지르지 못한 채 눈을 하얗게 뒤집으며 쓰러졌다. 병사들은 비명을 지르며 더욱 압축되었지만, 잠시 시간이 지나자 놀랍게도 조금씩 앞을 향해 밀려 나오기 시작했다.

"그래, 그렇게 나와야지."

제온은 고개를 끄덕였다. 밀집된 대열을 뚫고 몇 명의 기사가 함성을 지르며 제온을 향해 달려들었고, 그들의 죽음이 다른 모든 병사의 마음에 조금씩 불을 지피기 시작했다.

"그럼 이걸 사용해 볼까?"

제온은 점점 다가오는 적의 전열을 향해 왼 주먹을 들어 보였다. 병사들은 제온의 움직임에 움찔했지만, 별달리 마법이 날아오지 않는 것을 확인하고는 용기를 내며 전진 속도를 조금씩 높이기 시작했다.

그러나 그들이 눈치채지 못한 것은 제온이 왼손 중지에 끼고 있는 검은 반지가 어느새 하얗게 변했다는 사실이다. 제온은 반지를 오른쪽으로 겨눈 다음 출력을 조절하며 한순간에 왼쪽으로 쭉 끌어당겼다.

그러자 반지에서 뻗어 나간 눈부신 빛이 마치 칼처럼 병사들의 몸을 횡으로 훑고 지나갔다.

지이이잉!

소리는 그다지 크지 않았다.

고통도 별로 없었다.

그저 절단된 병사들의 상반신이 앞으로 떨어졌을 뿐이다. 제온이 휘두른 빛의 칼은 밀집된 병사들의 몸을 아무 저항 없이 가르며 무수한 죽음을 만들어냈다.

빛의 칼은 밀집된 병사들을 앞뒤로 약 열 명, 좌우로 약 마흔 명을 가르고 지나갔다. 그것은 지금까지 벌어진 모든 죽음 중에 가장 끔찍한 죽음이었다. 명치 정도의 높이로부터 반으로 절단된 수백 명의 병사가 일제히 바닥에 쓰러졌고, 살아남은 병사들은 부릅뜬 눈으로 절단된 동료의 시체에서 흘러나오는 어마어마한 양의 피와 내장을 바라볼 수밖에 없었다.

이윽고 폭풍 같은 비명이 전장을 뒤흔들었다.

그것은 고통과 공포를 넘어서 이미 광기의 영역으로 넘어간 비명이었다. 구토와 실금으로 축축해진 병사들이 광기 어린 비명을 지르며 도망치기 시작했다.

"이런⋯⋯."

제온 역시 자신이 만든 참극에서 눈을 떼지 못했다. 그것이 바로 데커가 말한 라시드의 반지의 또 다른 사용법이었다. 모든 것을 관통하는 압축된 열선이 생성되는 것은 찰나의 순간이었지만, 출력을 조절하면 그보다 약한 광선을 2초 정도 유지하는 것이 가능했다.

바로 그 2초 동안 '대부분의 것'을 자를 수 있는 광검이 만들어지는 것이다.

광검의 유효 사거리는 약 30미터였다. 강력한 역장을 만들 수 있는 마법사라면 모를까, 평범한 갑옷으로 무장한 병사들은 마치 말랑거리는 푸딩처럼 잘릴 수밖에 없었다.

"⋯⋯."

제온은 무표정한 얼굴로 공중으로 2미터쯤 떠올랐다. 속이 울렁거렸다. 물론 끔찍한 것이라면 수도 없이 봐왔지만, 동시에 허리가 잘린 400여 명의 시체는 그중에서도 첫손에 꼽힐 만큼 처절했다.

'소모된 마력은 라이트닝 캐논의 4분의 1도 안 돼. 물론 반지에 미리 충전된 마력을 사용하긴 했지만⋯ 대규모의 전장에서는 훨씬 더 효율적으로 쓸 수 있겠어.'

감정을 밀어내기 위해서는 이론적인 계산이 최고였다. 제온은 자신이 만든 시체 위를 날아가며 도망치는 병사들의 등 뒤로 체인 라이트닝을 뿌리기 시작했다.

파직!

파지지직!

작열하는 뇌전이 퍼질 때마다 십수 명의 병사가 비명을 지르며 바닥에 쓰러졌다. 이미 주변에 그를 마주 본 적은 아무도 없었다.

"저기다!"

"포격대형으로! 모두 훈련 받은 대로만 하면 된다!"

그때 붉은 망토를 걸친 열 명의 마법사가 제온이 있는 곳을 향해 날아왔다. 제온은 자신의 감지 범위 안에 들어온 마법사들의 역량을 순식간에 파악한 다음 지면으로 내려왔다.

'한 명은 미들 위저드 중하급 정도, 나머지 아홉 명은 로우 위저드 중급 정도인가?'

급하게 날아온 마법사들은 제온을 중심으로 초승달 모양으로 포진했다. 그리고는 거대한 불덩어리를 만들어 동시에 날리기 시작했다. 바로 화염계 4등급 마법인 파이어 볼이었다.

콰과과과광!

동시에 폭발하는 화염이 사방으로 치솟았다. 화염에 휩쓸린 제온의 모습은 더 이상 보이지 않았고, 타로스 왕국의 마법사들의 입가에는 희미한 미소가 번지기 시작했다.

그러나 그 순간, 푸른 역장에 둘러싸인 제온이 화염을 뚫고 마법사들을 향해 솟아올랐다.

"아니?"

대열의 정 가운데 있던 마법사 한 명이 몸을 움찔하며 반사적으로 역장을 전개했다. 그러나 제온의 오른손은 상대의 역장을 마치 과자처럼 으스러뜨렸고,

파직!

동시에 도망치려는 마법사의 목을 단숨에 움켜쥐었다.

"크억!"

마법사는 다급히 제온의 오른팔을 양손으로 붙잡았다. 그러나 거기까지였다. 약한 전류가 그의 몸 전체를 휘감으며 근육을 완전히 마비시킨 상황이다.

"당신이 대장인가 보군요."

마법사는 마흔 살쯤 되어 보였다. 그는 경악한 눈으로 제온을 노려보며 몸을 떨었다. 입가에서 침이 흐르는 것은 안면 근육이 경직되어 입을 다물 수 없기 때문이었다.

"이, 이어 마도……."

이런 말도 안 되는!

마법사는 그렇게 말하고 싶었다. 자신의 목을 움켜쥔 남자의 마력은 마법사의 상상을 아득히 초월하고 있었다.

머릿속에 떠오른 단어는 오직 하나였다.

아크메이지.

전 세계에 여섯 명밖에 없다는 아크메이지. 그중에서도 뇌전을 다루는 마법사는 오직 한 명이었다.

마법사의 입에서 절망의 신음이 새어 나왔다.

"제, 제오……."

"그렇습니다. 제가 제온 스태틱입니다."

제온은 작게 고개를 끄덕였다. 나머지 아홉 명의 마법사가 제온을 포위한 상태였지만, 적의 손에 붙잡힌 동료 때문에 함부로 마법을 쓸 수는 없었다.

"대장님을 풀어줘!"

"당장 항복해라! 넌 포위됐어!"

"목숨이 아깝다면 포기해라!"

마법사들이 부릅뜬 눈으로 제온을 노려보며 소리를 질렀다. 제온은 그들의 감지 범위가 10미터도 되지 않는다는 사실을 알 수 있었다.

만약 그보다 넓었다면 이렇게 기세등등하게 소리칠 수 없었을 테니까.

"지금부터 몇 가지 질문을 하겠습니다."

제온은 사방의 고함에 눈길조차 주지 않고 눈앞의 마법사에게 말했다.

"정직하게 대답하면 목숨은 살려드리겠습니다. 아시겠습니까?"

마법사는 전력을 다해 고개를 끄덕였다. 그는 고용된 용병이었다. 눈앞에 있는 공포 앞에서 타로스 왕국에 대한 충성 같은 걸 지킬 여력은 없었다.

"지금 이 군대에 당신보다 강력한 마법사가 속해 있습니까?"

마법사는 3초 정도 생각하다 고개를 저었다. 제온은 고개를 끄덕이며 말했다.

"그럼 미들 위저드, 그러니까 당신과 비슷한 급의 마법사는 몇 명이나 있습니까?"

"여, 여……."

"열 명 정도입니까?"

마법사는 고개를 끄덕였다. 온몸에서 식은땀이 흘러 옷이 푹 젖은 상태였다.

제온은 계속 질문했다.

"타로스 왕국에는 크롬나이트가 있죠. 지금 이 군대에도 있습니까?"

"그, 그, 그러……."

"그렇군요. 몇 명이나 있습니까?"

"스, 스무……."

"스무 명입니까?"

마법사는 고개를 끄덕였다. 온몸이 사시나무처럼 떨리는 걸로 봐서 거의 한계에 다다른 것 같았다.

아무리 미약하다 해도 이 이상 몸 안에 전류를 흘려 넣었다간 심장이 멈추거나 영구적인 신경의 손상을 입게 될 것이다.
제온은 무표정한 얼굴로 마법사를 노려보며 마지막 질문을
던졌다.

"이 군대의 지휘관은 누구입니까?"

"아, 아우… 아베……."

"아베? 아베론 후작 말입니까?"

마법사는 눈물을 흘리며 눈을 깜빡였다. 더 이상 고개를 끄
덕이는 것조차 힘들어 보였다. 제온은 즉시 전력을 거둔 다
음, 가장 가까운 곳에 있는 젊은 마법사를 향해 날아가기 시
작했다.

"오, 오지 마!"

제온의 접근에 젊은 마법사는 깜짝 놀라며 양손을 내밀었
다. 제온은 손 안에 축 늘어진 마법사를 젊은 마법사에게 집
어 던지며 말했다.

"받으세요."

"우왁!"

젊은 마법사는 깜짝 놀라며 자신들의 대장을 붙잡아 안았
다. 가까스로 한숨을 내쉬며 고개를 든 마법사의 눈앞에는 어
느새 손이 닿을 만한 거리까지 붙은 제온의 얼굴이 있었다.

"헉……."

젊은 마법사는 제온의 마력을 감지하고는 새파랗게 질려
부들거리기 시작했다. 제온은 주위에 있는 다른 마법사들을

둘러보며 말했다.

"지금부터 10초 드리겠습니다. 모두 제 눈에 띄지 않는 곳으로 도망치십시오. 그럼 살려드리겠습니다."

"모두 도망쳐! 제온 스태틱이다!"

대장을 품에 안은 젊은 마법사가 즉시 소리치며 동쪽으로 날아가기 시작했다. 마법사로서의 재능은 평범해도 두뇌 회전은 무척 빠른 모양이었다.

그러자 엉거주춤한 자세로 공중에 떠 있던 다른 마법사들도 즉시 젊은 마법사를 따라 도망치기 시작했다. 눈으로 직접 봐야 공포에 떠는 병사들과는 달리 마법사는 그 이름만 들어도 저항의 의지를 잃고 도망칠 정도였다.

"페슈마르의 마법사라면 몰라도 타로스라면……."

제온은 혼잣말을 중얼거리며 적진 깊숙한 곳으로 움직였다. 대륙 최강의 마법대국이라는 자부심, 거기에 최강의 마도사인 국왕에 대한 강한 충성심을 가진 페슈마르 왕국의 마법사와는 달리, 타로스 왕국의 마법사는 일부를 제외하고는 철저히 돈을 중심으로 한 계약관계였다.

그들에겐 목숨을 걸고 자신과 싸울 동기가 없었다. 제온은 약 오백 명 정도의 궁병이 대열을 갖춘 채 자신을 겨누는 것을 발견하고는 오른손을 뻗었다.

"볼 라이트닝."

동시에 소용돌이치며 휘감기는 전기의 구체가 궁병들을

향해 날아갔다. 동시에 수백 발의 화살이 볼 라이트닝과 교차
하며 제온을 향해 쏟아졌다.

파지지직!

운 좋게 목표를 맞춘 수십 발의 화살이 제온의 역장에 막히
며 맥없이 지면으로 떨어졌다. 반면 제온의 볼 라이트닝은 궁
병들의 중심부를 파고들며 일순간 수십 가닥의 전류를 사방
으로 방출하기 시작했다.

파지지지지지지지직!

한 가닥의 전류마다 네댓 명의 궁병이 대가를 치러야 했다.
물론 대가는 목숨이었다. 궁병들은 동료의 죽음에도 이를 악
물고 계속해서 화살을 쏘아댔지만, 제온은 아랑곳없이 그들
의 머리 위를 날아가며 지면을 향해 강력한 뇌전 줄기를 연속
으로 쏘아댔다.

파직!

파지지직!

파지지지지직!

그것은 마치 인간의 죄를 심판하는 뇌신(雷神)을 연상시켰
다. 아무리 강력한 전의에 불타던 병사라 해도 그 모습을 보
고 용기를 잃지 않을 수 없었다.

압도적인 힘.

그것은 모든 종류의 힘 중에서도 가장 위쪽에 있는 힘이다.
물론 마력이라는 한계가 있는 힘이긴 하지만, 제온은 자신의

한계를 완벽하게 제어할 수 있는 냉정함을 갖추고 있었다.

'적들이 왼쪽에서 몰려오는데…….'

별다른 저항 없이 적진의 종심(縱深)을 향해 날아가던 제온은 어느 순간부터 병사들이 자신이 있는 방향으로 움직이는 것을 발견했다.

처음에는 네프카가 원인이라고 생각했다. 그러나 네프카의 몸 상태를 생각하면 이렇게 적진 깊숙이 들어오지는 않았을 것이다.

그렇다면 남은 것은 마그나스였다. 제온은 멀리 하늘 높은 곳에 떠 있는 깨알 같은 작은 점을 발견하고는 쓴웃음을 지었다.

―병사들을 몰아줄 테니까 한 방 제대로 먹여!

직접 대화를 나눌 필요도 없었다. 마그나스의 의도를 읽은 제온은 일단 지상으로 내려와 물결처럼 밀려오는 적진을 노려보았다.

"마그나스의 명령이라면 들어야지."

제온은 웃으며 오른팔을 당겼다. 그의 목적은 깊숙한 곳에 있을 적의 지휘관, 바로 아베론 후작을 생포하거나 제거하는 것이었다. 그러나 이쯤에서 밀집된 적에게 라이트닝 캐논을 한 방 날려주는 것도 나쁘지 않을 것 같았다.

'아니, 나중에 아베론을 추격해 잡을 걸 생각하면 최대한 마력을 아끼는 게 좋겠어.'

순간적으로 작전을 변경한 제온은 당겼던 오른팔을 내리고 대신 왼손에 낀 반지를 내밀었다. 전장은 혼란 그 자체였다. 제온을 피해 도망치는 병사들이 마그나스가 만든 흐름에 억지로 밀려오는 병사들에게 막혀 비명을 지르기 시작했다.

"안 돼! 도망쳐! 도망쳐야 해!!"

"뭐야, 너희는? 어느 부대 소속이야!"

"탈주는 처형이다! 빨리 싸우지 못해!"

"아니야! 못 싸워! 저런 괴물과는 싸울 수 없어!"

"비켜! 제발 비키라고!"

제온은 그 혼란의 중심부에 라시드의 반지를 휘둘렀다. 수백 명의 목숨이 눈 깜짝할 순간에 사라지는 가운데,

파직!

중간에 무언가 걸리는 느낌이 들었다.

'뭐지?'

그것은 처음 베었을 때완 확연히 다른 감각이었다. 사정거리 안에 있던 대부분의 병사가 허리가 반으로 잘린 채 바닥에 쓰러지는 가운데, 중간에 섞여 있는 한 무리의 기사만이 무거운 몸을 버티며 지면에 서 있었다.

"크롬나이트……."

제온의 눈이 순간적으로 커졌다. 그들의 정체는 은회색의 육

중한 풀 플레이트 아머를 착용한 살아 있는 안티 매직(Anti-magic) 병기였다.

병사들 사이에 엉켜 있던 크롬나이트의 숫자는 모두 스무 명이었다. 그중 광선에 가장 먼저 닿은 네 명은 몸이 반 토막 난 채로 즉사했고, 두 명은 광선이 옆구리부터 한 뼘 이상 파고들어 간 치명상을 입고 죽어가는 상태였다.

그러나 이들의 희생 덕분에 나머지 열네 명의 기사가 목숨을 구한 것이다. 제온은 다시 검은색으로 돌아온 라시드의 반지를 보며 생각했다.

'딱 두 번 썼을 뿐인데 벌써 약점이 드러나다니… 출력을 너무 조절했나? 아니면 크롬나이트의 안티 매직 기술이 그만큼 뛰어난 건가?'

하지만 제스터 섬에서 싸웠을 때 제온이 기억한 크롬나이트의 항마력은 이보다 훨씬 약했다. 제온의 계산이 틀린 게 아니라면 결론은 두 가지였다.

그 짧은 시간에 타로스 왕국이 안티 매직 기술을 비약적으로 향상시켰든가, 아니면 일반적인 마법에 비해 특별히 라시드의 반지에게 강력한 내성을 가지고 있든가.

'크롬나이트에 사용된 기술 중 일부는 데커의 연구실에서 전수해 준 거야. 어쩌면 초신수의 마력에 보다 강한 방어력을 가지고 있는지도 모르겠어.'

제온은 후자라고 생각하며 적들을 바라보았다. 예상 밖의 일격을 당한 크롬나이트는 순식간에 밀집 대열을 갖추고 제온을 향해 돌진하기 시작했다.

"제온 스태틱! 제스터 섬의 원한을 갚아주마!"

선두에 선 기사 중 한 명이 격한 목소리로 고함을 질렀다. 제온은 그 목소리를 기억하며 쓴웃음을 지었다.

"아셰린이라고 했던가? 여기저기서 고생하는군."

"하아아아압!"

기사들은 마치 한 몸처럼 일제히 함성을 지르며 칼을 치켜들었다. 하지만 제온은 적들의 사정거리에 들어오기 전에 레비테이션으로 공중에 떠올랐다.

"아니?"

기사들은 당황한 눈으로 하늘을 올려다봤다. 제온은 적들을 잠시 노려보다 미련 없이 몸을 돌리며 동쪽으로 날아가기 시작했다.

"…쓸데없이 마력을 낭비할 필요는 없지."

"거기 서, 제온! 비겁하게 도망치는 거냐!"

아셰린의 비명 같은 함성은 전장의 소음에 묻혀 거의 들리지도 않았다. 물론 제온은 일부러 그들과 싸울 필요는 없었다. 크롬나이트의 전략적인 가치는 강력한 항마력으로 적 마법사들의 마력을 낭비하게 만드는 것. 그렇다면 상황에 따라 피하면 그만이었다. 제스터 섬에서는 싸우는 사람이 제온 혼자뿐이었지만, 지금은 페슈마르 왕국의 군대가 뒤를 받쳐주고 있다.

제아무리 최신 기술과 높은 항마력으로 무장한 크롬나이트라 해도 적이 평범한 병사라면 마찬가지로 그냥 무거운 갑옷을 입은 평범한 기사에 불과했다. 제온은 하늘을 날며 적의 밀집 지역에 체인 라이트닝이나 볼 라이트닝을 간간이 날려주면 그만이었다. 그리고 마력이 바닥나기 전에 적의 사령부를 붕괴시키는 것이 최선이었다.

"아베론 후작은 어디 있지?"

제온은 좀 더 높은 곳으로 떠올라 적진을 살피기 시작했다. 그때 바람을 가르는 소리와 함께 누군가 빠른 속도로 그를 향해 날아왔다.

"제온! 일단 뒤로 빠지는 게 좋겠어!"

날아온 것은 다름 아닌 마그나스였다. 제온은 마그나스의 몸에서 마력이 상당히 빠져나갔음을 느끼며 대답했다.

"지친 거야? 난 좀 더 싸울 수 있을 것 같은데?"

"멍청아! 내가 지쳤다고 너한테 빠지라고 날아왔겠냐?"

"그럼?"

"네프카가 포위당했어! 상황이 안 좋아질 수도 있으니까 도와주러 가야 해!"

"정말이야?"

제온은 대답과 동시에 몸에서 역장과 레비테이션을 풀었다. 마그나스는 지면으로 떨어지는 제온의 몸을 기다렸다는 듯이 윈드 그랩(Wind grab)으로 붙잡은 다음 서쪽을 향해 전 속력으로 날아가기 시작했다.

"내 쪽은 도망치기 바쁘던데, 네프카는 어쩌다가 포위당한 거야?"

제온이 물었다. 마그나스는 골치 아픈 얼굴로 고개를 저으 며 말했다.

"그냥 적의 숫자가 너무 많았어! 네프카의 위치가 적의 정 중앙이라 몰려오는 병사들을 모두 처리할 수 없었고!"

"샐러맨더 킬러 두 녀석이 붙어 있잖아? 여차하면 하늘로 날아서 도망치지 않고?"

"나도 몰라! 네프카의 몸 상태가 나빠진 게 아닐까?"

마그나스의 예상은 적중했다. 네프카는 적에 대한 증오로 억지로 전장에 나왔을 뿐, 결코 싸울 수 있는 몸 상태가 아니 었던 것이다.

"폐하! 조금만 더 참으십시오!"

"곧 원군이 도착할 겁니다!"

샐러맨더 킬러인 기븐과 아스타는 사방에 얼음의 벽을 펼 치며 필사적으로 네프카를 지키고 있었다. 한쪽 무릎을 꿇고 고개를 숙인 네프카는 이를 악문 채 하얗게 질린 얼굴로 식은 땀을 흘리고 있었다.

"미안하다. 나도 이렇게 될 줄은……."

네프카는 고통스러운 목소리로 중얼거렸다. 문제는 9등급 마법인 인퍼널 스톰이었다. 아슬아슬하게 현상을 유지하던 화상의 상처가 대량의 마력을 순간적으로 움직인 탓에 또다시 격렬한 반응을 시작한 것이다.

피부에서 배어나오는 붉은 피와 투명한 진물은 더 이상 붕대로 커버할 수 있는 수준이 아니었다. 기븐과 아스타는 상황이 더 심각해지기 전에 네프카의 몸을 잡고 하늘로 도망치려 했지만, 네프카의 몸은 말 그대로 손끝 하나 댈 수 없을 정도로 심각해진 상태였다.

동시에 적의 군대는 기세를 높여 사방을 포위하기 시작했다. 제온의 경우와는 달리 네프카를 상대하던 병사들은 억지로라도 사기를 유지할 수 있었다. 타로스 왕국에 있어 네프카는 공포의 대상이자 동시에 가장 달콤한 유혹이었던 것이다.

"포위해! 둘러싸서 한번에 공격하는 거다!"

"궁병대! 궁병대는 뭐하고 있나! 화살을 쏟아부어!"

"저게 페슈마르의 국왕이다! 저것만 잡으면 우리가 승리한다!"

"우리 손으로 이 전쟁을 승리로 끝내는 거다!"

약 5천 명에 달하는 타로스 왕국의 선봉대는 필사적으로 통솔을 유지하며 네프카의 주위로 몇 겹의 포위망을 구축했다. 이미 퇴각을 시작한 본대와는 틈이 완전히 벌어진 상태였지만, 어쨌거나 네프카만 잡으면 비교할 수 없는 전과를 거두며 전쟁에서 이길 수 있는 것이다.

이윽고 연락을 받은 타로스 왕국의 마법사 부대가 날아와 공중의 퇴각로를 차단하기 시작했다. 마법사의 숫자는 대략 마흔 명 정도였고, 그중에서 미들 위저드 급의 마법사는 고작 네 명에 불과했다.

평소라면 네프카 혼자서 전원을 상대할 수 있었을 것이다. 하지만 네프카는 꼼짝도 할 수 없는 상태였다. 아무리 기븐과 아스타가 미들 위저드 중에서도 상급에 달하는 강력한 마법사라 해도 오직 둘이서 이 모든 적을 막아내는 것은 불가능에 가까운 일이었다.

쉬이이이익!

그때 적의 궁병대가 쏘아대는 수백 발의 화살이 네프카의 머리 위로 떨어졌다. 두 명의 샐러맨더 킬러는 급하게 돔 모양의 얼음벽을 만들어 적의 화살을 막아냈고, 연속으로 날아오는 파이어 볼과 파이어 애로우를 막기 위해 역장을 펼치며 공중으로 3미터쯤 솟아올랐다.

콰과과과과광!

수십 발의 불덩어리가 두 마법사의 몸을 짓누르며 폭발했다. 피하는 것도 충분히 가능한 마법이었지만 기븐과 아스타는 절대로 그렇게 할 수 없었다. 자신들이 먼저 죽으면 죽었지 국왕인 네프카를 남겨놓고 도망칠 수는 없었다.

그 순간, 강력한 폭풍이 공중에 떠 있는 타로스 왕국의 마법사들을 집어삼켰다.

휘이이이익!

"우와아아악!"

"뭐, 뭐야, 이건!"

마법사들은 비명을 지르며 수십 미터를 날려가 지면에 추락했다. 그것은 질풍계 8등급 마법인 템페스트(Tempest)였다. 만일의 사태를 대비해 역장을 펼치고 있던 소수의 마법사들만이 가까스로 폭풍을 버티고 동쪽 하늘을 노려보았다.

"테, 템페스트?"

"대체 누가?"

동쪽 하늘에서는 두 명의 마법사가 빠른 속도로 날아오고 있었다. 방금 전의 마법으로 남아 있는 대부분의 마력을 소모한 마그누스는 하얗게 질린 얼굴로 그 자리에 멈추며 말했다.

"나… 방금 전에 좀 무리한 것 같아."

"수고했어. 뒤는 나한테 맡겨."

제온은 자신의 몸을 감싸고 있던 윈드 그랩이 풀리는 것을 느꼈다. 레비테이션으로 추락하는 몸을 제어하며 즉시 적진의 한가운데로 몸을 던졌다.

파지지지지직!

단지 역장에 닿았을 뿐인데도 십여 명의 병사가 강렬한 전기 충격을 느끼며 쓰러졌다. 그곳은 네프카의 동쪽 포위망의 중심으로, 착지와 동시에 수백 명의 적에게 포위를 자처한 꼴이었다.

"죽여!"

칼보다 함성이 먼저 날아왔다. 제온은 양팔을 좌우로 뻗으며 손 안에 응축된 마력을 순간적으로 방출했다.

파직!

찰나의 순간, 그것은 뇌전계 5등급 마법인 라이트닝 볼트처럼 보였다. 두 가닥의 라이트닝 볼트에 의해 직선상에 있던 십여 명의 병사가 순간적으로 감전되며 몸을 떨었다.

그러나 그걸로 끝이 아니었다. 제온은 자신이 뻗어낸 뇌전 줄기를 그대로 움켜쥐며 마력을 쏟아부었다.

파지지직!

그것은 바로 뇌전의 칼이었다. 그 칼을 1초 동안 유지하기 위해 필요한 마력은 7등급 마법인 체인 라이트닝을 사용하는 마력과 동일했다.

제온은 칼을 쥔 채로 즉시 몸을 회전시켰다.

파지지지지지지직!

정확히 1초의 시간 동안 180도를 회전했다. 제온은 즉시 손을 풀고 뇌전의 칼을 소멸시켰다. 결과는 그를 중심으로 반지름이 20미터에 달하는 거대한 원에 들어 있던 모든 병사의 죽음이었다.

"우와아아악!"

"뭐, 뭐야, 이거!"

거대한 원의 근처에 서 있던 병사들이 기겁하며 몸을 뒤로 물렸다. 그 일격으로 네프카를 둘러싼 포위망의 일부가 완전히 붕괴되었고, 결정적인 승리를 갈망하던 타로스 군의 사기도 극적으로 꺾이고 말았다.

'상황에 따라선 라시드의 반지보다 이게 더 낫겠군.'

제온은 레비테이션으로 몸을 살짝 띄운 다음 죽은 시체를 넘어 네프카가 있는 곳으로 날아갔다. 그가 천천히 날아가는 동안 공격하는 사람은 아무도 없었다.

이토록 강력한 뇌전 마법을 다루면서 동시에 페슈마르의 국왕인 네프카와 친분을 가진 마법사가 몇 명이나 있을 것인가?

"제온······."

"나인제로 몬스터즈의 라이트닝······."

"신수교단에 쫓겨 다니던 거 아니었나?"

병사들은 경악한 눈으로 제온이 네프카의 곁에 착지하는 것을 지켜보았다. 병사들의 머릿속에는 거의 동시에 똑같은 생각이 떠올랐다.

자신들이 페슈마르 왕국을 침공한 명분은 바로 국왕인 네프카가 신수교단의 교황을 죽였기 때문이다.

그리고 제온 스태틱이 신수교단에 쫓겨 다니는 이유는 바로 그가 신관들을 학살하고 이단자가 되었기 때문이다.

즉 네프카와 제온은 완전히 똑같은 것이다. 그것은 그들의 적에게 있어 최악의 상황이 현실이 되었다는 것을 의미했다.

"네프카? 몸에 문제가 있어?"

제온은 허리를 숙이며 네프카에게 물었다. 한쪽 무릎을 꿇고 있던 네프카는 고개조차 들지 못한 채 가까스로 대답했다.

"면목 없다. 움직이기 힘든 상태가 돼버렸어."

"그래, 내가 봐도 좀 심각해 보여."

제온은 네프카의 옷깃 사이로 보이는 붕대가 붉게 물든 것을 확인했다. 그리고는 고개를 치켜들고 공중을 향해 주먹을 두 번 쥐어 보였다. 그것은 마도대전 당시에 사용하던 수신호로 아군에 심각한 부상자가 생겼으니 보호해야 한다는 의미를 가지고 있었다.

"그래, 알았다고. 남은 마력은 별로 없다만……."

수신호를 확인한 마그나스가 고개를 끄덕이며 천천히 아래쪽으로 내려왔다. 어쩔 줄 모르고 주춤거리던 타로스의 병사들은 새롭게 등장한 마법사의 모습에 한층 더 긴장하지 않을 수 없었다.

"저건 또 누구지?"

"샐러맨더 킬러인가?"

"아냐, 옷 색깔이 다르잖아."

"남자 주제에 머리카락이 상당히 긴데?"

"잠깐, 나 저 마법사 본 적 있어."

"뭐? 누군데?"

"3차 마도대전의 전승 행사에서 본 적 있는데……."

"맞아! 마그나스!"

"마그나스 그람벨이다!"

하얗게 질려 있던 병사들의 얼굴이 이제는 푸른빛으로 변하기 시작했다. 지금 그들의 눈앞에 3차 마도대전의 영웅 중 세 명이 모여 있는 것이다.

"이런⋯⋯."

"말도 안 돼⋯⋯."

병사들은 고개를 저으며 뒤로 주춤거렸다. 물론 네프카는 전투 불능이고, 마그나스는 마력이 거의 고갈되었으며, 제온 역시 상당한 마력을 소모한 상태였다. 하지만 병사들에게 있어서 그런 사실은 중요하지 않았다. 어떻게든 아군의 사기를 끌어올려 적을 공격해야 할 장교들부터 먼저 뒷걸음치며 꽁무니를 빼기 시작했다.

"마력도 별로 없는데 불러서 미안해."

제온이 마그나스를 보며 말했다. 마그나스는 서서히 물러나는 적군을 바라보며 고개를 저었다.

"아니, 허세를 부리기에 딱 좋은 상황이었어. 이래 봬도 나 인제로 몬스터즈 나부랭이니까."

"겸손하긴. 네가 우리 두뇌 아니었어?"

"두뇌니까 이런 소리도 하는 거겠지? 그런데 방금 전에 그거 라이트닝 소드야?"

마그나스가 물었다. 제온은 어깨를 끄덕이며 대답했다.

"맞아. 전에 네가 아이디어를 줬던 그거."

"그게 대체 언제 일인데… 잊지 않고 완성했구나."

"그러고 보니 말을 안 했네. 전에 마족들 상대할 때 큰 도움이 됐어."

"마족? 그때 그 슬라임 무더기 말이야?"

"아니, 제노슈나 아들."

"칠흑의 마왕 아들? 그때 그걸 썼어?"

제온은 고개를 끄덕였다. 그리고 공포에 질린 적의 병사들을 노려보며 화제를 돌렸다.

"저것들, 몇 방 더 먹여주면 완전히 도망치려나?"

"아, 아니야. 지금은 마력을 아끼는 게 좋겠어."

마그나스는 힐끔 뒤를 돌아보며 말했다.

"페슈마르의 군대가 이미 양 날개를 펼쳤어. 남은 적은 완전히 포위되어 섬멸될 거야. 우린 네프카만 지키면 돼."

"그럼 이겼군."

제온은 소리가 들리지 않게 한숨을 내쉬었다. 타로스의 병사들은 여전히 판단을 내리지 못하고 어물거리고 있었는데, 서서히 사방에서 울리는 함성 소리에 자신들이 오히려 포위되고 있다는 것을 깨닫기 시작했다.

"퇴각! 전군 퇴각하라!"

"적군이 몰려온다!"

"후방 부대가 있는 곳으로 퇴각해!"

"달려! 라시크 요새까지 퇴각한다!"

장교들이 뒤늦게 소리를 지르며 가장 먼저 도망치기 시작했다. 그 와중에도 자신들이 있는 곳에 닿지 않도록 포위를 풀고 멀리 돌아 도망치는 병사들의 모습에 제온과 마그나스는 쓴웃음을 지을 수밖에 없었다.

"살려서 돌려보낼 것 같냐!"

그 순간 일행의 머리 위를 이그니스가 스치듯 날아 지나갔다. 이그니스의 뒤로 페슈마르군의 마법사 십여 명이 따라 날아갔고, 잠시 후엔 가장 먼저 도착한 페슈마르의 보병들이 일행의 주위를 둥글게 둘러싸 벽을 만들기 시작했다.

"마차를! 빨리 마차를 대령해라! 폐하를 모시고 성으로 돌아가야 한다!"

기븐과 아스타가 즉시 병사들을 향해 소리를 지르며 재촉하기 시작했다. 그러자 한숨 돌린 마그나스가 두 사람을 제지하며 말했다.

"잠깐. 마차로 언제 돌아가게요. 제가 왕궁까지 모실 테니까 걱정 마세요."

"하지만 마그나스 경!"

"폐하의 몸은 지금 손을 댈 수 있는 상황이 아닙니다!"

샐러맨더 킬러들이 즉각 반발하며 소리쳤다. 그러자 여전히 몸을 숙이고 있던 네프카가 오른손을 천천히 들어 올리며 말했다.

"기븐, 아스타, 걱정 말고 마그나스에게 맡겨라."

"폐하!"

"마그나스라면 누구보다 안전하게 날 옮겨줄 테니 걱정 말고⋯⋯."

순간 네프카가 의식을 잃고 앞으로 고꾸라졌다.

"폐, 폐하!"

"안 돼!"

샐러맨더 킬러들이 움찔하며 반응하려는 순간, 고꾸라지는 네프카의 몸이 투명한 무언가에 걸린 듯 비스듬한 자세로 고정되었다.

"그러니까 걱정 안 해도 된다니까요?"

마그나스는 가볍게 웃으며 어깨를 으쓱였다. 이미 네프카의 몸 주위에 윈드 그랩으로 쿠션을 만들어놓은 상태였던 것이다.

"최대한 부드럽게 옮길 테니까 마음 놓으셔도 됩니다. 걱정되면 뒤에서 따라오시든가요."

마그나스는 펼쳐 놓은 윈드 그랩으로 네프카의 몸을 조심스레 감싸 든 다음 공중으로 떠올라 서쪽을 향해 천천히 날아가기 시작했다. 기븐과 아스타는 즉시 기절한 네프카의 좌우를 지키며 날아갔고, 제온은 멀어지는 마그나스를 향해 목소리를 높여 소리쳤다.

"남은 마력으로 왕궁까지 괜찮겠어?"

"그 정도는 충분해! 넌 남아서 뒤처리를 해줘!"

마그나스의 대답엔 힘이 실려 있었다. 제온은 그걸로 충분하다고 생각하며 멀어지는 마그나스의 반대 방향으로 날아가기 시작했다.

"아직 마력이 꽤 남아 있으니까… 그럼 이제부터는 잔당을 소탕해 볼까?"

제온은 높은 곳으로 날아올랐다. 그러자 둘로 갈라진 적의 군대가 정신없이 도망치는 것과 이미 양 날개를 펼쳐 그런 적들을 반 포위하듯 뒤쫓고 있는 페슈마르의 군대를 볼 수 있었다.

재밌는 것은 도망치는 적의 숫자가 여전히 페슈마르의 군대보다 압도적으로 많다는 점이었다. 제온과 네프카가 아무리 수많은 적을 학살했어도 그 숫자는 적의 총병력 6분의 1에 불과했다.

그러나 처참하게 죽어나간 5천 명의 병사는 남은 2만 5천 병사의 사기를 밑바닥까지 떨어뜨리기에 충분했다. 제온은 전장에 널브러져 있는 수많은 적병의 시체에 속이 울렁거리는 것을 느꼈다.

그것은 죄책감이라기보다는 혐오감이었다. 이토록 수많은 인간을 죽였는데도 별다른 죄책감을 느끼지 못하는 스스로가 혐오스러웠다.

# 18장

냉기의 지배자

"네프카, 몸은 좀 어때……?"

제온이 방문을 열고 들어갔을 때, 네프카의 침대 옆에 한 여성이 앉아 있는 것이 보였다. 네프카 말고는 아무도 없다고 생각한 제온은 당황하며 걸음을 멈췄다.

"안녕하세요. 제온 스태틱 경이시죠?"

여자는 의자에서 일어나며 정중하게 인사를 건넸다. 20대 초반의 나이에 화이트 블론드의 머리카락이 잘 어울리는 온화한 느낌의 미인이었다.

"저는 아체 화이트라고 합니다. 아직 공인받지 않았지만 폐하의 측실입니다. 놀라게 해드렸다면 죄송합니다."

"확실히 놀라긴 했습니다만……."

제온은 한참 동안 말없이 눈을 깜빡였다. 정말 놀란 것은 눈앞에 있는 여성에 대한 놀람이 시간이 지나도 가시지 않는다는 사실이었다.

첫 번째 이유는 그녀의 몸에서 기척이 전혀 느껴지지 않는다는 것이었다.

제온이 당황한 것은 방 안에 오직 네프카밖에 없다는 사실을 감지한 다음 들어왔기 때문이다. 물론 마법사의 감지력은 상대의 마력을 감지하는 것이다. 덕분에 상대가 마력이 전혀 없는 일반인이라면 효과가 없지만, 제온은 마력에 더불어 인간의 몸 안에 흐르는 생체전류를 느끼기 때문에 그런 실수를 할 가능성이 전혀 없다고 할 수 있었다.

문제는 아체의 몸에서 생체전류의 기운이 전혀 느껴지지 않는다는 것이었다. 제온은 눈으로 보면서도 자신의 눈앞에 있는 여자가 진짜 인간인지 확신할 수 없었다.

'어쩌면 뱀파이어 같은… 언데드의 종류인가?'

하지만 언데드라면 적어도 마력이 느껴져야 한다. 그들이 불사의 존재인 이유는 그저 이미 숨이 끊어지고 죽은 몸을 마력의 힘으로 움직이기 때문이다.

하지만 아체의 몸에서는 한 가닥의 마력조차 느껴지지 않았다. 제온은 당혹감과 호기심을 이기지 못하고 아체의 곁으로 다가가며 말했다.

"…잠시만 실례하겠습니다."

제온은 아체의 목덜미에 손끝을 살짝 가져다 대었다. 촉감과 온기와 맥박까지 그녀는 누가 뭐래도 살아 있는 인간이었다.

"어이, 아무리 비공인이라 해도 내 부인이라고."

그때 죽은 듯 누워 있던 네프카가 말했다. 제온은 마치 달궈진 철판에 손을 댄 것처럼 급히 손을 떼며 뒤로 물러났다.

"죄송합니다, 폐하. 저도 모르게 그만……."

"후후후. 폐하의 말씀이 사실이었군요."

아체는 당황한 제온을 바라보며 웃음을 짓기 시작했다. 그리고는 먼저 다가가 제온의 손을 붙잡으며 말했다.

"걱정하실 필요 없어요. 자, 어떤가요? 확실히 살아 있는 인간이죠?"

"그런데 어째서……."

"체질이에요. 저는 태어났을 때부터 몸에서 느껴지는 모든 신호를 감출 수 있었어요. 화이트 가문에서는 가끔 특이한 체질의 마법사가 태어나거든요. 그것 때문에 폐하께서 제온 경이 오시면 깜짝 놀랄 거라고 하셨는데 정말이네요. 다시 한번 놀라게 해드려서 죄송합니다."

아체는 고개를 꾸벅이며 제온의 손을 놓아주었다. 덕분에 제온은 그녀에게서 느낀 모든 의문을 해소할 수 있었다.

그녀에게서 놀란 두 번째 이유는 바로 그녀가 자신의 아내이던 프로나와 대단히 흡사한 외모를 가지고 있다는 사실이었다.

아체의 얼굴은 좀 더 어린 시절의 프로나를 떠올리기에 충분했다. 제온은 환하게 웃던 프로나의 얼굴을 떠올리며 가슴이 미어지는 것을 느꼈다.

"…그러고 보니 아내가 특이한 사촌에 대한 이야기를 해주던 기억이 나는군요."

"프로나 언니 말이죠? 어렸을 때는 꽤 자주 만났거든요."

아체는 그렇게 말하며 조금 쓸쓸한 미소를 지었다. 그녀는 강력한 마법사의 혈통으로 유명한 화이트 가문의 당주인 코크스 화이트의 동생 스타비 화이트의 막내딸이었다.

제온은 소리 없이 한숨을 내쉬었다. 표정의 변화는 크지 않았지만, 그의 마음은 한바탕 크게 요동을 친 다음이었다.

"편하게 말해, 제온. 아체는 부인 중에서 유일하게 이런 이야기를 편하게 할 수 있는 존재니까."

네프카가 침대에 누운 채로 미소를 지었다. 제온은 침대 옆에 있는 테이블에 앉으며 천천히 고개를 저었다.

"설마 날 놀래주려고 아체 양과 결혼한 건 아니겠지?"

"그럴 리가. 자랑할 만한 이야기는 아니지만, 페슈마르 왕국의 국왕으로서 다양한 가능성을 염두에 두는 것은 당연한 일이다."

"다양한 가능성이라……. 물론 화이트 가문은 유명한 마법사 가문이긴 하다만 아체 양은……."

"마력 말인가? 그건 네가 몰라서 하는 말이다. 느낄 수 없을 뿐이지 아체는 뛰어난 마법사야."

"그렇지 않습니다. 세계 최고의 아크메이지 두 분 앞에서 몸 둘 바를 모르겠네요."

아체는 고개를 저으며 살짝 몸을 비틀었다. 제온은 혹시나 하는 마음에 감지력을 집중해 보았다. 그리고는 쓴웃음을 지으며 고개를 끄덕였다.

"확실히 대단한 능력입니다, 실제로 마법사이면서 마력이 느껴지지 않는다는 건."

"그래 봐야 미들 위저드 중에서도 중하급 수준이에요. 그리고 제게도 말씀을 낮춰주세요. 폐하께서는 편하게 말씀하시면서 제게 존대를 하시니 얼굴이 다 화끈거리네요."

실제로는 전혀 화끈거리지 않는 얼굴이었지만 제온은 가볍게 웃으며 고개를 끄덕였다.

"알았어. 실제로 내 처제이기도 하니까."

"사실 전 두 분의 결혼식에도 참석했었어요. 워낙 붐벼서 인사도 제대로 못한 바람에 기억하지 못하시는 모양이지만요."

"그때는 내가 워낙 정신이 없었거든. 기억 못해서 미안해."

"괜찮아요. 사실 저도 그때 폐하를 처음 만났거든요."

아체는 빙긋 웃으며 침대에 누운 네프카를 바라보았다. 네프카는 파리한 얼굴로 작게 고개를 끄덕이며 말했다.

"친구 결혼식에 가서 신붓감을 구한 셈이지. 네게는 또 한 번 신세를 진 셈이군."

"신세는 무슨. 아무튼 몸은 좀 괜찮고?"

제온은 어깨를 으쓱이며 물었다. 네프카는 천장을 바라보며 숨을 크게 들이마셨다.

"솔직하게 말하면 좋지 않아. 진통 성분이 강한 약초를 엄청나게 먹고 있는데도 견디기 힘들 정도다. 거기에 머리도 어지럽고… 안개가 낀 것 같은 기분이다."

"그러니까 너무 무리했다고. 그 꼴로 싸우러 나오는 왕이 어디 있냐?"

"변명의 여지가 없군. 하지만 왕이기 때문에 싸우러 나간 거다."

"변명의 여지가 없다면서 바로 변명을 하는구만."

제온은 피식 웃으며 말했다.

"아무튼 너답다면 너답긴 하다. 그래도 지금부터는 완치될 때까지 꼼짝도 하지 말고 푹 쉬라고."

"그러지 말라고 해도 그럴 참이다. 그래서 아체에게 병수발을 들라고 한 거고."

"가장 아끼는 부인이라는 건가?"

"아체는 마력이 느껴지지 않아서 긴장할 필요가 없어. 편하게 쉴 수 있다."

네프카는 딱딱한 목소리로 대답했다. 순간 아체가 의자에서 엉덩이를 들썩이며 너무한다는 듯 말했다.

"폐하, 그럴 때는 없는 말이라도 '내가 가장 사랑하는 부인이다'고 말해주셔야죠! 친구분 앞에서 그렇게 무안을 주시면 어떻게 해요!"

"…친구 앞이라서 그런 거다."

"우와! 정말 너무하세요. 이래서 부인이 다섯 명이나 되는 남자에게 시집오는 게 아니었다니까? 흥!"

아체는 콧방귀를 뀌며 돌아앉았다. 하지만 제온은 두 사람이 그런 장난까지 허용될 만큼 친하다는 것을 느끼며 안도했다. 의무적으로 수많은 부인을 얻고 자식을 낳아야 하는 네프카에게도 진심으로 마음을 터놓을 수 있는 친구 같은 아내가 생긴 것이다.

제온은 웃으며 말했다.

"잘됐구나, 네프카. 힘들 때 옆에 둘 수 있는 부인이 생겨서."

"분에 넘치는 복이라고 할 수 있지. 그런데 적군은 어떻게 되었지?"

"이틀 전 일이잖아. 보고받지 않았나?"

"대략적인 건 받았지. 그래도 자세히 듣고 싶다."

"나라고 별로 다를 건 없어."

제온은 어깨를 으쓱이며 말했다.

"너랑 마그나스가 여기로 돌아간 다음에 페슈마르의 군대가 도망치는 타로스 군을 추격해서 큰 피해를 입혔어. 적의 규모가 처음에 3만이었다고 하면, 무사히 도망친 건 절반도 채 안 될 거다."

"그렇군. 그 후에는 어떻게 되었지?"

"보고를 받았다면 알겠지만… 적의 잔존 병력은 라시크 요새로 퇴각했어. 아무리 패잔병이라도 만 오천 명이라면 여전히 대군이니까. 나중에 귀찮아질 것 같아서 내가 좀 괴롭혔지."

"어떻게 괴롭혔는지 자세히 듣고 싶군."

"특별한 건 아니고, 라시크 요새 주변을 몇 바퀴 날아다녔어. 가끔 체인 라이트닝도 쏴주면서 말이지. 처음엔 화살도 쏘고 마법도 쏘고 그러다가……."

"그러다가?"

"안 되겠다 싶었는지 퇴각하더라고. 지금쯤 국경을 넘어 본국으로 돌아갔을 거야. 난 네 부하들에게 라시크 요새를 인수시키고 바로 여기로 돌아온 거고. 그런데 이미 다 아는 사실 아냐?"

"물론 전부 아는 사실이다."

네프카는 고개를 끄덕였다.

"오전에 보고를 받았다. 페슈마르에 너보다 강한 마법사는 없지만, 그래도 너보다 빠른 마법사는 조금 있으니까."

"조금뿐일까? 내가 웬만큼 느릿보여야 말이지."

"아무튼 네 입으로 직접 듣고 싶었다. 네게 직접 설명을 듣고, 네게 직접 상을 내리기 위해서 말이다."

"상은 뭔 놈의 상."

제온은 눈살을 찌푸리며 말했다.

"그런 거 신경 쓸 필요 없다니까? 내가 너희에게 받은 걸 생각하면 이런 건 아무것도 아니야. 그리고 타로스 왕국은 내 적이기도 하다고. 날 죽이려고 신수교단에 크롬나이트를 보내준 건 알고 있지?"

"하지만 토벌단에는 나도 지원군을 보냈지."

"그야 뭐 상황이 어쩔 수 없었을 테니까."

제온은 어쩐지 괜히 이야기를 꺼냈다고 생각하며 쓴웃음을 지었다.

"아무튼 신경 쓰지 마. 실제로 내가 샐러맨더 킬러와 싸운 것도 아니고, 네가 어떻게든 지원군을 늦게 보내려고 시간을 끌었다는 것도 알고 있어."

"물론 그렇지. 하지만 직접적으로 돕지 못해서 정말 미안했다. 국왕이라는 자리가 날 짓누르고 있어서 어쩔 수 없었다. 이것도 다 변명이지만……."

"변명이 아니라 사실이지. 나도 다 알고 있으니까 마음 쓰지 마."

"그래도 미안하다. 그리고……."

네프카는 순간 눈을 찌푸리며 입술을 깨물었다. 그러자 조용히 앉아 있던 아체가 작은 물병을 꺼내 네프카의 입에 조심스레 부어 넣으며 말했다.

"너무 흥분하지 마세요, 폐하. 폐하께서 빨리 건강해지시는 게 제온 경에게 주실 수 있는 가장 큰 선물이랍니다."

"바로 그거야. 아체가 정말 말을 잘했네."

제온은 크게 고개를 끄덕였다. 진통 성분이 있는 약물을 마신 네프카는 한참 동안 고통을 참다가 이내 긴 한숨을 내쉬며 말했다.

"그건 마치 부모와 자식 같군."

"뭐?"

"자식이 그저 건강하게 잘 자라는 게 부모에게 줄 수 있는 가장 큰 선물이라고 하지 않나?"

"너처럼 큰 자식을 둔 기억은 없다만……."

제온은 눈살을 찌푸리며 웃었다. 네프카도 희미하게 웃으며 말했다.

"그럼 지금부터 자식 된 심정으로 다시 한 번 부탁을 하겠다. 이 페슈마르 왕국을 구해다오."

그리고는 잠시 침묵이 흘렀다.

그것은 아주 간단히, 그리고 빠르게 답할 수 있는 말이었다.

하지만 제온은 곧바로 대답하지 않았다. 네프카는 자신을 이렇게 만든 적에 대한 증오와 자신을 대신해서 국가의 중책을 맡길 수 있는 유일한 친구에 대한 믿음과 신뢰가 함께 담긴 눈으로 자신을 바라보고 있었다.

그 시선에 담겨 있는 무게가 제온을 한동안 침묵하게 만들었다. 아체 또한 간절한 표정으로 말없이 제온을 바라보고 있었다.

한참 후에 제온은 창 쪽으로 시선을 돌리며 말했다.

"축제가 내일모레던가?"

"준비는 오늘부터 해야 한다. 입관이 내일이고, 전투는 모레다."

"그래, 나도 알지."

3차 마도대전을 함께 치르는 동안 그들은 수많은 전장의 밤을 함께 보내며 서로가 가지고 있는 이야기를 모두 나누었다. 제온은 당시의 기억들을 떠올리자 가슴이 벅차오르는 것을 느꼈다.

그때는 모든 것이 완벽했다.

모두가 그들의 승리를 바랐다. 그들이 싸우는 것은 최강의 적이었고, 그의 곁에는 최고의 친구이자 동료들이 함께 있었다.

그리고 무엇보다 프로나가 있었다.

끝없는 전투로 심신이 무너지는 상황에서도 그녀가 있는 세상을 지킨다고 생각하면 불가사의할 정도로 새로운 힘이 솟아났다.

그러나 지금은 모든 것이 공허했다.

물론 네프카를 위해 싸우는 것은 당연했다. 그렇다고 어떤 새로운 열정이 타오르는 것은 아니었다.

그저 당연히 해야 할 일을 할 뿐이다.

그리고 그다음은 어떻게 해야 할까?

네프카를 대신해서 파이파와 싸운 다음엔?

당연히 초신수를 쓰러뜨려야 한다.

그러면 그다음엔?

"제온."

네프카는 친구의 얼굴에서 표정이 사라지는 것을 보며 급히 그의 이름을 불렀다.

"난 네가 해낼 걸 믿는다. 나도 한 일이니까. 너도 반드시 할 수 있어."

"아, 그래."

제온은 순간 정신을 차리며 고개를 끄덕였다.

"물론 해내야지. 그래도 뭔가 충고를 해줬으면 좋겠는데."

"파이파와의 전투가 어떤 식으로 진행되는지는 전에 자주 이야기했지. 물론 그때는 나도 실제로 경험해 본 것은 아니었기 때문에 중요한 몇 가지 사실을 모르고 있었다."

"새롭게 뭘 알아냈지?"

"우선 파이파는 끊임없이 말을 걸어온다."

네프카는 시선을 천장으로 옮기며 말했다.

"아바마마는 그 사실을 내게 말해주지 않았다. 이유는 잘 모르겠다. 특별히 비밀로 할 문제는 아니었던 것 같은데……."

"혹시 선왕께서 싸우실 때는 파이파가 말을 걸지 않았던 게 아닐까?"

"그것도 물어봤다. 아니라고 하더군."

"물어봤다고? 파이파한테?"

"그래."

"뭐야, 그건? 서로 정답게 이야기를 주고받으면서 싸우는 거야?"

"정답지는 않다. 그렇다고 적대적인 것도 아니지."

네프카는 웃으며 말했다.

"이렇게 말하니 나도 좀 이상하지만, 파이파와의 대화는 여러 가지로 많은 도움이 되었다. 전투는 물론이고 국가를 운영해 나가는 것까지. 그는 대단히 현명하다."

"현명하다……. 그건 좀 곤란한데."

"걱정하지 마라, 그는, 파이파는 자신의 현명함을 이용해 싸우지는 않으니까."

"아니, 그게 곤란하다는 게 아니라……."

제온은 말끝을 흐렸다. A급 신수, 신수의 왕인 파이파가 그토록 현명하다면 앞으로 싸워야 할 초신수는 대체 어느 정도의 지적 능력을 가지고 있는지 상상조차 할 수 없었다.

제온은 잠시 생각하다 물었다.

"…파이파는 신수잖아?"

"그래, A급 신수이자 아이스 피닉스지."

"그런데 왜 인간의 부탁을 들어줬을까? 건국왕인 디제에 대한 전설은 유명한데… 실제로 파이파에게 어떤 이익이 있는 건 아니잖아?"

파이파는 페슈마르 왕국의 시조인 디제의 부탁으로 수백 년이 지난 지금까지 레기스크 화산에 머물며 화산 폭발을 막아주고 있다. 물론 제온은 신수가 실제로 어떤 존재인지 알고 있기 때문에 그에 대한 가설을 세워놓은 상태지만, 그보다는 실제로 파이파와 싸워본 네프카의 생각을 먼저 듣고 싶었다.

네프카는 눈을 감으며 대답했다.

"나 역시 그것이 궁금했다. 첫 축제 때는 거기까지 신경 쓸 겨를이 없었기 때문에 두 번째 축제 때 파이파에게 직접 물어봤지."

"그래서? 뭐라고 했어?"

"대답하지 않았다."

"뭐라고?"

"파이파는 그동안 수많은 질문에 친절히 답해줬다. 다만 몇 가지 질문에는 '합당한 자격'이 없다면 대답해 주지 않았다. 어째서 인간을 위해 레기스크 화산의 분화를 막아주고 있는지에 대한 질문 역시 마찬가지였지."

"합당한 자격이라니? 세상에 너 말고 파이파에게 질문할 수 있는 사람이 누가 있다고."

"나도 모르겠다. 어쩌면……."

네프카는 눈을 뜨고 제온을 돌아보며 말했다.

"네겐 그 자격이 있을지도 모르지."

"어이어이, 나나 너나 별 차이 없잖아? 적어도 실력 면에서 말이야."

"아니. 그건 그렇지 않다."

네프카는 즉시 반발했다.

"엄밀히 말해서 제온 넌 나보다 강하다. 내 인퍼널 스톰은 칠흑의 마왕의 역장을 파괴하지 못했지. 하지만 네 라이트닝 캐논은 그것을 파괴했다. 그것만 보아도 일목요연하지 않나?"

"그건 상성에 문제가 있어서 그런 게 아닐까 생각하는데……."

제온은 골치 아픈 표정을 지었다. 그것은 3차 마도대전의 영웅들에게 열광하는 수많은 팬덤에게 아직까지도 회자되는 논쟁거리 중 하나였다.

네프카는 매우 진지한 얼굴로 제온이 자신보다 앞서는 것을 늘어놓기 시작했다.

"평범한 마법사는 그 차이를 구분하지 못하겠지. 하지만 순수한 마력의 양을 비교해 봐도 네가 나보다 좀 더 앞서는 게 사실이다."

"그 정도 차이는 아무 의미도 없어. 사람에 따라 자신의 마력을 얼마나 효율적으로 쓸 수 있는지의 문제가 훨씬 더 크다고."

"효율? 상황에 따라 마법을 가장 효율적으로 사용하는 것도 네 특기 아니었나?"

"상황을 말하는 게 아니라 순수하게 마력을 마법으로 변환하는 효율을 말한 건데……."

"뭐, 좋다. 거기에 사용하는 역장에도 차이가 있지. 네 역장은 기본적으로 전기가 흐르기 때문에 공수 일체의 효과를 가지고 있다. 그때 고블린의 대군과 싸웠을 때 기억나지 않나? 나중에 넌 그냥 역장만 치고 적진을 걸어가면서 적을 섬멸했지."

"역장에 속성을 부여할 수 있는 건 너도 마찬가지잖아?"

"하지만 나는 추가로 새로운 마법을 써야 한다는 단점이 있다. 거기에 역장의 방어력을 생각해도 네가 더 뛰어나지. 지금까지 단 한 번도 뚫린 적이 없는 게 바로 너의 일렉트릭 필드(Electric field) 아닌가?"

"미안하지만 최근에 이미 한 번 뚫렸어. 그러니까 의미 없는 논쟁이야."

"요점은 난 언제나 네게 대항의식을 가지고 있었다는 말이다."

진통제의 효과 때문일까? 네프카는 지금껏 말한 적 없는 자신의 순수한 속마음을 털어놓기 시작했다.

"아카데미에 다닐 때부터 그랬다. 난 언제나 최강이어야 한다고, 모든 인간 중에 가장 강력한 마법사여야 한다는 강박관념을 가지고 있었다. 어릴 때부터 그렇게 키워졌으니까. 하지만 넌 그런 나를 언제나 약간씩 앞서고 있었지."

"…그게 못마땅했나?"

"그런 감정이 아주 없지는 않았다. 하지만 기쁜 마음이 훨씬 강했지."

"기뻤다고?"

"나 같은 인간이 또 있다는 게 기뻤다. 그리고 경쟁할 상대도 없이, 아무 목표도 없이 썩어가지 않아도 된다는 게 또 기뻤다."

"목표가 없다고? 평생 동안 파이파를 상대로 승리해야 한다는 끔찍한 목표는 어쩌고?"

"그건 목표가 아니라 숙명이다."

네프카는 날카로운 눈으로 제온을 노려보며 말했다.

"그저 반드시 해야 하고, 해야 하는 게 당연한 일이다. 그런 일에 어떻게 열정을 가질 수 있겠나?"

"그야……."

"그전까지 난 그냥 왕이 되어야 하는 어떤 물건에 불과했다. 하지만 널 만난 이후로 인간다운 목표가 생겼지. 바로 널 앞서고 말겠다는 순수한 욕망 말이다."

"……."

"넌 언제나 나와 친구들에게 감사해지. 인간이 아니었던 자신을 인간으로 만들어줬다고 말이다. 하지만 너야말로 날 인간으로 만들어준 거다. 네가 아니었다면 난 그냥 페슈마르의 왕이었다. 하지만 지금의 난 왕이자 인간이다. 나보다 약간 더 강한 인간의 존재에 자극을 받고, 그를 뛰어넘기 위해 노력하고, 가끔씩은 질투도 하고, 가끔씩은 그리워하는 그런 인간 말이다."

네프카의 목소리는 힘이 조금씩 풀리고 있었다. 아무래도 진통제의 효과가 너무 강해 의식이 흐려지고 있는 모양이었다. 제온은 그런 네프카를 바라보며 힘 빠진 미소를 지었다.

"네프카, 아무래도 방금 마신 게 좀 강했던 모양이야."

"그럴지도… 모르겠군."

네프카는 순순히 고개를 끄덕이며 말했다.

"하지만 내가 말한 건 모두 사실이다. 그러니… 명심해라. 만약 인간 중에 내게 자격이 없다면… 세상에 유일하게 자격을 가진 인간은 오직 너뿐이라는걸."

네프카는 거기까지 말하고는 천천히 눈을 감았다. 그리고는 잠이 든 듯 고르게 숨을 쉬기 시작했고, 조용히 앉아 있던 아체가 빙그레 웃으며 네프카의 얼굴에 난 땀을 닦아주기 시작했다.

"폐하께서는 정말로 제온 경을 믿고 계신 모양이네요. 저분이 저렇게까지 말할 분이 계시다니 조금은 질투가 나려고 하는데요?"

"질투라니. 하하……."

제온은 무안한 듯 웃으며 잠든 친구의 얼굴을 바라보았다.

비록 정신없이, 두서없이 말하긴 했지만 그의 진심을 충분히 이해할 수 있었다. 누가 뭐래도 네프카는 세상에서 가장 위대한 인물이었다. 그런 자신이 이토록 중요하게 생각하며 의지하는 존재라는 걸 제온 본인이 제발 알아줬으면 하고 있었다.

네프카는 이미 제온의 마음에 깃든 공허를 느낀 것이다. 거기에 깊이 빠져 더 이상 헤어 나오지 않을 수 없도록 어떻게든 제온의 어깨에 중압감을 주려 했다.

제온 역시 그것을 알았고, 그것이 고마웠다. 하지만 아무리 세상에서 가장 위대한 인물이 자신을 신경 써준다 해도 그의 삶에 미래가 없다는 현실은 조금도 변함이 없었다.

제온의 미래는 오직 프로나뿐이었다.

그는 미래를 강탈당한 것이다.

물론 빼앗긴 것을 다시 돌려받을 수는 없을 것이다. 하지만 그것을 빼앗아간 존재에게 응분의 대가를 치르게 하는 데 조금의 주저함도 없었다.

그리고 A급 신수인 파이파라면 초신수를 상대로 싸우기 위한 훌륭한 경험이 되어줄 것이다. 제온은 머릿속으로 그런 계산을 하고 있는 스스로에게 가증스러움을 느끼며 자리에서 일어났다.

지금 이 순간만큼은 네프카와 그를 사랑하는 사람의 곁에 앉아 있다는 것이 더없이 고통스러웠다.


입관.

그것은 페슈마르 왕국의 국왕이 축제 하루 전날 레기스크 화산의 중턱에 있는 '회색 탑'이라는 건물에 들어가는 것을 의미했다.

그러나 기념할 만한 성의력 100년의 축제에 입관한 것은 페슈마르 왕국의 국왕이 아니었다. 이는 왕국의 337년 역사상 처음 있는 일이었기에 회색 탑을 관리하던 마법사들의 표정은 대부분이 불안과 초조함으로 일관되어 있었다.

"중요한 이야기는 대부분 왕궁에서 들으셨을 거라고 생각합니다만, 그래도 무언가 궁금한 점이 있으시면 말씀해 주시기 바랍니다."

회색 탑의 관리자이자 샐러맨더 킬러 1번 대에 소속되어 있는 슈레이라는 마법사가 복잡한 얼굴로 말했다. 제온은 텅 빈 강당 같은 회색 탑 내부를 천천히 둘러본 다음 대답했다.

"침대가 안 보이는군요. 맨바닥에서 자야 하는 겁니까?"

"침실이라면 지하에 마련되어 있습니다. 그러나 보통 사용되지 않기 때문에 잠겨 있습니다."

"사용되지 않는다……. 그렇군요."

제온은 가만히 고개를 끄덕였다. 네프카를 비롯한 역대 페슈마르의 국왕들이 이 회색 탑에 들어와 잠을 못 이루며 뜬눈으로 밤을 보내는 광경이 눈에 선히 보였다.

"일단 열어주십시오. 저라고 잠을 잘 수 있을지는 모르겠습니다만."

"알겠습니다. 그리고 더 필요하신 게 있다면 가급적 지금 말씀해 주시길 바랍니다. 일단 제가 밖으로 나가면 내일 동이 틀 때까지 회색 탑의 문은 완전히 봉쇄되니까요."

"딱히 없습니다. 마실 물도 있고 읽을 책도 있는 것 같으니까요."

제온은 넓은 실내의 한쪽 구석에 있는 테이블과 물 항아리를 보며 말했다. 슈레이는 착잡한 표정으로 테이블 위에 놓인 책을 바라보며 말했다.

"저건 읽을 책이 아닙니다."

"그럼 뭔가요?"

"그건… 제 입으로 직접 말하기에 좀 그렇군요. 직접 확인해 주시면 감사하겠습니다."

슈레이는 거기까지 말하고는 제온에게 깊이 허리를 숙였다.

"그럼 저는 이만 나가보도록 하겠습니다. 회색 탑의 경비는 저희가 엄중하게 서고 있으니 걱정 마시고 내일을 준비해 주시길 바랍니다."

"네, 감사합니다."

"감사는 제가 드려야죠, 제온 경. 모두들 걱정하고 있지만, 저는 제온 경께서 무사히 축제를 마치고 이곳으로 돌아오실 것을 믿고 있습니다."

슈레이는 연륜이 느껴지는 노회한 눈으로 제온을 바라보았다. 제온은 60살이 훌쩍 넘어 보이는 노마법사에게 고개를 숙이며 대답했다.

"믿음에 보답하도록 최선을 다하겠습니다."

"감사합니다. 그럼……."

슈레이는 몸을 돌려 회색 탑을 빠져나갔다. 더없이 넓은 공간에 혼자가 된 제온은 숨을 크게 내쉬며 혼잣말을 중얼거렸다.

"별다른 의식도 없고 과정도 복잡하지 않아서 좋긴 한데……."

오히려 그것이 더 부담스러운 느낌이다. 철저히 개인의 역량에 모든 것을 맡긴다는 압박감이 느껴졌다. 텅 빈 회색 탑 내부도 음울하고 스산했다. 비록 네프카에게 별다른 이야기를 듣지는 못했지만, 제온은 파이파에 대한 연구서나 다양한 마법책으로 가득 찬 도서관 같은 공간을 기대하고 있었던 것이다.

도서관을 생각하니 예전에 자주 찾던 레스톤 왕국의 왕립 도서관이 떠올랐다. 그것은 자연스럽게 프로나와 함께 살던 과거의 추억을 생각나게 만들었다. 한동안 추억에 취해 있던 제온은 천천히 고개를 저으며 숨이 막히는 듯한 답답함과 함께 현실로 돌아올 수밖에 없었다.

지역과 상관없이 유리언 대륙의 1월은 겨울이었지만, 이곳 레기스크 화산 지대는 지열 때문에 별다른 추위를 느끼지 못했다. 제온은 불현듯 갈증을 느끼며 한쪽 구석에 있는 물 항아리로 향했다. 항아리 속에는 깨끗한 물이 입구까지 가득 담겨 있었다.

"읽을 책이 아니면 무슨 책이지?"

제온은 물을 뜬 컵을 입으로 가져가며 테이블에 놓인 책을 살폈다. 갈색의 가죽 장정이 아름다운 두꺼운 책에는 내용을 알 수 있는 그 어떤 문자나 표식도 새겨져 있지 않았다.

제온은 의아함을 느끼며 책을 펼쳤다. 그러자 책의 첫 장부터 직접 쓴 거친 글씨의 문장이 눈을 사로잡았다.


올해도 무사히 일 년을 마치고 이곳에 왔다.

작년과 비교할 때 마력에 큰 변화는 없지만 몸이 무거워진 것을 실감한다. 40대가 된 이후로 1년 1년이 다르다. 파이피에비 좀 더 많은 대화를 유도해야 할 것 같다. 하지만 과연 동시에 내가 집중력을 유지할 수 있을지는 의문이다.

지난 11년간 파이파를 상대로 싸우면서 느낀 것이 있다면 보다 젊었을 때부터 이 싸움을 시작했다면 얼마나 좋았을까 하는 것이다.

부왕께서는 69세까지 싸우셨다. 덕분에 난 30대가 한참 넘어이 전쟁에 참전하게 되었다. 이것은 좋지 않다. 보다 젊었을 때 시작했다면 내 몸이 파이파와의 전투에 더 빠르게 적응하고 더 높은 성장을 이뤘을 거라고 생각한다.

그러나 이제 와서 후회해도 어쩔 수 없는 일이다. 부왕께서는 자신이 조금이라도 더 오랫동안 무거운 짐을 짊어지려 하셨을 뿐이다. 지금은 그것이 그분의 사랑이라고 생각한다. 단 한 번도 내게 따뜻한 말씀을 해주시지 않았지만 그 또한 강하게 자라라는 그분 나름대로의 배려였을 것이다.

나는 과연 좋은 아버지가 될 수 있을까?

무리일 것이다. 이미 열 명이 넘는 자식이 있고, 난 그 아이들의 얼굴과 이름마저 정확히 외우지 못하는 형편이니.

그저 내 뒤를 이을 누군가가 가능한 한 먼 훗날에 이것을 보았으면 하길 바랄 뿐이다.

내 아들아, 혹은 딸아. 나를 믿어라. 난 올해 유서를 남기지 않겠다. 반드시 승리하고 돌아오겠다. 너희 중 누군가 두각을 나타내어 내 뒤를 이을 수 있을 때까지 난 결코 쓰러지지 않고 승리를 거둘 것이다.

성의력 83년. 크레이그 베인슈타르 디제.


"이건⋯⋯."

첫 장을 다 읽은 제온은 등줄기에 소름이 돋는 것을 느꼈다.

이 책은 바로 입관한 페슈마르의 국왕이 남겨온 일기이자 유언장이었다. 크레이그 베인슈타르 디제는 바로 페슈마르 왕국의 전대 국왕이다.

성의력 83년부터 시작된 것으로 봐서 이 책 전에도 역대의 국왕이 남긴 책이 몇 권이나 있을 것을 짐작할 수 있었다. 제온은 자신에게 이 책을 볼 권리가 없다는 것을 느끼며 급히 책을 닫았다. 이 책에는 평생 동안 무거운 짐을 짊어지고 살아온 페슈마르의 국왕의 회한과 상념이 담겨 있을 것이다.

그러나 냉정한 제온조차도 들끓는 호기심에는 견딜 수가 없었다. 거의 한 시간 동안 테이블 주위를 서성이던 제온은 결국 참지 못하고 의자에 앉아 다시 책을 펼쳐 보기 시작했다.


작년은 다사다난했다.

국왕으로서 자신의 책무를 다했는지 스스로를 돌아볼 수밖에 없었다. 수련이 게을렀음을 절실히 느낀다.

작년에 파이파에게 입은 상처와 후유증을 치료하는 데만 3개월이 넘는 시간이 필요했다. 그동안 백성들의 마음에 심려를 끼쳤고, 국정도 제대로 살필 수 없었다.

국가의 중요한 업무를 좀 더 많은 신하에게 분배해서 처리할 수 있도록 해야 한다.

문득 그 아이의 얼굴이 떠오른다.

네프카.

아마도 그 아이가 내 뒤를 이어 이 고통스런 책무를 맡을 것이다. 그 아이의 마력과 잠재력은 나를 뛰어넘을지도 모른다.

자랑스럽기도 하고 미안하기도 하다. 아직 어린 나이인데도 얼굴에서 표정을 찾을 수가 없다. 교육 담당들이 대체 어떻게 그 아이를 키웠는지 눈으로 보지 않아도 알 수 있다.

나 또한 그렇게 키워졌으니까.

지금 여기서 다짐한다. 때가 되면 그 아이를 매직 아카데미에 보낼 것이다. 부디 그곳에서 그 아이가 우리가 박탈당한 것을 다시 찾기를 바란다.

그렇기 때문에 난 유서를 남기지 않겠다. 난 그 아이가 아카데미에 들어가 졸업할 때까지 승리할 것이다.


성의력 84년. 크레이그 베인슈타르 디제.


제온은 고인 침을 삼키며 선대 국왕의 일기를 계속 읽어나갔다. 한 해 한 해가 지날수록 국왕의 몸 상태는 더욱 나빠졌지만, 그는 필승을 다짐하며 일기에 유서를 남기지 않았다.

그가 유서와 비슷한 내용을 남긴 것은 불과 4년 전인 성의력 96년에 쓴 마지막 일기였다.

제3차 마도대전은 우리 인간의 승리로 끝날 것이다.

그토록 불리한 전력을 극복할 수 있던 것은 물론 매직 아카데미의 힘이다. 그중에 바로 나의 아들 네프카가 있다.

자랑스러운 나의 아들.

왕궁에서 그 아이가 만들어내는 승전보를 들으며 난 어떤 예감 같은 것을 느꼈다.

올해가 나의 마지막이 될 것이다.

네프카.

지금부터 네게 이 글을 남긴다. 난 내일 반드시 이길 것이다. 이 위대한 페슈마르 왕국을 온전하게 네게 물려주기 위해서라도 난 내가 가진 모든 것을 쏟아부으리라 맹세한다.

그러나 승리 후에 내가 무사히 왕궁으로 돌아올 수 있을지는 확신할 수 없다. 그러므로 간략하게 유언을 남긴다.

우선 국정의 중요한 일은 지금 그대로 바란 경에게 맡겨라. 그는 누구보다 이 나라의 안위를 걱정하며 현명한 지혜로 국가를 올바른 곳으로 이끌어 나갈 것이다.

그리고 반드시 레스톤 왕국의 화이트 가문 여성을 아내로 맞이해라. 물론 너는 수많은 마법사 가문에서 아내를 맞이하게 되겠지만, 예로부터 디제 왕가와 화이트 가문 사이에는 알 수 없는 궁합이 존재했다.

이것은 왕궁에서도 극히 적은 사람들만이 알고 있는 사실이지만, 죽은 너의 어머니도 화이트 가문의 피를 이은 먼 친척이었다. 그러나 굳이 마력에 연연하지 말고 네가 마음에 드는 사람을 고르도록 해라. 네 어머니도 마력이 강한 여자는 아니었다.

그리고 신수교단과 친선관계를 유지해라. 어떻게든 그들이 개발하고 있는 태양의 망토를 손에 넣어야 한다. 그것은 앞으로 네게 있을 파이파와의 싸움에서 큰 도움이 될 것이 분명하다.

하고 싶은 말은 많지만 여기까지만 적도록 하겠다. 가장 좋은 것은 어떻게든 살아 돌아가서 네게 직접 이야기해 주는 것일 테니까.

네프카, 넌 이미 이 대륙을 구한 영웅이다. 난 네가 너의 친구들과 더불어 칠흑의 마왕을 물리칠 것을 믿고 있다.

당당한 모습으로 돌아온 네게 이 왕국의 왕관을 넘길 그날을 기대하고 있겠다.

그때 함께 술잔을 나누며 못다 한 이야기를 하도록 하자.

성의력 96년. 크레이그 베인슈타르 디제.


일기는 거기까지였다. 결국 그들은 함께 술잔을 나누지 못했다. 선대 국왕인 크레이그는 성의력 96년에 파이파에게 입은 중상을 회복하지 못하고 얼마 후에 목숨을 잃었고, 그해 칠흑의 마왕을 물리치고 페슈마르 왕국에 돌아온 네프카가 국왕의 자리를 물려받은 것이다.

제온은 소리 없이 울었다. 안타깝지는 않았다. 그저 아버지라는 존재가 제온의 가슴에 큰 멍울을 남길 뿐이었다. 비록 그에겐 아버지가 존재하지 않았지만, 어쩌면 그는 아버지가 될 수도 있었을 것이다.

제온은 일기를 계속 읽었다. 다음 페이지에 적혀 있는 문장은 딱 한 줄이었다.

세상에서 가장 존경하고 사랑하는 아버지를 기리며.

성의력 97년. 네프카 다인 디제.

국왕이 된 네프카가 처음으로 회색 탑에 들어와 부왕이 남긴 일기를 보았을 때 기분이 어땠을까? 제온은 그 한 문장에 모든 것이 담겨 있다는 것을 느꼈다.

"내가 낄 자리는 아닌 것 같지만……."

98년과 99년에 네프카가 남긴 일기를 다 읽은 제온은 테이블의 구석에 놓인 펜을 집어 들었다. 그가 남긴 일기 역시 길지 않았다.

세상에서 가장 위대한 페슈마르 왕국의 국왕들을 기리며.

성의력 100년. 제온 스태틱.

다음 날 이른 아침.

회색 탑에서 레기스크 화산의 정상까지 올라가는 길은 넓적한 정원석으로 포장되어 있었다. 그것은 왕을 위해 마련된 등산로였다. 제온은 등산로의 곳곳에 하얀 김이 솟아오르는 것을 둘러보며 말했다.

"당장에라도 폭발할 것 같은 분위기군요. 별문제는 없겠죠?"

"적어도 지금까지 300년 정도는 문제없었습니다."

슈레이의 표정은 농담인지 진담인지 구분할 수 없었다. 그 말고도 세 명의 마법사가 제온을 호위하며 산을 오르고 있었는데, 슈레이를 제외하고는 돌처럼 굳은 얼굴로 사방을 경계하는 중이다.

제온은 슈레이를 보며 물었다.

"저렇게까지 경계할 필요는 없지 않나요?"

"만의 하나를 위해 필요한 일입니다. 가끔씩 방해자가 나타나기도 하니까요."

"축제날에 말입니까?"

"축제날이라서 더욱 그런 겁니다."

슈레이는 눈살을 찌푸리며 말했다.

"세상에는 페슈마르 왕국의 번영을 못마땅해하는 자들이 많이 있습니다. 축제 한 달 전부터 레기스크 화산은 철저한

통제에 들어갑니다만, 어떨 때는 그 통제를 뚫고 국왕을 시해하기 위해 암살자가 난입하기도 했으니까요."

"암살자라……. 세상에 누가 페슈마르의 국왕을 암살할 수 있을까요?"

"맞는 말씀이십니다만, 아마도 목적은 힘을 빼놓는 것이겠죠. 역대 국왕폐하 분들과 아이스 피닉스와의 대결은 언제나 아슬아슬했으니까요. 대결 전에 조금이라도 마력을 소모시킨다든가, 정신을 흩뜨려 놓는 것이 패배와 직결될 가능성을 노린 것 같습니다."

"그렇군요. 확실히 그런 거라면 노릴 가치는 있겠죠."

제온은 무심한 듯 고개를 끄덕였다. 슈레이는 정작 그 당사자이면서도 전혀 긴장한 기색이 없는 제온의 얼굴을 한동안 바라보다 말했다.

"올해는 한층 더 주의를 기울였기 때문에 암살자가 난입하는 일은 없을 거라고 생각합니다. 다만… 언제나 예외는 존재합니다. 혹시 불상사가 생길 경우 제온 경께서는 저희를 믿고 마력을 온존해 주시기 바랍니다."

"알겠습니다. 다만 기습을 당할 일은 없을 테니 걱정하지 않으셔도 됩니다."

"어째서 그렇게 생각하십니까?"

"왜냐하면……."

제온은 20미터쯤 떨어진 바위더미 사이로 솟구치는 하얀 증기를 보며 말했다.

"제 감지 범위는 40미터 정도니까요. 아크메이지가 아닌 이상 그 정도 거리에서 기습을 할 수 있는 마법사는 없을 겁니다."

"40미터라니… 정말입니까?"

제온은 고개를 끄덕였다. 슈레이는 믿겨지지 않는다는 표정으로 천천히 고개를 저었다.

"그럴 수가? 물론 제온 경께서 하시는 말씀이시니 허언은 아니라 생각합니다만……."

"단순히 마력을 감지하는 게 아니라서 그렇습니다. 그래서 약점도 있죠."

"약점이라 하시면?"

"언데드가 접근해 오면 감지 범위가 확 줄어듭니다. 순수하게 마력만 감지할 수 있는 범위는 그 절반도 안 되거든요."

"언데드라니, 마족 중에 스켈레톤이나 뱀파이어 같은 걸 말씀하시는 겁니까?"

"네, 바로 그 뱀파이어가 가장 심각한 문제였습니다."

제온은 쓴웃음을 지으며 3차 마도대전 당시를 떠올렸다. 언제부턴가 제온에게 집착하기 시작한 뱀파이어 퀸 리비스가 바로 언데드였기 때문에 제온은 그녀가 자신의 숙소에 가깝게 접근할 때까지 그녀를 감지할 수가 없었던 것이다.

제온은 하얀 피부와 검은 마력으로 인식되는 리비스의 모습을 떠올리며 어깨를 으쓱였다.

"하지만 설마 뱀파이어가 여기까지 올 리는 없겠죠. 아마 별문제는 없을 겁니다. 여기서 정상까지는 얼마나 걸릴까요?"

"앞으로 한 시간 정도 더 걸으면 도착합니다."

"레비테이션을 쓰지 않는 건 제 마력을 아끼기 위해서?"

"그렇습니다. 최대한 완벽한 상태로 대결에 임하셔야 하니까요."

슈레이는 고개를 끄덕였다. 제온은 쓸데없는 배려라고 생각했지만 입 밖으로 말하지는 않았다. 아크메이지 급의 마력을 가진 자들에게 있어 레비테이션 정도는 마력을 소모한다는 수준조차 되지 않기 때문이다.

그렇게 뿌연 증기와 안개로 뒤덮인 산을 오르자 경사면이 점점 줄어들며 완만한 화산의 정상이 모습을 드러냈다. 제온은 그 끝이 보이지 않는 안개 낀 분화구를 내려다보며 입술을 깨물었다.

"여기가 정상입니다. 파이파는 저 안쪽에 있습니다."

슈레이가 분화구의 안쪽을 가리키며 말했다. 분화구의 지름은 100미터도 넘어 보였는데, 워낙 안개가 짙게 껴서 안쪽이 어떤 모습을 하고 있는지 알 수 없었다.

제온은 분화구 안쪽으로부터 희미한 냉기를 느끼며 물었다.

"깊이가 어느 정도입니까?"

"바닥까지 50미터 정도입니다. 경사가 있어서 걸어서 내려가시는 건 위험하니… 여기서부터는 저희가 레비테이션으로 옮겨 드리겠습니다."

슈레이가 손짓을 하자 다른 마법사 두 명이 제온의 양쪽으로 다가오기 시작했다. 제온은 즉시 고개를 저으며 손으로 두 사람을 막았다.

"괜찮습니다. 저 혼자 내려가도록 하죠."

"하지만 마력이……."

"그 정도는 상관없습니다. 그리고 마음가짐의 문제도 있기 때문에……."

제온은 말끝을 흐리며 혼자 앞으로 나서기 시작했다. 슈레이는 우물쭈물하는 두 마법사를 제지하며 고개를 끄덕였다.

"알겠습니다. 그럼 저희는 제온 경의 승리를 기대하며 여기서 기다리겠습니다."

제온은 말없이 고개를 끄덕이며 계속 걸었다. 그리고 분화구의 경계선에 도착한 순간, 레비테이션으로 몸을 띄우고 가파른 경계면을 따라 천천히 내려가기 시작했다.

"드디어 시작되는 건가……."

제온은 나지막한 목소리로 중얼거렸다. 뿌연 안개에 휩싸여 아무것도 보이지 않았지만, 점점 내려가는 온도와 높아지는 습도를 온몸으로 느낄 수 있었다.

그렇게 30미터쯤 내려갔을까.

"후……."

제온은 서리가 끼기 시작하는 자신의 옷을 보며 입김을 내뿜었다. 이미 주변의 기온은 영하였다. 화산의 분화구 속의 온도가 빙점 이하라는 사실이 아이러니했다.

그러나 지금부터 자신이 상대해야 하는 것이 바로 그 아이러니한 원인이었다. 놀랄 필요도, 두려워할 필요도 없었다. 이미 네프카로부터 대부분의 정보를 습득했다. 남은 것은 실전뿐이었다.

"……."

그렇게 천천히 하강하던 제온이 순간적으로 움찔거렸다.

느껴진 것이다.

생물의 생체전류를 느끼는 그의 감지 범위 안으로 무언가 믿을 수 없는 강력한 존재가 포착되었다.

이 뿌연 안개만 걷히면 분명 눈으로도 볼 수 있을 것이다. 제온은 차라리 눈으로 먼저 그것을 봤으면 좋았을 거라고 생각했다. 자신의 상상력이 그것의 존재를 더욱더 크고 강력한 괴물의 형상으로 만들어내기 시작하고 있었다.

그리고 그 순간, 마치 물결치는 듯한 소리와 함께 엷은 마력의 파도가 제온의 몸을 스치고 지나갔다.

쏴아아아아!

동시에 눈앞이 선명해지며 분화구 안의 세계가 모습을 드러냈다. 제온은 방금 전에 무슨 일이 일어났는지를 파악하고는 입가에 미소를 지었다.

"환영 인사가 거창하군."

강력한 냉기로 짙은 안개를 모조리 얼음의 결정으로 만들어 버린 것이다. 작고 하얀 얼음 조각들이 마치 눈처럼 분화구의 밑바닥을 향해 쏟아져 내리기 시작했다.

그것은 아름다운 광경이었다. 그리고 분화구 밑바닥에서 홀로 그 눈을 맞고 있는 생물 역시 더없이 아름다워 보였다.

그것이 바로 파이파였다.

아이스 피닉스로 불리는 A급 신수.

제온의 심장이 평상시보다 거의 두 배나 빠르게 뛰기 시작했다. 분화구의 밑바닥은 폭이 50미터쯤 되는 얼어붙은 호수였고, 그 한쪽 끝에 파이파가 다소곳한 자세로 앉아 있었다.

파이파의 첫인상은 새하얀 독수리였다.

다만 머리부터 꼬리까지의 길이가 3미터가 넘는다는 것이 다른 독수리와의 차이점이었다. 접고 있는 날개를 펼치면 족히 10미터는 될 것 같았다.

'저건 얼음인가? 아니면 크리스털?'

제온은 파이파의 표면을 덮고 있는 하얀 결정체를 보며 마른침을 삼켰다. 그냥 얼음이라면 딱히 상관없겠지만, 만약 어떤 특수한 재질로 된 크리스털이라면 전투에 있어 좀 더 신중할 필요가 있었다.

그렇게 얼어붙은 호수에 착지한 지 10초쯤 지났을까.

가만히 앉아 있던 파이파가 감고 있던 눈을 뜨며 말했다.

"어서 오세요, 제온. 기다리고 있었습니다."

파이파의 눈은 푸른색의 수정 구슬처럼 보였다. 성별을 짐작할 수 없는 목소리는 부드러운 말투와는 달리 억양이 거의 없어 기계적으로 느껴졌다.

"그러고 보니 이 화산에 페슈마르 왕국의 국왕이 아닌 다른 인간이 들어온 것은 처음이군요. 네프카의 몸 상태는 어떻습니까? 아직도 사경을 헤맬 정도로 심각한가요? 자, 좀 더 가까이 와서 이야기를 들려주시기 바랍니다."

파이파는 한쪽 날개를 펼쳐 자신에게 다가오라는 듯 가볍게 펄럭였다. 제온은 저것에게 절대 가까이 가지 말라는 자신의 본능과 싸워야 했다.

"후우……."

제온은 나지막한 한숨을 내쉬며 걸음을 옮겼다. 가벼운 역장을 펼쳤음에도 살을 에는 추위가 피부 속으로 스며드는 것을 완전히 차단할 수는 없었다.

"오늘은 대화를 하고 싶은 날입니까?"

제온은 파이파로부터 10미터쯤 떨어진 곳에 걸음을 멈추며 말했다. 사전에 네프카에게 들은 정보를 종합해 볼 때 파이파는 전투 전에 대화를 오래 하거나 혹은 거의 하지 않고 바로 전투를 시작하거나 둘 중의 한 가지 패턴을 고수하고 있었다.

파이파는 마치 인간처럼 고개를 끄덕이며 말했다.

"물론 그렇습니다. 기념할 만한 날이니까요. 디제의 피가 흐르지 않는 인간과 대화를 나누는 것은 300년 만에 처음입니다."

"페슈마르의 건국왕 디제… 그를 기억하고 있습니까?"

"물론 기억하고 있습니다. 그로 인해 제가 이 화산에 묶여 있게 되었으니까요."

"그를 증오합니까?"

"그렇지 않습니다."

파이파는 천천히 고개를 저었다.

"저는 아주 긴 시간 동안 살았습니다. 절 움직이게 하는 원동력은 증오가 아닙니다."

"그럼 전투입니까?"

"무슨 말씀이시죠?"

"신수가 만들어진 목적은 바로 전투니까요. 그렇지 않습니까?"

제온은 데커에게 들은 최후의 세대의 이야기를 떠올리며 물었다. 파이파는 수정 같은 파란 눈을 가늘게 뜨며 제온의 몸을 한참 동안 바라보았다.

"제온, 저는 언제나 이 분화구를 지키고 있습니다. 제가 어째서 당신을 알고 있다고 생각하십니까?"

"모릅니다. 무언가 신통력 같은 게 있어서 세상 돌아가는 일을 알 수 있는 게 아닙니까? 그게 아니라면……."

신수는 어디까지나 고대인에 의해 만들어진 존재였다. 제온은 희미한 미소를 지으며 손가락으로 머리를 두드렸다.

"여기에 뭔가 특별한 도구가 들어 있어서 신수들끼리 정보를 주고받는 건지도 모르겠군요."

"과연… 당신은 합당한 자격을 가진 자인가 보군요."

파이파는 마치 웃는 것처럼 입을 크게 벌렸다. 제온은 본능적으로 한 발 뒤로 물러나려는 것을 참으며 파이파의 말을 기다렸다.

"그렇다면 더욱 재미있는 대화가 될 것 같습니다, 제온. 당신은 어디서부터 어디까지 알고 있는 겁니까?"

밑도 끝도 없는 질문이다. 하지만 제온은 즉시 대답했다.

"아마도 전부."

"전부라고요?"

"그렇습니다. 천 년 전의 일이라면 전부 다 알고 있습니다."

"어떻게 그것을 알게 되었습니까?"

"천 년 전의 고대인들이 남긴 기계 장치를 발견했기 때문입니다. 거기서 과거에 무슨 일이 벌어졌는지 모두 들을 수 있었습니다."

물 흐르듯 답했지만 물론 거짓말이었다. 어찌 되었던 간에 데커 같은 최후의 세대가 초신수를 제거할 목적으로 여전히 살아 있다는 정보를 줄 생각은 없었다.

미리 이런 질문이 오갈 거라는 예상을 했고, 그에 따른 대답도 전부 준비해 놓은 상태였다. 파이파는 마치 진위를 파악하려는 듯 고개를 살짝 기울이며 눈을 감았다.

"그렇군요. 그렇다면 이해할 수 있습니다."

"어째서 그게 합당한 자격입니까? 그걸 알고 있다는 사실이?"

"왜냐하면, 정보는 그것을 이해할 수 있는 기초 지식을 갖춘 자에게만 의미를 가지기 때문입니다."

파이파는 눈을 뜨며 제온을 노려보았다.

"제온, 그렇다면 당신은 신수가 어째서 '만들어진' 것인지 알고 있겠군요?"

"또 다른 인간의 세력이 만들어낸 군대… 마족의 군대와 맞서 싸우기 위해서죠."

"바로 그렇습니다. 그럼 그 전쟁의 결말이 어떻게 났는지도 알고 계시겠군요?"

"그렇습니다."

바로 초신수에 의한 세계의 멸망이었다. 파이파는 제온과 눈높이를 맞추려는 듯 고개를 밑으로 천천히 내리며 말했다.

"재미있습니다. 제가 인간과 이런 대화를 하게 될 날이 올 가능성은 소수점 이하라고 생각했습니다. 네프카와 당신에 대한 이야기를 나누기도 했습니다만……."

"네프카는 뭐라고 말하던가요?"

"그는 언제나 당신을 칭찬했습니다. 그리고 만일의 사태가 생겨 자신이 오지 못하게 될 경우 당신이 대신 올 거라는 이야기를 했습니다. 그래서 지금 제 앞에 있는 인간이 제온이라는 것을 확신한 겁니다."

"다른 신수들로부터 정보를 받은 게 아닌가요?"

제온은 표정에 의혹을 담으며 물었다. 파이파는 새하얀 입김을 천천히 내뿜으며 대답했다.

"당신이 말한 것처럼 제 머리 속에는 다른 신수와 통신을 연결할 수 있는 칩이 들어 있습니다."

"칩이라……. 아주 작지만 많은 것을 할 수 있는 기계 장치 말이군요."

"그렇습니다. 하지만 실제로 다른 신수와 이야기를 나누는 경우는 거의 없습니다. 활화산의 분화구 속에서는 전파가 잘 이어지지 않기 때문입니다. 그리고 특별히 저와 대화를 나눌 만한 신수도 거의 없습니다. 저보다 격이 낮은 신수와는 대화의 의미가 없고, 저와 함께 태어난 '신수의 왕'은 대부분 사라졌거나, 혹은 너무 먼 곳에 있기 때문에 통신을 연결할 수 없습니다."

파이파의 음성은 차분하면서도 기계적이었다. 제온은 그것이 연구실에 있는 케인이 자료를 설명해 주는 음성과 비슷하다는 것을 느꼈다.

"하지만 초신수가 있지 않습니까?"

제온이 물었다. 파이파는 눈을 가느다랗게 뜨며 말했다.

"당신은 분명 초신수에게 관심이 많겠죠. 특히 아프레온에게."

"그것도 네프카에게 들었습니까?"

"물론 네프카도 당신에게 벌어진 사건을 말했습니다. 그것과 관련해서 제게 무언가 정보가 있는지 질문하기도 했습니다. 그러나 저는 그것에 답해줄 수 없었습니다. 왜냐하면……."

"네프카에게 자격이 없기 때문에?"

"그렇습니다."

"그럼 제가 질문하면 대답할 겁니까?"

"물론입니다. 저는 정보를 이해할 수 있는 인간에겐 모든 정보를 열람할 권리가 있다고 생각합니다. 다만……."

파이파는 천천히 양 날개를 펼치며 제온을 향해 날카로운 부리 끝을 겨눴다.

"저는 대화만큼이나 싸움도 좋아합니다. 당신이 알고 있는 것처럼 전투를 위해 만들어졌기 때문입니다."

"물론 그렇겠죠."

제온은 긴장과 마력을 함께 끌어올렸다. 파이파는 전투에 앞서 제온을 배려하려는 듯 뒤로 몇 걸음 물러나며 말했다.

"제가 알고 있는 한도 내에서 당신이 원하는 모든 것을 알려드리겠습니다. 조건은 하나입니다. 절 쓰러뜨리십시오."

"그럴 생각입니다만… 조심해야겠군요."

"무엇을 말입니까?"

"잘못해서 당신을 죽이게 되면 정보를 들을 수 없을 테니까요."

제온 역시 천천히 뒷걸음치기 시작했다. 파이파는 웃는 것처럼 입을 벌리며 말했다.

"그걸 걱정하실 필요는 없습니다. 제가 왜 불사조라고 불린다고 생각하십니까?"

파이파는 순간적으로 펼쳤던 날개를 홰쳤다. 동시에 상상을 초월한 강풍이 발생하며 제온의 몸을 휘몰아쳤다.

"큭……."

순식간에 수십 미터를 날아간 제온은 레비테이션으로 몸을 제어하며 눈살을 찌푸렸다. 역장으로 강풍에 실려 있는 혹한의 냉기는 막았다. 하지만 몸 자체가 뒤로 날아가는 것은 막을 수 없었다.

'빙결계 마법과 질풍계 마법을 동시에 쓰는 셈인가?'

익히 알고 있는 정보였지만 실제로 당해보니 압박이 굉장했다. 날갯짓 한 번에 질풍계 6등급 마법과 빙결계 6등급 마법의 위력이 동시에 담겨 있는 것이다.

콰직!

동시에 파이파가 빙판을 박차며 저공비행으로 돌진했다.

"수세는 좋지 않습니다!"

충돌 순간 파이파의 목소리가 귓가를 어지럽혔다. 제온은 역장이 엄청난 손상을 입은 것을 느끼며 분화구의 반대편 벽까지 날아갔다.

콰과광!

역장째 바위벽에 처박힌 제온은 순간 눈앞이 뿌옇게 변한 것을 느꼈다.

'뭐지?'

충격으로 눈이 상한 건 아니었다. 벽면의 경사에 쌓여 있던 눈과 얼음이 박살 나 무너지며 순간적으로 제온의 눈을 가린 것이다.

파지지직!

동시에 파이파가 얼음안개를 뚫고 거대한 두 다리로 제온의 역장을 움켜쥐었다. 역장을 통해 전기가 파이파의 몸을 감전시켰지만, 그 정도의 미약한 힘으로는 아무런 피해도 줄 수 없었다.

'파이파가 육탄전을 좋아한다는 이야기는 못 들었는데!'

역장을 움켜쥔 파이파의 발놀림은 마치 단단한 껍질을 가진 사냥감을 분해하려는 독수리의 움직임과 흡사했다. 제온은 즉시 손을 뻗어 볼 라이트닝을 발사했다.

파지지지지직!

그러나 휘감기는 전기의 구체가 불사조의 가슴팍에 작렬하려는 순간, 파이파는 갑자기 펼쳤던 날개를 손처럼 오므리며 볼 라이트닝을 움켜쥐었다.

'뭐지?'

제온은 자신의 눈을 의심했다. 파이파는 찰나의 순간에 자신의 역장으로 볼 라이트닝을 감싼 다음 질풍계 마법으로 역장째 공중으로 날려 버린 것이다.

키이이이이익!

파이파는 제온의 역장을 움켜쥔 채 날카롭게 포효하며 고개를 뒤로 젖혔다. 발톱에 더불어 날카로운 부리로 역장을 쪼려는 듯한 움직임이었다.

'이건 위험해.'

제온은 파이파의 부리에 응축된 강력한 마력을 느꼈다. 무언지는 몰라도 더 이상 공격을 허용할 수는 없었다.

'그렇다면……'

제온은 순간적으로 라이트닝 월을 사용했다. 지면으로부터 솟구친 거대한 전기의 장벽이 파이파의 몸을 휘감았고,

키이이익!

파이파의 몸이 순간적으로 경직된 틈을 노려 양손으로 체인 라이트닝을 연속으로 뿌렸다.

파지지지지지직!

강력한 뇌전의 줄기는 마치 물결처럼 신수의 표면을 감싸

고 흘렀다. 제온은 즉시 레비테이션으로 몸을 날리며 처박혔던 벽으로부터 탈출했다.

키이익!

그러나 파이파의 눈은 도망치는 제온을 놓치지 않았다. 신수는 엄청난 속도로 한쪽 날개를 휘둘렀고, 거기서 발생한 강풍이 도망치는 제온의 몸을 휘감으며 반대편 벽까지 단숨에 날려 버렸다.

콰과광!

순식간에 한쪽 벽에서 반대편 벽까지 날아가 처박힌 셈이다. 제온은 속이 울렁거리는 것을 느끼며 급히 벽에서 몸을 빼냈다. 피해를 입은 건 역장뿐이었지만 너무나 빠른 속도로 시야가 바뀌는 바람에 평형감각이 혼란을 느끼며 멀미를 일으킨 것이다.

'정신이 하나도 없구만.'

제온은 평정을 찾으려 애쓰며 반대편에 있는 파이파를 노려보았다. 파이파는 처음처럼 즉시 돌진하지 않았다. 마치 몸풀기는 끝났다는 듯 여유로운 모습으로 천천히 걸음을 뗐다.

"이 정도로 놀라시면 곤란합니다. 당신의 목적은 더 큰 곳에 있지 않습니까?"

파이파의 목소리는 거리가 상당한데도 마치 귓가에서 말하는 것처럼 생생했다. 제온은 입가에 미소를 지으며 상대를 향해 왼손에 낀 반지를 겨눴다.

"라시드의 힘이 느껴지는군요."

파이파가 거기까지 말한 순간, 반지에서 뿜어져 나오던 빛이 한 점으로 집중되었다. 목표는 신수의 두꺼운 가슴팍이었다.

지이잉.

소리는 거의 들리지 않았다.

그러나 광선이 집중되는 순간을 이미 알고 있었다는 듯 파이파의 정면의 두꺼운 얼음 기둥이 연속으로 솟아올랐다.

치이이익!

압축된 열선은 순식간에 석 장의 빙벽을 관통했다. 그러나 거기까지였다. 파이파의 역장에 닿은 열선은 짧은 순간 몸부림치듯 흔들리다 소멸해 버렸다.

"빙벽은 만들 필요도 없었군요."

파이파는 가볍게 지면을 박차고 날아올라 자신이 만든 빙벽 위에 착지했다.

"라시드의 힘은 빛과 밀접한 연관이 있습니다. 이 분화구는 연기와 안개로 상당한 빛이 차단되어 있습니다. 그래서 제대로 된 위력이 나오지 않는 겁니다."

"설명해 줘서 고맙군요."

제온은 쓴웃음을 지었다. 문득 라시드의 반지는 실내에서 사용하면 위력이 급감한다는 데커의 이야기가 떠올랐다.

'그렇다면 밤에도 쓸 수 없다는 건가? 생각보다 제약이 많군.'

"하지만 흥미롭군요. 라시드는 자신에게 충성을 바친 자에게만 힘을 빌려줍니다. 어째서 당신이 그 반지를 가지고 있으며, 또 그것을 사용할 수 있는 겁니까?"

제온은 대답하지 않고 파이파를 노려보았다. 그가 전투를 낙관적으로 생각한 건 라시드의 반지가 있었기 때문이다. 하지만 그것이 통하지 않는 이상, 제온은 더 이상 여유를 부리고 있을 수가 없었다.

"대답할 생각이 없나 보군요. 제게 그 질문의 답을 들을 자격이 없는 겁니까, 아니면 제가 답을 들으면 앞으로 있을 당신의 싸움이 곤란해질 거라고 생각하는 겁니까?"

파이파의 말은 핵심을 꿰뚫고 있었다. 제온은 파이파에게 함부로 정보를 줄 수 없었다. 파이파가 자신이 알아낸 정보를 초신수에게 전달한다면 앞으로 있을 싸움에서 곤란해질 수 있기 때문이다.

"하지만 당신의 걱정은 기우입니다. 저희는 당신이 생각하는 그런 관계가 아닙니다. 하지만 이렇게 말한다 해도 순순히 믿을 수는 없겠죠. 결국 우리는 전투로써 서로를 이해할 수밖에 없는 겁니다."

파이파는 거대한 양 날개를 활짝 펼쳤다. 제온은 순간 분화구 전체의 마력 농도가 몇 배로 진해지는 것을 느꼈다. 파이파는 자신의 마력을 사방으로 뿜어내며 확산시키고 있었다.

'이건 네프카가 말하던…….'

그 순간, 온 세상에 투명한 얼음의 결정이 맺히기 시작했다.

그것은 주먹만 한 크기의 얼음이었다. 수백, 아니, 수천 개의 얼음 덩어리가 분화구 내부의 공간에 촘촘히 들어차기 시작했다.

찰나의 순간, 제온은 반사적으로 역장의 출력을 최대한으로 높였다. 그것은 예고 없이 제온을 향해 쏟아지듯 날아왔다.

파지지지지지직!

얼음 덩어리 하나하나가 제온의 역장과 충돌하며 강렬한 충격을 일으켰다. 그것은 제온의 상상을 초월하는 위력이었다. 마치 천 명의 마법사가 빙결계 2등급 마법인 아이스 애로우(Ice arrow)를 동시에 쏟아낸 듯한 느낌이었다.

촤자자자작!

수백 개의 얼음 덩어리가 서로의 몸을 비비며 앞다퉈 제온을 향해 쏟아졌다. 제온은 자신의 몸이 벽 속으로 처박히는 듯한 느낌을 받았다. 어떻게든 역장으로 버티고 있었지만, 박살 난 얼음 조각들이 그대로 주변에 떨어져 거대한 얼음 무덤을 만들기 시작했다.

키이이이익!

모든 얼음 덩어리를 전부 퍼부은 파이파는 그대로 고개를 치켜들고 포효했다. 그러자 길이가 3미터에 달하는 송곳처럼 날카로운 얼음 창이 신수의 주변에 맺히기 시작했다.

군이 마법협회에서 정한 등급으로 따지자면 그것은 빙결계 4등급 마법인 아이스 랜스(Ice lance)라고 할 수 있을 것이다.

하지만 아이스 랜스의 크기는 보통 1미터 내외였다. 그 세 배에 달하는 거대한 얼음 창 서른 개가 엄청난 속도로 제온을 향해 날아갔다.

제온의 몸은 이미 얼음 덩어리에 파묻혀 보이지도 않을 지경이었다. 날카로운 얼음 창은 그 두꺼운 얼음의 무덤을 뚫고 안쪽에 있는 제온의 몸을 향해 정확히 파고들었다.

콰직!

콰직!

콰지직!

순식간에 분화구 내부에 얼음으로 만들어진 거대한 성게 같은 조각이 완성되었다.

파이파는 얼음장처럼 투명하고 새파란 눈동자로 그것을 노려보았다. 어딘지 만족스러운 느낌이 들었다. 네프카를 포함한 역대 페슈마르의 국왕과의 전투에서는 저런 조각이 완성된 적이 한 번도 없었기 때문이다.

"불을 다루지 않는 마법사와 싸우는 것도 나름대로의 재미가 있군요. 그들은 제가 뭘 만들어도 바로바로 녹여 버리니 말입니다."

그 순간, 거대한 얼음 덩어리에 박힌 얼음 창 하나가 뚝 하고 부러졌다.

그리고 그것이 신호인 것처럼 눈부신 섬광과 함께 작렬하는 뇌전 줄기가 얼음 덩어리를 파괴하며 사방으로 뿜어져 나왔다.

파지지지지지직!

그것은 끊임없이 산란하는 가느다란 전류의 폭풍이었다. 새하얀 얼음 파편이 안개처럼 자욱하게 피어오르는 가운데, 그 안개를 뚫고 좀 더 굵은 한 가닥의 뇌전이 파이파를 향해 질주했다.

파지지직!

파이파는 양 날개를 오므리며 그것을 막았다. 그리고 다시 날개를 펼친 신수의 눈앞에 소용돌이치는 뇌전의 구체가 날아들었다.

파지지지지지직!

그것은 제온이 날린 볼 라이트닝이었다. 파이파의 역장에 닿은 볼 라이트닝은 순간적으로 수십 가닥의 가느다란 전류로 분해되며 역장 전체를 감싸기 시작했다

'패턴을 파악해야 해.'

제온은 얼음안개로 시야가 완전히 막힌 상황에서도 파이파의 생체전류를 감지하며 연속해서 볼 라이트닝을 뿌렸다. 총 네 발을 쏜 직후에 겨우 안개가 가라앉으며 주위가 보이기

시작했고, 제온은 여전히 자신이 만든 빙벽 위에 웅크리고 있는 파이파의 모습을 발견할 수 있었다.

파지직.

볼 라이트닝이 남긴 잔여 전류가 파이파의 몸 주위를 파르스름하게 흐르며 막 사라지고 있었다. 파이파는 날개로 머리를 감싼 듯한 자세로 몸을 웅크리고 있었고, 이내 경쾌한 동작으로 다시 날개를 쫙 펼치며 제온을 노려보았다.

"상성이란 무섭군요."

파이파는 감정이 느껴지지 않는 목소리로 말했다.

"만약 이것이 네프카의 화염 마법이었다면 꽤 타격이 있었을 겁니다. 안타깝군요."

"……."

"아무래도 화염술사가 아닌 다른 마법사가 저를 상대하는 건 근본적으로 곤란한 문제인 것 같습니다. 당신은 좀 더 힘을 내시는 게 좋을 것 같습니다. 그렇다고 일부러 져줄 생각은 없으니 말입니다."

"그야 물론……."

제온은 무표정한 얼굴로 호흡을 가다듬었다.

처음부터 상성상 자신에게 불리하다는 건 인지하고 있었다. 페슈마르의 국왕이 지난 300여 년간 파이파를 상대로 승리할 수 있던 가장 큰 원인은 바로 그들이 화염술사였기 때문인 것이다.

'어차피 장기전은 불가능하다.'

제온은 순간적으로 역장을 풀었다가 다시 만들어보았다. 단 1초에 불과했는데도 뼛속까지 시리는 강렬한 냉기에 의식이 흐려질 지경이었다.

냉기는 처음 분화구에 들어왔을 때보다 훨씬 더 강해진 게 분명했다. 파이파가 한바탕 마법을 쏟아냈기 때문일 것이다.

덕분에 제온은 끊임없이 역장을 유지해야 했다. 그것만으로도 상당한 마력이 소모되었고, 당연히 장기전을 갈수록 불리해질 수밖에 없었다.

이제는 승부를 낼 시간이었다.

그것을 위해 필요한 정보는 방금 전에 볼 라이트닝을 연속으로 날리면서 확보했다. 제온은 파이파의 몸에 흐르는 마력의 흐름을 감지하며 자신의 마력도 끌어올렸다.

볼 라이트닝을 연속으로 계속 날린 이유는 파이파가 역장을 강화하는 패턴을 알아내기 위해서였다.

파이파는 볼 라이트닝이 작렬하며 최대의 위력을 내는 순간, 대량의 마력을 역장에 쏟아부어 그것을 강화했다.

그리고는 다시 마력을 줄여 최소한의 역장만 유지하다 새로운 볼 라이트닝이 날아오는 순간 또다시 같은 패턴을 반복했다.

그것은 제온이 상대의 공격을 막아내는 패턴과 거의 흡사했다. 가능한 한 효율적으로 마력을 아낄 수 있는 수단이었고, 거기에 바로 제온의 노림수가 있었다.

"어쩌면 당신이 좀 더 기운을 내기 위해선 희망이 필요한지도 모르겠군요."

파이파는 그런 제온의 속마음을 전혀 모르는 듯 선심 쓰는 것처럼 이야기를 시작했다.

"제온, 당신은 아프레온을 증오하고 있지요?"

"……."

"물론 그럴 것입니다. 아마도 당신의 목표는 그에게 복수하는 것이라 생각합니다."

"……."

제온은 대답하지 않았다. 지금은 찰나의 순간에 집중할 순간이었다.

역시 저 괴물을 쓰러뜨리기 위해서는 라이트닝 캐논을 사용해야 한다.

그러나 처음부터 방어에 집중하면 일격에 끝내지 못할 수도 있다.

그러니까 먼저 볼 라이트닝을 날린다.

그러면 파이파가 그것을 막기 위해 역장을 강화한다.

그리고 원래대로 역장을 되돌린 바로 그 순간을 노려 라이트닝 캐논을 날린다.

성공하면 파이파는 거의 맨몸으로 라이트닝 캐논을 뒤집어써야 할 것이다.

그것은 매우 단순하지만 고도의 집중력을 필요로 하는 계획이었다. 생물이 가진 마력과 생체전류를 동시에 감지할 수 있는 제온이기 때문에 가능한 계획이기도 했다.

'단 한순간이야. 단 한순간······.'

"물론 저를 이길 수 없어서야 아프레온을 쓰러뜨리는 것은 무리일 것입니다. 하지만 그전에 희망을 드리자면······."

파이파는 고개를 살짝 기울이며 말했다.

"그들은 살아 있습니다."

순간 제온의 몸이 덜컹였다.

동시에 바늘 끝처럼 날카롭게 곤두섰던 집중력도 산산이 부서졌다. 제온은 갑자기 멍해진 얼굴로 파이파를 바라보았다.

"방금··· 뭐라고?"

"그들은 살아 있다고 말했습니다."

"그들이라니······."

"전 단지 그들이라고만 말했을 뿐입니다. 그들이 정확히 누구인지는······."

파이파는 마치 우는 것처럼 입을 벌리며 말했다.

"제게 승리한 이후에 말씀드리겠습니다."

그 순간, 제온은 파이파를 향해 라이트닝 캐논을 쏟아냈다.

콰과과과과과과광!

작전이고 뭐고 없는 일방적인 화력의 방출이었다. 파이파는 기다렸다는 듯이 날개를 모으며 다섯 장의 얼음벽을 자신의 정면에 만들었다.

그러나 막을 수 없었다.

두께가 1미터에 달하는 다섯 장의 얼음벽 모두가 단 한 순간에 박살 나며 사방으로 튕겨 날아갔다.

동시에 빈틈없이 압축된 거대한 뇌전 줄기가 얼음으로 된 불사조의 몸을 강타했다.

작렬하는 전류가 사방으로 폭발하듯 튀었다. 직격을 받아 낸 파이파의 두꺼운 양 날개가 심하게 흔들렸다. 산란하는 전류가 파이파의 모든 것을 뒤덮어 마치 번개로 만든 거대한 공을 연상시켰다.

키이이익!

파이파는 짧은 비명을 질렀다. 순간적으로 집중할 수 있는 모든 마력을 역장에 쏟아부었다. 그런데도 제온의 오른팔과 연결된 강력한 뇌전을 완벽히 막아낼 수 없었다.

그때 파이파가 양발로 단단히 움켜쥐고 있던 얼음벽이 부러지며 뒤로 넘어가 버렸다.

동시에 파이파의 몸도 뒤로 밀리며 넘어갔다. 덕분에 신수의 집중력이 순간적으로 흔들렸고, 가까스로 버티고 있던 역장이 순간적으로 소멸되어 버렸다.

콰광!

찰나의 순간, 라이트닝 캐논이 파이파의 몸을 관통하며 분화구의 반대편 벽을 강타했다.

지면에 추락한 파이파의 몸에서 회색 연기가 피어올랐다. 몸의 표면을 덮고 있던 두꺼운 얼음 층이 모조리 박살 난 탓에 몸 크기가 확연히 줄어든 것처럼 보였다.

키이이익!

몇 초 동안 의식을 잃은 파이파는 순간 발작하듯 포효하며 몸을 일으켜 세웠다. 지금 신수의 몸을 움직이고 있는 것은 자신의 의지가 아닌 본능이었다. 그들은 일정 이상의 충격으로 신체가 손상되었을 경우, 미리 계획된 프로그램대로 방어 모드에 들어가도록 만들어져 있었다.

콰지지지직!

즉시 두꺼운 얼음이 돋아나며 파이파의 몸을 뒤덮었다. 그것은 마치 고치로 몸을 감싼 애벌레 같은 모습이었다.

공중에 날아오른 제온은 경직된 눈으로 얼음 고치를 노려보았다. 라이트닝 캐논을 사용한 후유증으로 온몸의 근육이 비명을 지르고 있었다. 하지만 가슴을 사로잡은 격정은 그 어떤 고통보다 거대했다.

"누굴 말하는 거야!"

제온은 소리를 지르며 뇌전을 쏟아냈다. 강력한 체인 라이트닝 줄기가 마치 조각하듯 거대한 얼음 덩어리를 파냈고, 반대로 얼음 덩어리 안에 몸을 감춘 파이파는 본능적으로 박살난 얼음 부위를 복구하는 데 모든 마력을 동원했다.

"빨리 나오라고!"

제온은 입술을 파르르 떨며 동시에 세 개의 볼 라이트닝을 만들었다. 그리고 파이파의 몸을 감싼 거대한 얼음 덩어리를 삼면에서 동시에 들이받았다.

파지지지지지지직!

볼 라이트닝에서 방출하는 채찍 같은 전기의 줄기가 얼음의 표면을 맹렬히 갉아냈다. 제온은 거기에 추가로 라이트닝 볼트를 미친 듯이 뿌려댔다. 지금 자신이 얼마나 마력을 소모하고 있는지 계산조차 할 수 없었다. 그저 조금이라도 빨리 파이파의 얼음 껍질을 벗겨내고 대답을 듣고 싶을 뿐이었다.

살아 있는 사람이 누굴 말하는지를.

만약 그것이 자신이 생각하는 바로 그 사람을 말하는 것이라면…….

"당장 나와!"

먼저 날린 세 발의 볼 라이트닝이 임무를 달성하지 못하고 소멸했다. 그러자 제온은 이번에는 동시에 네 개의 볼 라이트닝을 만들어 파이파의 사면을 동시에 공략했다. 결국 파이파가 얼음을 복구하는 속도가 파괴하는 속도를 따라잡지 못하게 된 순간,

콰직!

얇아진 얼음 고치 속에 숨어 있던 파이파가 순간적으로 고치를 깨며 하늘로 날아올랐고,

"어딜!"

분화구 밖으로 도망치려는 파이파의 몸을 제온이 양손으로 뿌린 번개의 사슬이 순간적으로 휘어 감았다.

키이이이이이익!

역장도 만들지 못하고 두 발의 체인 라이트닝에 맞은 파이파는 외마디 비명을 지르며 다시 지면으로 추락했다.

쿠웅!

육중한 진동과 함께 빙판에 거미줄 모양의 균열이 발생했다. 제온은 추락한 파이파의 몸 위로 이동해 오른손을 겨누며 소리쳤다.

"빨리 말해! 졌다고 말하라고! 안 그러면 지금 내가 무슨 짓을 할지 몰라!"

떨리는 오른팔로부터 조절할 수 없는 미세한 전류가 사방으로 방출되었다. 그것은 언제나 얼음 같은 냉정함으로 자신을 제어하던 제온이 처음으로 경험하는 혼란이었다.

끓어오르는 흥분과 격정을 주체할 수 없었다. 파이파의 몸에서 느껴지는 생체전류는 이미 깜짝 놀랄 정도로 약해져 있었다. 여기서 또다시 강력한 마법을 사용하면 정말로 죽을지도 모른다. 그런데도 흥분된 몸은 본능적으로 마력을 전류로 바꿔 끊임없이 쏟아내려 하고 있었다.

키이이익.

마치 간질 발작을 일으킨 것처럼 몸을 떨던 파이파의 입에서 약한 신음 소리가 새어 나왔다. 이윽고 가까스로 정신을 차린 파이파는 뒤집어져 있던 몸을 가까스로 돌려 일으킨 다음 멍한 눈으로 주위를 둘러보기 시작했다.

"……."

그것은 마치 현재의 상황을 이해할 수 없다는 듯한 움직임이었다. 한동안 방황하던 파이파는 이내 고개를 들어 공중에 떠 있는 제온을 바라보았다. 오른손으로 자신을 겨누고 있는 제온을 발견한 순간, 파이파는 모든 상황을 이해한 듯 고개를 축 늘어뜨리며 말했다.

"…아무래도 제가 진 것 같군요."

순간 긴장이 풀린 제온의 몸이 휘청거렸다. 동시에 분화구 내부의 온도가 급격히 상승하고 있는 것과 빙판 전체에 금이 가고 있다는 사실을 발견할 수 있었다.

겨우 냉정을 회복한 제온이 파이파를 노려보며 소리쳤다.

"확실히 제가 이긴 겁니까?"

"그렇습니다, 제온. 당신이 이겼습니다."

파이파는 재차 확인해 주며 주위를 둘러보았다.

"그러니 더 이상 저를 공격하지 마십시오. 전 지금부터 레기스크 화산의 폭발을 억제하는 작업에 제 남은 마력을 전부 사용해야 합니다."

파이파는 잠시 몸을 비틀거리다 양 날개를 쭉 펼쳤다. 그러자 급격히 상승하던 분화구 내부의 온도가 다시 내려가기 시작했다. 동시에 금이 가며 녹던 빙판도 상처에서 새로운 살이 돋아나는 것처럼 새로운 얼음이 맺히며 단단하게 복구되기 시작했다.

"하마터면 맹약을 저버리고 화산을 폭발시킬 뻔했습니다."

파이파는 자신의 앞에 내려온 제온을 보며 말했다.

"아무래도 제가 의식을 잃었던 모양입니다. 이런 경험은 태어난 이후로 처음입니다. 제때 정신을 차려 다행이군요."

"네프카… 아니, 페슈마르의 역대 국왕을 상대로 싸웠을 때는 이런 적이 없었습니까?"

"단 한번도 없었습니다. 그들이 만들어내는 화염은 제 의식을 더욱 또렷하게 만들었으니까요. 하지만 당신이 만들어내는 전류는……."

파이파는 말끝을 흐리며 쓰러질 것처럼 일부러 몸을 흔들었다. 그러나 실제로 쓰러지고 싶은 것은 제온이었다.

너무 급격하게 대량의 마력을 소모한 후유증이었다. 온몸의 힘이 풀리고 눈앞이 어질어질했다. 근육에 힘이 들어가지 않아 가만히 서 있는 것만으로도 온 정신을 집중해야 할 지경이었다.

하지만 이제 와서 쓰러질 수는 없었다. 제온은 근처에 뒹굴고 있는 커다란 얼음 덩어리에 몸을 기대며 말했다.

"실례가 안 된다면 좀 앉겠습니다."

"얼마든지요. 전투는 이제 끝났습니다."

제온은 얼음에 등을 기댄 채 주룩 미끄러졌다. 파이파 역시 피곤한 듯 날개를 접고 몸을 웅크리며 말했다.

"아무래도 제 안에는 의식을 잃으면 자동적으로 발동되는 본능이 있는 것 같습니다. 마지막 1분 동안 전 어떤 행동을 취했습니까?"

"그러니까… 라이트닝 캐논을 맞은 다음에……."

바닥에 주저앉은 제온은 잠시 눈을 감고 생각했다. 그 역시 반쯤 이성을 잃은 상태였기 때문에 좀 전의 상황을 객관적으로 떠올릴 수가 없었다.

"일단 고치로 몸을 감싸는 형태가 되었습니다."

"고치요?"

"얼음으로 만든 고치랄까. 그리고 제가 그걸 거의 깨버리자 갑자기 얼음을 깨고 하늘로 날아 도망치려고 했습니다."

"도망이라니, 대단히 무책임한 행동이군요."

파이파는 마치 다른 사람의 이야기를 하는 것처럼 무심하게 말했다. 제온은 아무래도 상관없다는 듯 길게 한숨을 내쉬었다.

"후우, 아무튼 제가 이겼습니다. 그러니 말씀해 주시죠."

"무얼 말입니까?"

"살아 있다고 했죠?"

제온은 푹 숙였던 고개를 힘겹게 들어 올렸다.

"대체 누가… 누가 살아 있다는 말입니까?"

"누구일 것 같습니까?"

파이파는 커다란 눈을 반쯤 감으며 제온을 마주 보았다. 제온은 가물거리는 의식을 억지로 버티며 말했다.

"모릅니다. 그러니까 말해주세요."

"물론입니다. 약속은 지켜야죠."

파이파는 그 커다란 몸을 조금씩 흔들며 제온에게 다가왔다. 그리고는 마치 비밀스러운 이야기를 하듯 제온의 귓가로 부리를 가져가며 작은 소리로 말했다.

"인간들은 그것을 초신수의 축복이라고 부르죠."

"……"

제온은 대답하지 않았다. 이미 모든 의식을 파이파의 목소리를 듣는 것에 집중한 상태이다.

"특정한 인간을 제물로 희생하여 물의 초신수인 아프레온이 비를 내리는 시스템으로 인식하고 있습니다. 하지만 진실은 좀 더 복잡하고 독특합니다. 모든 것을 설명하려면 무척 긴 이야기가 될 것입니다."

"들을 준비가… 되었습니다."

제온은 가까스로 대답했다. 귓가에 있는 파이파의 부리에서 강렬한 냉기가 새어 나와 얼굴이 얼어붙을 것 같았다. 최소한의 역장으로 냉기로부터 몸을 보호하는 것도 거의 한계에 다다른 상태였다.

파이파는 한쪽 눈으로 그런 제온을 바라보며 말했다.

"그럼 먼저 결론부터 말하도록 하겠습니다. 아프레온이 비를 뿌리는 데 인간의 마력 같은 건 필요 없습니다."

"……."

"제물은 필요 없다는 말입니다. 사라진 인간들은 모두 살아 있습니다. 당신의 아내도, 그녀의 뱃속에 있던 아이도 모두 다 살아 있습니다."

# 19장

골렘 마스터

"프로나가… 살아 있다는 말입니까?"

흔들리던 제온의 눈에 순간적으로 초점이 돌아왔다. 제온은 파이파의 얼굴을 향해 손을 뻗었다. 파이파는 제온의 손을 피하는 듯 고개를 뒤로 쭉 빼며 말했다.

"네, 적어도 아프레온에게 죽지는 않았습니다."

"하지만 프로나는 사라졌는데……,"

"아프레온이 그녀를 텔레포트시킨 겁니다."

"텔레포트?"

"공간이동 마법입니다. 지금의 인간들에겐 잊힌 마법이지만, 초신수는 모두 그 마법을 쓸 수 있습니다."

"공간이동 마법……."

제온은 텅 빈 공간을 움켜쥐었다.

그리고 얼음에 기댄 채 천천히 몸을 일으켰다. 불과 몇 초 전까지만 해도 급격한 마력 소모의 후유증으로 온몸의 근육을 컨트롤할 수 없는 상태였다. 하지만 그때의 제온과 지금의 제온은 전혀 다른 인간이었다.

'텔레포트. 공간이동 마법. 아프레온이 라기아 시티에 갑자기 나타난 것도 그것 때문이다. 그 거대한 몸집으로 거의 모습을 드러내지 않는 것도 전부 그것 때문이었군. 하지만 자신의 몸뿐만 아니라 타인의 몸을 강제로 이동시킬 수도 있단 말인가? 질풍계 마법에 날아가는 것과 같은 원리인가? 그렇다면 역장으로 몸을 보호하면 강제로 공간이동 당하는 걸 막을 수 있을지도…….'

갑자기 의식이 또렷해지며 뇌세포가 정신없이 돌아가기 시작했다. 파이파는 그런 제온을 보며 기계적인 음성으로 말했다.

"제온, 당신 지금 울고 있습니다."

"아……."

제온은 눈가에 얼어붙은 눈물을 손으로 만졌다. 자신이 울고 있다는 자각조차 없었다. 끊임없이 흐르는 눈물은 이미 얼어붙는 눈물 위를 흐르며 고드름처럼 점점 길어졌다.

"기쁨의 눈물입니까? 죽은 줄 알았던 아내가 살아 있다는 것을 알게 되어서?"

"잘… 모르겠습니다."

제온은 작은 목소리로 대답했다. 지금 자신의 마음을 말로 표현하는 것은 어려웠다. 강렬하고 다양한 감정이 뒤섞여 가슴이 미어지는 것 같았다.

"어째서… 흐음……."

제온은 갑자기 쉬어버린 목소리를 급히 가다듬으며 물었다.

"아프레온은 어째서 그런 짓을 한 겁니까? 어째서 비를 내리기 전에 제 아내를, 그러니까 특정한 인간을 사라지게 만든 겁니까?"

"어째서라……. 거기까지는 저도 정확히 모르겠습니다."

파이파는 고개를 갸웃거리며 말했다.

"당신도 알고 있겠지만, 초신수는 우리와 다릅니다. 신수의 왕, 그러니까 당신들이 A급 신수라 부르는 우리조차도 결국엔 전투를 위해 만들어진 병기에 불과합니다. 하지만 초신수는……."

파이파는 순간 입을 다물었다. 제온은 조바심을 느끼며 대신 대답했다.

"인간의 의식이 깃들어 있죠. 신수를 만든 연구원들의 의식 말입니다."

"알고 있었군요."

파이파는 고개를 끄덕였다.

"그것은 기밀 중의 기밀입니다. 그래서 당신에게 말해도 되는지에 대해 잠시 고민했습니다. 아무래도 당신이 정보를 획득한 고대인의 유적은 핵심 연구 시설이었던 모양이군요."

"거기까지는 잘 모르겠습니다만… 아무튼 당시에 무슨 일이 벌어졌는지는 대부분 알고 있습니다."

"그렇다면 이야기가 빠릅니다. 초신수에 융합한 연구원들이 천 년 전에 어째서 그런 일을 했는지, 그리고 현재 어째서 그런 행동을 하고 있는지에 대해 명확한 결론은 나오지 않았습니다. 직접 대화를 나눠본 적도 있습니다만……."

"아프레온과 말입니까?"

"그렇습니다. 과거에 아프레온이 직접 교신을 연결한 적이 있었습니다."

파이파는 고개를 숙이며 한쪽 발로 자신의 머리를 두드렸다.

"인간들은 우리를 모두 신수라는 대집합 속에서 연결하고 있는 모양입니다만, 천 년 전에는 서로 반목하고 싸우는 관계였습니다."

"싸웠다고요?"

"초신수를 제외한 모든 신수는 인간들에게 컨트롤되었으니까요. 그러나 결국 초신수에 의해 인간들이 만든 문명이 모두 사라졌습니다. 덕분에 우리를 컨트롤하는 인간도 사라졌고, 우리는 인간의 지배를 벗어난 자유로운 존재가 되었습니다. 더 이상 초신수와 싸우지 않아도 되게 된 것입니다."

"아……."

"하지만 제 마음속에는 여전히 초신수에 대한 적대적 의식이 남아 있었습니다. 그래서 일부러 초신수에게 통신을 연결하려 하지 않았습니다만, 놀랍게도 아프레온이 먼저 연결을 시도해 온 겁니다."

"…어째서?"

"그것은 당신을 비롯해 역대 페슈마르 왕국의 국왕들이 제게 했던 바로 그 질문을 하기 위해서였습니다. 어째서 인간을 돕는 것인가."

"어째서 인간을 돕는 것인가?"

"그렇습니다. 아프레온은 어째서 제가 이 레기스크 화산의 분화구에 들어와 수백 년간 자신을 희생하고 있는지를 알고 싶어했습니다."

"저도 궁금합니다. 어째서인가요?"

"가능성을 보았기 때문입니다."

"가능성이요?"

"이 유리언 대륙에 태어난 인간들이 언젠가 초신수를 쓰러뜨릴지도 모른다는 가능성 말입니다."

파이파는 그렇게 말하고는 웃는 것처럼 입을 크게 벌렸다. 제온은 믿을 수 없다는 표정으로 파이파를 노려보았다.

"초신수를 쓰러뜨린다니… 정말 그런 생각을 한 겁니까?"

"말하지 않았습니까? 전 여전히 초신수를 적대하고 있다고 말입니다. 그러나 저 혼자의 힘으로는 그 일을 달성할 가능성이 한없이 제로에 가까웠습니다. 그런 와중에 디제가 저를 찾아온 것입니다."

"페슈마르의 건국왕 말이군요."

"그는 제가 이제까지 본 인간 중에 가장 강력한 마력을 가지고 있었습니다. 저를 만든 고대인들은 그런 마력을 가지지 못했습니다. 그래서 저는 인간들 사이에 어떤 변화가 일어나고 있음을 느꼈습니다."

"변화요?"

"그렇습니다. 아니면 진화라고 할까요? 고대인 중에는 지금 기준으로 로우 위저드(Low wizard) 등급에 달하는 마법사조차 존재하지 않았습니다. 멸종의 위기를 겪고 난 인류는 생존을 위해 새로운 힘에 눈을 뜬 것입니다. 본인들이 의식하고 있든 그렇지 않든 간에 말입니다. 바로 당신처럼 말입니다."

제온은 마른침을 삼켰다. 파이파의 생각과는 달리 자신은 스스로의 힘으로 진화한 인류가 아니었다.

"매년 한 번씩 저와 싸워 이겨야 한다, 그런 조건을 내건 것도 모두 같은 이유에서입니다. 디제는 저를 이길 만큼 강력했지만 그 정도로는 초신수를 상대하기 역부족이었습니다. 하지만 그가 계속 싸우고 거기에 자신의 피를 후세에 남겨 널리

퍼뜨린다면 어떻게 될까요? 저는 거기에 걸고 디제와 그런 맹약을 건 것입니다."

그것은 제온의 상상을 초월한 이야기였다. 제온은 잠시 동안 벌어진 입을 다물지 못하다가 이내 정신을 차리며 자신이 진정 원하는 질문으로 화제를 돌렸다.

"정말 놀라운 이야기입니다만, 저는 그것보다 더 알고 싶은 것이 있습니다."

"아프레온이 어째서 인간을 사라지게 만드는지, 그리고 사라진 인간은 지금 어디에 있는지를 알고 싶으시겠죠."

"그렇습니다."

"걱정 마십시오. 거의 다 왔습니다. 그러니 조금만 더 제 이야기를 들어주시지 않겠습니까?"

제온은 조급한 마음을 참으며 고개를 끄덕였다. 파이파 역시 만족한 듯 고개를 끄덕이며 말했다.

"물론 이런 저의 목적을 있는 그대로 아프레온에게 말할 수는 없었습니다. 그래서 저는 역으로 질문했습니다. 당신이야말로 어째서 인간을 돕고 있는지 말입니다."

"추신수이 추복……."

"그렇습니다. 그러자 아프레온은 '자신을 위해서'라고 답했습니다. 저는 아직까지 그 답의 뜻을 명확하게 이해할 수 없습니다."

하지만 제온은 그 답의 의미를 알고 있었다. 아프레온이 인간을 보호하는 가장 큰 이유는 바로 생존을 위해 인간에게서 마력을 얻어내기 위함이었다.

그러나 데커를 포함한 최후의 세대가 이 사실을 알아낸 것은 그들이 천 년간의 긴 잠에서 깨어난 이후였다. 때문에 이미 자신을 만든 연구소와의 연결이 끊긴 파이파는 아프레온의 진정한 목적을 알 수가 없었다.

"하지만 큰 그림으로 보자면 자신은 인간을 보호하고 있으며, 치명적인 재해를 막는 것은 그런 자신의 의무라고 말했습니다. 그리고 특이점을 제거해야 재해의 발생 가능성을 줄일 수 있다는 이야기도 했습니다."

"특이점? 그게 뭡니까?"

"선천적으로 강대한 마력을 가지고 태어난 인간을 말하는 것입니다. 바로 제가 주목하던 그런 인간들 말입니다."

"아……."

"아프레온은 그런 인간들이 발생함으로써 자연의 마력의 균형이 뒤틀려 가뭄이나 지진 같은 재해가 발생한다고 말했습니다. 아직 고대인의 문명이 남아 있을 때도 그와 비슷한 연구가 진행되고 있었기 때문에 저도 그 말은 어느 정도 납득할 수 있었습니다. 그리고 특이점은 또 다른 특이점을 만들어낼 가능성이 높기 때문에 어떻게든 그들을 다른 장소로 옮겨 이 유리언 대륙의 재해를 미연에 차단한다는 이야기도 했습니다."

제온은 눈을 가늘게 뜨며 물었다.

"그 장소가 어디입니까?"

"아프레온은 단지 서쪽이라고 말했습니다."

"서쪽이요?"

"그렇습니다. 확실한 건 베이라 군도보다 더 서쪽이라는 것뿐입니다."

베이라 군도라면 유리언 대륙에서 서쪽으로 멀리 떨어진 곳으로, 크고 작은 섬들이 모여 있는 수인(獸人)의 고향이다. 제온은 나인제로 몬스터즈의 일원이자 베이라 군도 출신인 밍우이의 모습을 떠올리며 말했다.

"그러니까 베이라 군도보다 더 서쪽에 있는 섬이라는 말입니까?"

"그곳이 섬인지 아니면 알려지지 않은 새로운 대륙인지는 저도 모릅니다. 확실한 건 과거 초신수의 축복으로 희생되었다고 알려진 모든 인간은 사실 그곳으로 옮겨졌다는 사실입니다."

"…그렇군요."

제온은 고개를 끄덕이며 입술을 깨물었다. 인적이라고 견혀 없는 황무지에 홀로 떨어진 프로나의 모습을 상상하니 가슴이 찢어질 것만 같았다.

그러나 그것은 살아 있기에 가능한 고통이었다. 제온은 온몸에 일어나는 전율을 느꼈다. 온몸의 세포 하나하나가 잠에서 깨어나며 다시 살아나는 것 같은 기분이었다.

그것이 쓰러질 것 같은 자신의 몸을 억지로 지탱하게 만들었다. 제온은 격양된 얼굴로 파이파를 바라보며 물었다.

"그곳은 사람이 살 수 있는 땅입니까?"

"자세히는 모릅니다. 다만 인간이 생존할 수 없는 땅이라면 굳이 아프레온이 그런 수고를 할 필요는 없었을 것입니다."

"그곳을 찾는 방법은?"

"역시 모릅니다. 다만 여러 가지 상황을 예상해 볼 수는 있습니다."

"어떤 상황 말입니까?"

"그것은 직접 생각해 보십시오. 아프레온이 '납치'한 인간들은 모두 당대에 손꼽히는 마법사였습니다. 그렇지 않습니까?"

"과연……."

제온은 고개를 끄덕였다. 물론 프로나는 그중에 특별한 경우였지만, 그녀 또한 레비테이션으로 장거리 비행이 가능한 등급의 마법사였다.

"제가 알고 있는 건 여기까지입니다, 제온. 당신과는 좀 더 많은 이야기를 하고 싶습니다만… 지금은 몸과 마력을 회복하며 맹약을 지키는 데 전념을 쏟아야 할 것 같습니다."

파이파는 그렇게 말하고는 몸을 웅크리며 날개 속에 머리를 물었다. 제온은 순간 깜짝 놀라며 말했다.

"잠시만! 조금만 기다려 주십시오!"

"……."

"나중에 다시 와도 이야기할 수는 없는 겁니까? 아프레온에 대해 듣고 싶은 게 더 많습니다!"

"……."

일단 몸을 웅크린 파이파는 묵묵부답이었다. 제온은 허탈한 표정으로 커다란 얼음 바위처럼 되어버린 파이파를 바라보았다.

"당신과 다시 이야기를 하려면… 내년 축제를 기다려야겠군요."

"……."

"어쨌든 감사합니다, 파이파. 얼음의 왕… 당신을 만든 인간들도 당신을 자랑스럽게 생각하고 있을 겁니다."

제온은 파이파를 향해 고개를 숙였다. 파이파가 여전히 자신을 만든 인간들의 유지를 이어 초신수를 쓰러뜨릴 방법을 찾고 있다는 사실을 알면 데커가 어떤 표정을 지을지 궁금했다.

하지만 당장 중요한 건 그런 게 아니었다. 제온은 얼어붙은 파이파를 뒤로한 채 레비테이션으로 천천히 분화구를 빠져나왔다.

"프로나, 아직 살아 있는 거지? 아직 거기 살아 있는 거지?"

제온은 나지막한 목소리로 중얼거렸다. 아무 희망도 없이 자신을 깎아내는 여정은 이걸로 끝이었다. 지금부터는 일직선으로 전진할 뿐이었다.

"제온 경!"

분화구의 정상에서 초조한 모습으로 기다리던 슈레이가 제온을 발견하고는 손을 번쩍 들어 올렸다. 제온도 웃으며 손을 들어주었다.

"성공하셨군요!"

슈레이는 다른 마법사들과 함께 즉시 날아와 제온의 주위를 포위하듯 둘러섰다. 제온은 감격한 표정의 마법사들을 보며 가볍게 고개를 끄덕였다.

"네, 이겼습니다. 앞으로 1년 동안은 별일 없을 겁니다."

"감사합니다, 제온 경! 당신이 이 페슈마르 왕국을 구원하신 겁니다!"

감격에 벅찬 슈레이는 제온의 손을 붙잡고 손등에 입을 맞췄다. 그것은 오직 국왕에게만 표하는 최고의 경의였다. 지금 제온은 확실히 그들의 국왕과 같은 대접을 받을 만한 대업을 완수한 것이다.

제온은 고개를 저으며 말했다.

"아닙니다. 그저 할 일을 했을 뿐입니다."

"그 무슨 겸손의 말씀을! 아무튼 빨리 회색 탑으로 돌아가는 게 좋겠습니다! 어디 부상은 입지 않으셨습니까? 그 거대

하던 마력이 이렇게 바닥을 드러내다니!'

슈레이는 다급히 제온의 몸을 살피며 말했다. 제온은 고개를 저으며 나지막한 목소리로 중얼거리듯 말했다.

"저야말로 이번 전투로 구원을 받았습니다. 정말로……."


"저렇게 많다니……."

클로시아는 하얗게 질린 얼굴로 고개를 저었다.

매직 아카데미 본관의 옥상에서 내려다보이는 주변의 풍경은 그야말로 일촉즉발의 상황이었다. 온몸의 근육과 혈관이 부푼 끔찍한 모습의 인간들이 아카데미의 외벽을 향해 사방에서 몰려오고 있었고, 외벽 안쪽에는 전투를 위해 동원된 아카데미의 학생들이 긴장한 얼굴로 높은 담벼락을 노려보고 있었다.

"클로시아, 자네까지 무리해서 싸울 필요는 없네."

그때 수염이 하얗게 센 노인이 다가오며 말했다. 그는 매직 아카데미의 질풍마법학과를 담당하고 있는 게일 교수였다. 클로시아는 천천히 고개를 저으며 말했다.

"무슨 말씀이세요. 저도 전력으로 돕겠습니다."

"당신은 학장의 소중한 손님이네. 전투에서 부상이라도 입으면 내가 학장을 볼 면목이 없어. 부디 자중해 줬으면 좋겠군."

"걱정 마세요. 어차피 제 힘으론 직접 전투에 참여할 수가 없으니까요. 뒤에서 역장으로 싸우는 학생들과 교수님들을 지원하도록 하겠습니다."

"하지만 전투 중에 무슨 일이 벌어질지는 아무도 모르는 거야. 아무리 자네의 특기가 방어 마법이라 해도 혼란 중에는 스스로의 몸조차 지키기 힘들어질지도 모르네."

게일은 어떻게든 클로시아가 전투에서 이탈하길 바라는 듯했다. 클로시아는 힘없이 웃으며 어깨를 으쓱여 보였다.

"그러면 저 괴물… 아니, 적들이 이 본관 옥상까지만 오지 못하게 해주세요. 전 여기서 여러분을 지원하도록 하겠습니다."

"바로 여기서 말인가?"

"네, 바로 여기에서요."

"그런, 가장 가까운 곳이라 해도 50미터 이상 떨어져 있을 텐데?"

게일은 아카데미의 본관에서 가장 가까운 외벽을 바라보며 말했다. 클로시아는 고개를 끄덕이며 천천히 마력을 끌어올렸다.

"그나마 있는 재주가 그것뿐이거든요. 집중할 수만 있다면 그 이상 떨어진 곳에도 역장을 쳐줄 수 있습니다."

"정말인가? 그건 대단하군. 수십 년을 여기서 학생들을 가르쳐 왔네만 그 정도로 먼 곳에 마법을 만들 수 있는 학생은 못 본 것 같군. 호오, 과연 대단하네."

게일은 혀를 내두르며 수염을 쓰다듬었다. 일단 완성시킨 마법을 먼 곳까지 날리는 것과, 처음부터 먼 곳에서 마법을 완성시키는 것은 엄청난 차이가 있었다. 아무리 강력한 마법사라도 마법을 완성시키는 사거리는 10미터를 넘지 못하는 것이 일반적이기 때문이다.

클로시아는 고개를 저으며 말했다.

"아니에요. 교수님이 가르치신 학생들 중에 저보다 먼 곳에 마법을 만들 수 있는 사람이 있었는걸요?"

"정말인가? 그게 누구지?"

"마그나스님이요. 기억나지 않으세요?"

"아, 마그나스 그 녀석 말인가? 허허."

게일은 너털웃음을 지으며 수염을 쓰다듬었다.

"확실히 그 녀석은 눈에 보이지 않을 정도로 먼 곳에 마법을 만들 수 있었지. 골칫덩어리였지만 재능 하나는 확실했어. 워낙 90기 학생 중에 대단한 녀석들이 있어서 상대적으로 가려진 면이 없지 않았네만… 5년이나 10년만 일찍 태어났어도 수석 졸업은 따 놓은 당상이었을 거야."

"그렇죠. 괜히 나인제로 몬스터즈라고 불리는 게 아니니까요."

"마그나스 그 녀석이 계집질, 흐음, 실례했네. 아무튼 연애하느라 정신만 팔지 않았어도 지금보다 훨씬 대단한 마법사가 되었을 거야. 물론 그래도 나 정도는 훌쩍 뛰어넘었지만,

좀 더 높은 곳을 바라볼 수 있었을 텐데 아깝기 그지없다네. 마력도 노력 여하에 따라서는 획기적으로 높일 수 있는데 말이야."

"타고난 마력으로는 도저히 주변의 친구분들을 따라잡을 수 없었으니까요. 그래서 마그나스님은 일지감치 힘보다는 컨트롤 쪽으로 방향을 잡으신 것 같아요."

"그 말 그대로라네. 가끔 날 찾아와서 질풍계 마법의 컨트롤에 관한 토론을 하기도 했지. 그런데 자네는 마그나스에 대해 대단히 잘 알고 있군. 흐음. 혹시 서로 아는 사이인가?"

게일이 헛기침을 하며 물었다. 클로시아는 오해라는 듯 웃으며 대답했다.

"그냥 제가 팬이라서 이것저것 알고 있는 것뿐이에요."

"팬? 마그나스의 팬이란 말인가?"

"정확히는 나인제로 몬스터즈 전원의 팬이라고 할 수 있죠."

"그런가? 뭐 그 녀석들이라면 그럴 만도 하네만."

게일은 대견스러운 듯 수염을 쓰다듬으며 미소를 지었다. 그러다가 순간적으로 날카로운 살기를 드러내며 외벽 너머를 향해 시선을 옮겼다.

"아무튼 그러하면 잘 부탁하겠네. 매직 아카데미의 100년 역사 중에 오늘 같은 날이 올 줄은 몰랐군."

"적들은 강제로 마력을 주입당한 신관입니다. 저도 자세히

아는 것은 아니지만… 특별히 역장을 쓰지 않고도 이상할 정도로 항마력이 강했어요. 힘도 엄청나고… 일종의 마족 같은 존재라고 여기는 게 좋을지도 모릅니다."

클로시아는 알바스 산맥의 지하에 있던 연구소를 떠올리며 입술을 깨물었다. 아직도 자신의 눈앞에서 괴물로 변해 버린 렌파의 모습을 생생이 떠올릴 수 있었다.

네프카의 교황 암살 사건 이후로 온 대륙의 눈이 페슈마르 왕국에 집중된 상황이다. 그런 와중에 추기경 다리우스가 자신이 만든 괴물 군단으로 매직 아카데미를 노리고 진격을 개시한 것이다.

매직 아카데미는 기본적으로 중립이었다. 덕분에 그들을 노리는 외부의 공격에도 오직 스스로의 힘으로 맞서 싸워야 했다.

다만 지금까지는 대륙의 그 어떤 국가나 세력도 아카데미를 향해 이빨을 드러내지 않았다. 그것은 매직 아카데미의 근본이 학생을 가르치는 교육기관이었고, 바로 거기 입학한 학생들이 어떻게든 대부분의 세력과 연결되어 있기 때문이었다.

"교황이 네프카에게… 아니, 페슈마르 국왕에게 암살당했다는 사실은 역시 조작된 헛소문인 모양이군. 역시 문제는 다리우스인가?"

"네, 다리우스 추기경이 이 모든 사태의 원흉입니다."

클로시아는 고개를 끄덕였다. 게일은 씁쓸한 얼굴로 혀를 차며 고개를 저었다.

"겉보기엔 멀쩡하고 괜찮은 신관처럼 보였는데… 역시 사람은 겉만 보고는 알 수 없는 모양이군. 거기에 하필이면 학장이 자리를 비운 이런 때를 노리다니…….."

"학장님은 언제쯤 돌아오실까요?"

"연락이 갔으니… 늦어도 해가 지기 전에는 돌아오지 않을까 싶네."

"그럼 적어도 그때까지는 저희만으로 아카데미를 지켜야겠네요."

아카데미의 가장 강력한 전력인 샤리의 부재는 뼈아픈 일이었다. 그녀가 제온과 네프카와 관련된 중요한 일을 처리하기 위해 아카데미를 떠난 지도 일주일이 지난 상태였다.

클로시아는 어떻게든 자신을 구해준 샤리의 은혜에 보답하기 위해서라도 전력을 다해 싸울 각오였다. 현재까지 아카데미에서 그녀를 알고 있는 것은 극소수의 교수들뿐이지만, 일단 전투가 시작되면 모두가 그녀의 존재를 알게 될 터였다.

'렌파님, 그리고 블랙빈, 어떻게든 제가 당신들의 원수를 갚겠습니다.'

클로시아는 심호흡을 하며 마음을 굳게 먹었다. 그리고 그 순간, 강렬한 폭음과 함께 아카데미의 동쪽 외벽의 일부가 무너졌다.

"괴물들이 몰려온다!"

"화력을 집중해!"

"3조! 4조! 공격 시작!"

동시에 레비테이션으로 하늘에서 상황을 지켜보던 교수들의 명령이 떨어졌다. 그러자 동쪽 외벽에 배치된 92명의 학생들이 일제히 함성을 지르며 마법을 쏟아붓기 시작했다.

"우와아아아!"

"좋아! 인정사정 볼 거 없어!"

"죽어! 죽어라!"

"으……."

"야! 좀 옆으로 쏴! 나랑 동선이 겹치잖아!"

처음 실전을 경험하는 학생들은 정확히 두 부류로 나눠져 있었다. 극도로 흥분되었거나, 혹은 겁을 먹고 위축되었다. 물론 둘 다 효율적인 전투를 치르기엔 무리가 있었다.

그러나 지금은 그런 학생들의 무절제한 화력마저 소중한 상황이었다. 아카데미의 교수와 강사들은 어떻게든 학생들을 통솔하며 밀물처럼 몰려오는 괴물들의 숫자를 줄여 나갔다.

"좋아! 전열과 후열을 교대해!"

"화염계는 일단 물러서! 이번에는 질풍계가 집중한다!"

화력의 중심은 화염계와 질풍계 마법을 다루는 학생들이었다. 다만 그들이 동시에 마법을 쓰면 화력이 분산되기 때문에 교수들은 최대한 두 집단의 마법에 시간 차를 두어야 했다.

정작 강력한 마력과 실전을 경험한 교수들이 선봉에서 싸우지 않는 이유는 그들이 이미 아카데미로 몰려오는 괴물들을 도시 밖에서 공격했기 때문이다.

두 시간 전에 아카데미의 도시 밖에서 벌어진 전투로 약 400마리의 괴물이 제거되었다. 이것은 괴물 군단의 거의 절반에 가까운 피해였고, 덕분에 아카데미에 재직 중인 24명의 교수 중에 20명의 마력이 완전히 고갈되어 버린 것이다.

덕분에 교수들이 할 수 있는 것은 지휘뿐이었다. 아직 빙결, 화염, 질풍의 3대 핵심 마법을 담당하고 있는 수석교수들이 남아 있긴 했지만, 그들은 아직 모습을 드러내지 않은 적의 지휘관을 대비해 본관 주위에서 마력을 보존하고 있는 중이다.

그때 아카데미의 북쪽과 서쪽 외벽의 일부가 동시에 파괴되며 괴물들이 몰려들어 왔다. 본관 옥상에서 초조하게 상황을 지켜보던 게일이 숨을 크게 들이마시며 말했다.

"이 이상 전력을 분산시키면 위험할 것 같군. 내가 남쪽 외벽을 맡고 거기 배치된 학생들을 다른 곳으로 돌리도록 하지."

"잠시만요, 교수님. 혼자서 남쪽 벽을 맡으신다고요?"

클로시아가 깜짝 놀라며 물었다. 게일은 고개를 끄덕이며 레비테이션으로 공중에 떠오르기 시작했다.

"이래 봬도 아카데미의 질풍계를 맡고 있는 수석교수라네. 마그나스 군에겐 추월당했네만 아직 전 대륙의 질풍계 마법사 중에 다섯 손가락에 든다고 자부하고 있지."

"교수님……."

"그럼 클로시아, 학생들이 위험해지면 잘 부탁하겠네."

게일은 클로시아에게 고개를 숙여 보인 다음 즉시 속도를 높여 남쪽 외벽을 향해 날아가기 시작했다.

"위험할 것 같은데……."

클로시아는 불안한 얼굴로 날아가는 게일의 뒷모습을 바라보았다. 어쩐지 말려야 할 것 같다는 생각이 들었다. 하지만 레비테이션을 쓸 수 없는 그녀에겐 멀어지는 사람을 붙잡아 세울 힘이 없었다.

"트레이스! 아벤델! 다위! 남쪽에 배치된 학생들을 다른 곳으로 분산해서 배치하게!"

한편 게일은 남쪽 외벽에 배치된 교수들을 향해 소리쳤다. 막 금이 가기 시작한 외벽을 노려보고 있던 교수들은 깜짝 놀라며 게일을 돌아보았다

"게일 교수님!"

"빨리! 시간이 없네! 여긴 내게 맡기고!"

"하지만 아직 적의 지휘관급 마법사가 모습을 드러내지 않았습니다!"

"그건 다른 수석교수들에게 맡기겠네! 자네들은 잠자코 내 말을 따르게!"

게일은 거부는 용납하지 않겠다는 얼굴로 소리쳤다. 교수들은 잠시 서로를 마주 보다가 이내 고개를 끄덕이며 지면의 학생들에게 소리쳤다.

"1조 전원! 서쪽 외벽으로 이동한다!"

"2조는 북쪽이다! 빨리 달려!"

"3조는 서쪽으로 간다! 레비테이션은 쓰지 마! 마력을 아껴!"

극도의 긴장감에 휩싸여 있던 학생들은 교수들의 호통에 즉시 정신을 차리며 지정된 방향으로 달리기 시작했다.

그 순간, 금이 가던 남쪽 외벽이 동시에 두 군데가 파괴되었다.

"어딜!"

게일은 파괴된 벽으로 노려보며 양손을 치켜들었다. 그러자 동시에 두 개의 회오리바람이 솟구치며 구멍을 통째로 막아버렸다.

쉬이이이익!

그것은 질풍계 6등급 마법인 트위스터였다. 막 뚫린 구멍으로 몰려들어 오려는 괴물들이 회오리에 휩쓸리며 공중으로 솟아올랐고, 게일은 회오리바람의 상층 부분의 방향을 조절해 솟구친 괴물들을 다시 적진의 한가운데로 날려 버렸다.

콰직!

맹렬한 기세로 날려간 괴물들이 동료의 몸에 충돌하며 끔찍한 소음을 만들었다. 그것은 뼈가 으스러지는 소리였지만, 놀랍게도 쓰러진 괴물들은 비틀거리며 다시 일어나 계속해서 아카데미의 외벽을 향해 걸음을 옮기기 시작했다.

"이 괴물들……."

게일은 이를 갈며 적들을 노려보았다.

남쪽 외벽은 처음부터 몰려오는 적의 규모가 작았고, 덕분에 배치된 학생이나 교수의 숫자도 적었다. 그래도 총 백 마리가 넘는 괴물이 그곳에 있었고, 게일 혼자서 그 모든 괴물을 해치우는 것은 역부족처럼 느껴졌다.

"아주 좋아. 오랜만에 피가 끓는구먼."

하지만 게일은 웃었다. 그는 지금껏 살아온 70 평생 동안 총 두 번의 마도대전을 경험했다. 그것에 비교하면 이 정도 위기는 위기 축에도 끼지 못했다.

"그래, 이 괴물들아! 어디 이 늙은이를 뚫고 들어와 보거라!"

게일은 광포하게 소리치며 괴물들의 한가운데로 새로운 회오리바람을 만들기 시작했다. 그러자 여러 개의 회오리에 휘말려 튕겨난 괴물들이 서로 충돌하며 보기에도 무참하게 으스러지기 시작했다.

콰지지직!

콰지지지지직!

서로 다른 회오리에 휘말린 적들을 같은 방향으로 날려 충돌시키는 것. 그것은 질풍계 마법사가 보여줄 수 있는 극한의 컨트롤이었다. 게일은 과거 마그나스와 나누던 컨트롤에 대한 토론을 떠올리며 미소를 지었다.

－질풍계 마법은 근본적으로 화력 면에서 다른 마법에 뒤질 수밖에 없습니다.

－마력이요? 저는 교수님의 생각과 다릅니다. 물론 마력도 중요하지만 더 중요한 건 컨트롤이라고 생각합니다.

－질풍계는 컨트롤 면에서 무궁무진한 가능성이 있습니다. 물론 마법사의 센스와 연습이 필요하겠지만요.

당시에는 자신의 의견을 굽히지 않는 제자와 언성을 높이며 싸우기도 했다. 하지만 게일 역시 차츰 마그나스의 생각에 동조하기 시작했다. 나이를 먹어가면서 마력의 총량은 더 이상 상승하지 않았고, 체력이 떨어지면서 강력한 마법을 마구 쏟아내기엔 몸이 따라주지 않았던 것이다.

결국 그는 시간이 날 때마다 마법의 컨트롤에 시간을 투자하며 새로운 응용법을 연구했다. 그리고 그 결과가 이것이다. 게일은 끔찍한 고깃덩이가 되어 지면에 추락하는 괴물들을 바라보며 나지막한 목소리로 중얼거렸다.

"아쉽구나, 마그나스. 너야말로 진짜 천재였는데. 어쩌다 같은 시대에 세 명의 아크메이지가 동시에 태어나는 바람에⋯⋯."

게일은 자신을 뛰어넘은 수제자를 생각하며 쓴웃음을 지었다. 그러나 늙은 교수가 노익장을 과시하며 남쪽 외벽을 막아내는 동안, 북쪽 외벽에는 치명적인 한바탕의 소란이 벌어지고 있었다. 얼핏 봐도 덩치가 다른 놈들의 두 배는 될 법한 거대한 괴물이 함성을 지르며 외벽 안쪽으로 돌진하기 시작했다.

"쿠와아아아아아아!"

괴물은 이미 죽은 동료들의 시체를 짓뭉개며 거침없이 질주했다. 일차 저지선에 있던 화염계의 학생들이 즉시 마법을 쏟아부었지만, 녀석은 날아오는 불덩어리를 그대로 몸으로 받아내면서도 조금도 속도를 떨어뜨리지 않았다.

"우아아아악!"

"오, 오지 마!"

처음으로 적의 접근을 허용한 학생들이 공포에 질려 비명을 지르기 시작했다. 거대한 괴물은 달리는 속도를 그대로 살리며 정면에 있는 여학생을 향해 주먹을 치켜들었다.

"아⋯⋯."

괴물의 첫 번째 목표가 된 여학생은 완전히 얼어붙은 채 역장조차 만들지 못하고 있었다. 그러나 1초 후면 즉사할 그 상황에서 여학생의 눈앞에 투명한 막이 빠른 속도로 맺히기 시작했다.

그것은 본관의 옥상에 서 있던 클로시아가 만든 역장이었다.

파지지직!

엄청난 힘이 담긴 괴물의 주먹이 역장을 후려치며 뒤로 팅겨났다. 그러나 클로시아의 역장도 그 일격으로 흐릿해지며 소멸하기 시작했다.

"꺅! 말도 안 돼!"

클로시아는 비명을 지르면서도 재차 역장을 만들어 여학생을 보호했다. 괴물은 달리던 기세를 이기지 못하고 새롭게 만든 역장에 충돌하며 뒤로 밀려났지만, 곧바로 균형을 회복하며 미친 듯이 역장을 주먹으로 두드리기 시작했다.

'와, 어떻게 이럴 수 있지?'

클로시아는 혀를 내둘렀다. 첫 일격만큼 강력하진 않았지만, 괴물이 서너 번 주먹을 두드릴 때마다 역장이 힘을 다하며 파괴되었다.

'이런 식으로는 끝이 없는데……'

클로시아는 땀을 뻘뻘 흘리며 새로운 역장을 계속 만들었다. 그러자 학생들만큼이나 당황한 교수들이 급히 정신을 차리며 소리를 지르기 시작했다.

"그만! 다들 정신 차려라! 물러서지 마!"

"질풍계! 윈드 그랩으로 일단 저 녀석을 뒤로 날려 버려!"

"침착해! 화염계는 뒤쪽에 몰려오는 녀석들을 저지해라!"

교수들은 위급한 와중에도 상황을 파악하며 적절한 명령을 내렸다. 공포에 질려 뒷걸음치던 학생들도 가까스로 평정심을 회복하며 교수들의 명령에 따랐다.

가장 먼저 움직인 것은 질풍계 마법을 전공으로 하는 학생들이었다.

"윈드 그랩이야! 움켜쥐고 날려 버려!"

"나 지금 하고 있어! 근데 안 날아가!"

"동시에 하자! 한번에!"

"좋아! 좋아! 저 녀석, 밀리고 있어!"

윈드 그랩은 질풍계 3등급 마법으로, 말 그대로 바람으로 만든 손아귀로 상대를 움켜쥐고 날려 버리는 능력을 가지고 있다. 거대한 괴물은 어떻게든 날아가지 않기 위해 몸을 웅크리고 버티기 시작했지만, 동시에 열 명의 마법사가 밀어내는 힘에 버티지 못하고 질질 밀려나기 시작했다.

그러자 공중에 떠 있던 교수 중 한 명이 눈을 부릅뜨며 소리쳤다.

"이 멍청이들아! 밀지 말고 들어 올려서 날려! 대체 수업 시간에 뭘 배웠냐!"

"아… 아!"

"맞아! 들어! 들어 올리자!"

교수의 날카로운 호통에 학생들은 급히 마법의 방향을 수평이 아닌 수직으로 바꿨다. 그러자 억지로 버티던 괴물의 몸이 즉시 공중으로 떠올랐고, 마찰력을 얻을 지면이 사라지자 아무런 저항 없이 뒤쪽으로 날려 버릴 수 있었다.

"쿠와아아아악!"

괴물은 미친 듯한 괴성과 함께 낮은 포물선을 그리며 뒤쪽으로 날아갔다. 녀석은 마침 뚫린 벽으로 몰려오던 서너 마리의 괴물들을 덮치며 바닥을 뒹굴기 시작했고,

"지금이다!"

대기하고 있던 화염계의 학생들이 한 덩어리가 된 괴물들을 향해 파이어 애로우와 파이어 볼을 쏟아붓기 시작했다. 덕분에 요령이 생긴 질풍계 학생들은 옆으로 빠져나와 돌진해 오는 다른 괴물들을 윈드 그랩으로 띄워 뒤쪽으로 날리며 시간을 벌려 했지만, 이번에는 교수들이 소리를 치며 그것을 제지했다.

"그만! 윈드 그랩으로 마력을 낭비하지 마!"

"윈드 그랩은 공격 마법이 아니야! 정말 위험할 때가 아니면 쓰지 마라!"

확실히 윈드 그랩으로 날려간 괴물들은 잠시 비틀거리다 다시 일어나 진격을 계속했다. 같은 질풍계라도 미들 위저드 이상의 마법사라면 적에게 치명적인 손상을 입힐 정도의 높이와 속도로 날려 버릴 수도 있겠지만, 이제 겨우 마법을 제

대로 쓰기 시작한 학생들에게 그런 컨트롤을 기대하는 건 불가능했다.

'위험해. 끝까지 버틸 수 있을까?'

한편 클로시아는 본관 옥상 위에서 사방을 둘러보며 상황을 파악하고 있었다. 다리우스의 강제 마력 주입으로 괴물이 된 사람들은 일반인의 몇 배에 달하는 괴력에 통증조차 느끼지 못하는 듯했다.

그나마 다행인 건 정신이 파괴된 탓에 마법을 쓰지 못하는 것이었다. 최소한의 역장조차 쓰지 못하기 때문에 윈드 그랩 같은 마법이 통할 수 있는 것이다.

다만 그들의 몸에 비정상적으로 주입된 마력은 육체의 내구성과 항마력을 비약적으로 증가시켰다. 웬만한 파괴력으로는 그들의 숨통을 끊을 수가 없었다.

그때 서쪽 외벽이 대규모로 무너지며 수십 마리의 괴물이 동시에 밀려오기 시작했다. 클로시아는 순식간에 위기에 몰린 서쪽 외벽의 학생들을 보호하는 데 전력을 기울였다. 학생들은 죽음을 각오한 순간에 갑자기 자신을 보호하는 누군가의 역장에 당황했지만, 이내 정신을 차리며 주위를 향해 소리치기 시작했다.

"다들 물러나지 마! 누가 우릴 지켜주고 있어!"

"역장이야! 누가 역장으로 방금 날 살려줬어!"

"교수님 아닐까? 역장하면 세인트 교수님이잖아?"

"세인트 교수님은 아까 싸우시다가 부상으로 실려 가신 거 아니었어?"

학생들은 혼란스러운 상황에서도 용기를 얻으며 필사적으로 적들과 맞서 싸웠다. 하지만 높은 곳에서 바라보는 전황은 매직 아카데미의 명백한 비세였다.

마법사는 일단 마력이 다 떨어지면 일정 시간 동안 완전히 무력한 존재로 변하는 게 문제였다. 총원 340명의 학생 중에 이미 100명이 넘는 학생이 완전히 마력이 고갈되어 후방으로 물러났고, 남은 학생들도 상당수가 마력이 바닥을 드러낸 상태였다.

성의력 98년에 입학한 학생들 중에 뛰어난 자질을 가진 자가 드물다는 것도 문제였다. 클로시아는 이미 전설로 회자되는 성의력 90년의 입학생 다섯 명 중에 단 한 명이라도 지금 이 자리에 있었다면 얼마나 좋을까 하는 망상을 펼쳤다.

제온, 네프카, 샤리로 대표되는 아크메이지 삼인방은 말할 것도 없었다. 그들을 제외한 나머지 두 명, 바로 마그나스나 밍우이 급의 학생이라도 있었다면 전투가 한결 쉬웠을 것이다.

"잠깐, 저 녀석……."

그때 동쪽 외벽을 담당하던 교수 중 한 명이 눈을 가늘게 뜨며 중얼거렸다. 외벽 밖에 대기하고 있던 괴물들 사이로 처음 보는 특이한 괴물이 눈에 띄었다.

녀석은 북쪽 외벽을 돌파하던 거대한 괴물처럼 다른 괴물에 비해 두 배가량 거대한 덩치를 가지고 있었다. 거기에 검은색의 긴 망토로 몸을 감싸고 있었는데, 그것만으로도 찢어진 넝마 같은 옷을 걸치고 있는 다른 괴물들과 확연하게 구분을 지을 수 있었다.

"지휘관급이다!"

교수는 눈을 부릅뜨고 소리쳤다. 그리고 동시에 망토를 두른 괴물이 지면을 박차며 뛰어 올랐다.

콰아앙!

괴물은 순식간에 아직 건재한 외벽 위로 착지했다. 한 번의 도약으로 20여 미터를 날아온 괴물은 다시 한 번 외벽을 박차며 공중에 떠 있는 교수를 향해 날아올랐다.

"위험해!"

교수는 즉시 남은 마력을 끌어모아 역장을 펼쳤고, 괴물은 망토 안에 감추고 있던 망치를 꺼내 들고 교수의 역장을 내려쳤다.

콰직!

그것은 교수의 두개골이 으스러지는 소리였다, 괴물은 단일격으로 교수의 역장을 파괴하며 정수리를 후려치며 지면으로 찍어 눌렀다.

콰앙!

지면에 충돌해 처박힌 교수의 모습은 말로 형용할 수 없을 만큼 끔찍했다. 주변에 있던 학생들이 비명을 지르며 뒤로 물러났고, 바로 그 옆자리에 망치를 든 괴물이 육중한 소리와 함께 착지했다.

쿠웅!

"……!"

본관 옥상에 있던 클로시아는 경악의 눈으로 괴물이 있는 곳을 바라보았다. 계속해서 학생들에게 집중하느라 교수의 죽음을 막지 못한 것은 안타까운 일이었지만, 그보다도 괴물이 들고 있는 망치가 클로시아의 가슴을 찌를 듯이 후벼 팠다.

"크래시 해머?"

그것은 신수교단이 제작하는 중급 성법기로, 바로 그녀의 동료이던 블랙빈이 다루던 무기다. 어차피 모두가 골격이 뒤틀리고 화상으로 피부가 녹은 듯한 얼굴이었기 때문에 얼굴로 개체를 구분하는 것은 무리였지만, 클로시아는 망치를 든 괴물의 모습에서 과거 블랙빈의 자취를 발견할 수 있었다.

"이럴 수가? 정말… 블랙빈?"

클로시아는 떨리는 목소리로 중얼거리며 뒷걸음쳤다. 그것은 차마 마주 볼 수 없는 고통이었다.

그녀를 혼자 도망치게 하고 괴물이 된 렌파를 구하기 위해 돌아갔던 블랙빈이 이제는 똑같은 괴물이 되어 그녀의 눈앞에 나타난 것이다.

"이 괴물 자식!"

그 순간, 쉰 살 정도로 보이는 중년의 남자가 빠른 속도로 괴물의 머리 위를 향해 날아왔다. 그는 매직 아카데미의 빙결계 마법을 맡고 있는 수석교수 귀스트로, 이때를 위해 마력을 보존하며 고통스런 인내의 시간을 보내고 있었다.

"모두 물러나라!"

귀스트는 지면에 있는 제자들에게 소리치며 괴물의 머리 위로 냉기를 쏟아냈다. 그것은 빙결계 5등급 마법인 칠링 쇼크로 보다 강한 마법을 쓸 수도 있었지만 주위에 있는 학생들의 안전을 위해 힘을 억제한 것이다.

파지지지직!

그러자 망치를 든 괴물이 바로 옆에 죽은 교수의 시체와 함께 순간적으로 얼어붙었다. 귀스트는 일단 시간을 벌었다고 생각하며 학생들이 안전거리 밖으로 물러나는 동안 빙결계 7등급 마법인 블리자드(Blizzard)를 준비했다.

그러나 그것은 귀스트의 착각이었다.

콰직!

괴물은 갑자기 몸을 감싼 얼음을 깨뜨리며 공중으로 솟구쳐 올랐다. 마법을 준비하던 귀스트는 깜짝 놀라며 역장을 강화했지만,

파지지직!

괴물이 올려친 망치에 역장이 순식간에 소멸되었고,

"크윽!"

급히 뒤쪽으로 몸을 빼려는 그의 눈에 자신의 머리통만 한 주먹이 포착되었다.

퍽!

그리고 온 세상이 캄캄해졌다. 머리를 잃은 귀스트의 몸은 화살을 맞은 새처럼 하릴없이 지상으로 추락했다.

학생은 물론이고 주위에 있던 다른 교수들까지 경악한 눈으로 그것을 지켜보았다. 귀스트는 매직 아카데미의 교수 중 단 세 명밖에 없는 하이 위저드로, 네프카조차 그 실력을 인정해 샐러맨더 킬러의 1번대 대장으로 모셔가려 한 뛰어난 마법사였다.

그런 그가 힘 한번 제대로 써보지 못하고 일격에 당해 버린 것이다. 비록 방심이 만들어낸 결과였지만, 중년에 접어든 그의 반사신경이 사실상 생물의 한계를 초월한 괴물의 움직임을 포착해 낼 수 없었다는 게 가장 큰 문제였다.

"귀스트 교수!"

잠시 후에 현장에 도착한 붉은 머리카락의 남자가 믿을 수 없다는 눈으로 귀스트의 시체를 바라보았다. 그는 매직 아카데미 화염계 마법의 수석교수인 클라크로 귀스트와는 매직 아카데미의 동기이자 40년 동안 동고동락한 둘도 없는 친구였다.

"이, 이놈이……."

클라크는 부들거리는 눈으로 괴물을 노려보았다. 귀스트를 그 꼴로 만든 괴물은 자신의 업적에 취하기라도 한 듯 이번에도 시체 옆에 착지한 채 꼼짝도 하지 않고 시체를 내려다보고 있었다.

"감히 네놈이!"

클라크는 이글거리는 눈으로 양손을 번쩍 치켜들었다. 그가 사용하려는 마법은 화염계 7등급 마법인 파이어 룸(Fire room)이었다. 엄청난 범위의 공간을 화염으로 뒤덮는 강력한 마법이었지만, 워낙 범위가 넓어 자칫하면 아직 물러나지 못한 주변의 학생들을 휘말리게 만들 위험이 있었다.

그러나 친구를 잃은 클라크는 반쯤 이성을 잃은 상태였다. 삽시간에 주변의 온도가 급격히 상승했고, 거의 열 명의 학생이 파이어 룸의 범위 안에서 본능적으로 죽음의 위협을 감지했다.

아무도 클라크를 막지 못했다. 하지만 그때 하늘 위에서 누군가 전력으로 소리쳤다.

"멈춰어어!"

그것은 분노로 눈이 먼 클라크마저 깜짝 놀라게 만들 만큼 날카로운 목소리였다. 동시에 경직되어 있던 망치를 든 괴물 주변의 땅이 크게 흔들리더니 땅속에 있던 무언가가 순간적으로 지면을 뚫고 솟구치듯 뛰쳐나왔다.

푸확!

그것은 거대한 괴물보다도 더욱 거대한 골렘이었다. 동시에 땅 위로 솟아오른 두 마리의 골렘은 거구의 덩치로는 상상할 수 없을 만큼 민첩한 속도로 망치를 든 괴물을 앞뒤로 껴안았다.

"모두 물러서요! 다른 곳에서 괴물을 막으세요!"

동시에 하늘에 떠 있던 단발머리의 여자가 지면에 착지하며 소리쳤다. 너무도 강력한 적의 존재에 기가 질려 있던 학생과 교수들은 여자의 목소리에 즉시 반응하며 다른 외벽으로 달려가기 시작했다.

"하, 학장!"

클라크는 자신의 앞에 내려온 여자를 보며 가까스로 입을 열었다. 단발머리의 젊은 여자는 바로 매직 아카데미의 학장인 샤리였다.

"교수님도 다른 곳으로 가주세요! 이쪽은 모두 제가 맡겠습니다!"

샤리는 대규모의 마력을 끌어올리며 소리쳤다. 클라크는 흙먼지를 뒤집어쓴 귀스트의 시체를 잠시 노려보다 눈을 질끈 감았다.

"조금만… 조금만 더 일찍 왔으면……."

"죄송합니다! 정말 죄송해요! 하지만 지금은 일단 학생들의 안전이 더 중요합니다! 질책은 나중에 들을 테니 지금은 교수로서의 직분을 다해주세요!"

샤리는 흔들림 없는 눈으로 클라크를 노려보았다. 그녀 역시 얼마나 전력으로 날아왔는지 잔뜩 상기된 얼굴에 온몸이 땀에 젖어 있었다.

"아, 알겠네."

샤리의 기백에 압도당한 클라크는 고통스런 얼굴로 고개를 끄덕였다. 샤리는 즉시 몸을 돌려 몸으로 괴물을 포박한 두 마리의 골렘을 바라보았다.

"아카데미의 땅 속에는 모두 스무 기의 스톤 골렘을 묻어 놓았습니다. 지금 모든 골렘을 해방해서 자율 모드로 싸우게 할 테니… 학생들이나 다른 교수님들에게 휘말리지 않도록 주의해 주세요!"

그리고는 몸을 숙이며 대규모의 마력을 양손에 모아 지면에 쏟아부었다. 순간적으로 지진이 난 듯 대지가 요동쳤고, 클라크는 믿을 수 없다는 듯 주위를 둘러보며 말했다.

"자율 모드? 동시에 스무 기를 말인가? 그런 게 가능할 리가……."

"시간이 없습니다! 지금 이 순간에도 희생자가 나오고 있어요!"

콰콰콰콰광!

샤리가 날카롭게 소리친 순간, 괴물을 껴안고 있던 두 마리의 골렘이 마치 폭발하듯 터져 나갔다. 망치를 쥔 괴물이 순간적으로 힘을 폭발시키며 큰대자로 몸을 펼친 것이다.

클라크는 망연자실한 얼굴로 괴물을 바라보았다.

"이럴 수가……."

"괜찮으니까 빨리요! 여긴 제게 맡기세요!"

샤리는 급히 마력을 끌어올리며 소리쳤다. 클라크는 고개를 저으며 레비테이션으로 떠올라 북쪽 외벽의 교전 지역을 향해 날아갔다.

그 순간, 골렘의 포박에서 벗어난 괴물이 지면을 박차며 샤리를 향해 돌진했다.

"어딜!"

괴물의 움직임을 주시하고 있던 샤리는 즉시 역장을 펼치며 괴물의 공격을 막았다.

파지지지직!

엄청난 충격이 역장 전체를 뒤흔들며 울려 퍼졌다. 샤리의 역장은 다른 교수들과는 수준이 달랐다. 내리찍은 망치가 튕겨나자 괴물은 뒤로 밀려나는 몸을 즉시 다잡으며 재차 공격을 위해 오른팔을 휘둘렀다.

부우우웅!

그러나 거의 동시에 괴물이 서 있던 자리가 갈라지며 커다란 균열이 생겼다. 한쪽 다리가 균열에 빠진 괴물의 망치가 허공을 가른 순간, 샤리는 급히 뒤로 물러나며 소리쳤다.

"뭉개 버려!"

동시에 몸 전체가 새카만 골렘이 언제 달려왔는지 측면에서 괴물의 몸을 주저없이 들이받았다.

콰직!

괴물은 끔찍한 소리와 함께 엄청난 거리를 날려가 아카데미의 외벽을 들이받으며 쓰러졌다.

콰과과과과광!

무너진 외벽의 바위더미가 괴물의 몸을 무덤처럼 감쌌다. 샤리는 가볍게 한숨을 돌렸다. 그러나 그 순간에도 새로운 괴물들이 박살 난 외벽을 통해 끊임없이 들어오고 있었다.

"누구 맘대로 여길 들어오는 거야!"

샤리는 날카롭게 소리치며 지면을 손바닥으로 내려쳤다. 그러자 순간적으로 지면이 흔들리며 박살 난 외벽까지 기다란 균열이 발생했다.

콰지직!

그것은 격토계 6등급 마법인 크랙 어스(Crack earth)였다. 샤리의 손이 닿은 곳에 발생한 균열은 손바닥 한 뼘에 불과했지만, 앞으로 나갈수록 균열의 폭이 넓어지며 최종적으로 폭이 5미터에 달하는 거대한 낭떠러지가 만들어졌다.

밀려들어 오던 괴물들이 순간적으로 갈라진 땅 속으로 추락하기 시작했다. 균열의 깊이는 약 10미터로 상당한 깊이였지만 추락한 괴물들의 숨통을 끊어놓기엔 턱없이 부족한 높이였다. 균열에 빠진 열댓 마리의 괴물은 서로의 몸을 발판 삼아 지상으로 올라오기 위해 발버둥치기 시작했다.

그러나 추락한 괴물들이 다시 위로 올라오기 직전에 샤리는 손뼉을 치며 양손으로 지면을 내려쳤다.

"너흰 그냥 거기 있어!"

콰과광!

그러자 갈라졌던 지면이 순식간에 다시 모여들며 봉합되었다. 그것은 크랙 어스와 마찬가지로 격토계의 6등급 마법인 랜드 컨트롤(Land control)로 이토록 빠른 속도로 갈라진 땅을 다시 붙일 수 있는 것은 대륙 전체를 통틀어도 그녀가 유일했다.

순식간에 열다섯 마리의 괴물이 땅 속에 생매장을 당한 셈이다. 그러자 밖에서 자신의 차례를 기다리고 있던 다른 괴물들도 쉽사리 외벽 안쪽으로 진입할 수 없었다. 샤리는 동쪽 외벽 밖에서 주춤거리는 괴물들을 바라보며 속으로 생각했다.

'강제로 마력 주입을 당한 인간들, 그래도 지능은 어느 정도 남아 있는 걸까?'

괴물의 외모는 그 어떤 마물에 비교해도 뒤떨어지지 않을 만큼 끔찍했다. 하지만 누가 뭐래도 저들은 원래 인간이었다. 샤리는 새롭게 마력을 끌어올리며 중얼거렸다.

"다리우스, 용서 못해. 내가 곱게 죽이지 않을 거야."

샤리는 이를 갈았다. 저들을 괴물로 만든 다리우스에 대한 증오를 참을 수 없었다. 그녀 역시 자칫 잘못하면 저런 괴물의 모습으로 변할 수도 있었다.

그것을 생각하면 온몸에 소름이 돋았다. 그때 어떻게든 데커를 설득해 알바스 산맥에 있는 연구소의 시설을 파괴했어야 했다. 그랬다면 지금에 와서 저런 희생자도 발생하지 않았을 것이다.

그때 박살 난 외벽에 파묻혀 있던 거대한 괴물이 돌무더기를 뚫고 밖으로 뛰쳐나왔다. 샤리는 즉시 대기 중이던 검은 골렘, 바로 제온을 막기 위해 실험적으로 제작했던 러버 골렘(Rubber golem)을 컨트롤하며 뒤로 물러났다.

"잘도 움직이네."

샤리는 괴물을 보며 중얼거렸다. 돌무더기를 뚫고 나온 괴물은 온몸이 상처투성이였다. 특히 골렘에게 들이받힌 왼팔이 으스러진 듯 뭉개져 있었다.

하지만 고통의 기색은 전혀 보이지 않았다. 강제 마력 주입의 후유증으로 통각이 마비된 것 같았다.

평범한 스톤 골렘이나 러버 골렘 한 마리 정도로는 도저히 막을 수 없을 것이다.

샤리는 마법을 박동해 아카데미의 본관 지하에 있는 개인 연구실에 배치되어 있는 또 다른 골렘의 컨트롤을 풀었다. 그녀는 300미터 내외라면 자신이 만든 모든 골렘을 컨트롤할 수 있었다. 즉 매직 아카데미 안이라면 어디에든지 골렘을 감춰놓고 움직일 수 있는 것이다.

그 순간, 거대한 괴물이 자신의 정면을 막아선 러버 골렘을 향해 돌진했다. 골렘은 고개를 숙이고 양팔을 모아 방어 자세를 취했고, 괴물은 그런 골렘을 향해 오른손에 쥔 망치를 휘둘렀다.

콰직!

괴물의 일격은 한 번에 골렘의 양팔을 으스러뜨려 놓았다. 외부를 감싼 고무 벽 때문에 양팔이 떨어지지는 않았지만, 안쪽의 돌로 만들어진 부분이 완전히 박살 난 탓에 축 늘어져 다시는 움직이지 못했다.

쿠웅!

5미터쯤 뒤로 밀려 쓰러진 골렘은 반사적으로 상체를 세우며 몸을 일으키려 했다. 아무리 박살 나도 몸 안쪽에 있는 코어가 파괴되지 않는 한 골렘은 다시 움직일 수 있었다.

그러나,

콰아아앙!

순간 접근해 내려친 괴물의 망치가 골렘의 머리를 박살 냈다. 이번에는 머리를 감싸고 있던 고무까지 단숨에 찢어지며 안쪽의 박살 난 돌무더기가 뇌수처럼 밖으로 터져 나갔고,

콰앙!

콰아아앙!

괴물은 거기서 그치지 않고 골렘의 가슴을 망치로 내려쳤다. 머리를 잃은 골렘은 여전히 움직임을 멈추지 않고 어떻게

든 자신의 위에 서 있는 괴물을 밀쳐내려 몸을 뒤틀었다. 그러나 가슴을 네 번 두드려 맞은 순간, 마치 번개라도 맞은 것처럼 몸을 부르르 떨며 경직되어 버렸다. 가슴 안쪽에 있던 코어가 박살 나 버린 것이다.

"빨리 와!"

샤리가 주먹을 움켜쥐며 소리쳤다. 사방이 전투로 혼란스러운 가운데 본관 지하의 연구실과 비밀 통로로 연결되어 있는 창고가 터질 듯이 박살 나며 두 마리의 은색 골렘이 밖으로 뛰쳐나오고 있었다.

쿵! 쿵! 쿵! 쿵!

골렘들의 무게가 엄청난 탓에 그들이 한 발 뛸 때마다 마치 지진이 난 것처럼 땅이 흔들렸다. 러버 골렘을 끝장낸 괴물은 샤리와 그녀의 뒤쪽에서 달려오는 골렘을 쓱 한 번 노려본 다음 다시 지면을 박차며 돌진하기 시작했다.

"막아!"

순간 사리가 소리쳤다. 그러자 근처에 있던 스톤 골렘 한 마리가 몸을 던져 괴물의 진로를 막아섰고,

콰과과광!

괴물의 망치 한 방에 온몸이 박살 나며 터져 버렸다. 그러나 샤리는 덕분에 찰나의 시간을 벌 수 있었다. 그녀는 뒤쪽에서 달려오는 새로운 골렘의 뒤로 빠지며 눈을 감았다.

'이 녀석들은 통해야 할 텐데.'

눈을 감자 동시에 수십 개의 시야가 어둠 속에 펼쳐졌다. 그것은 사방에 흩어져 싸우고 있는 총 열다섯 마리의 스톤 골렘과 세 마리의 러버 골렘, 그리고 새롭게 동원한 은색의 스틸 골렘(Steel golem) 두 마리의 시야였다.

"윽……."

샤리는 입술을 깨물었다.

그것은 한 사람의 두뇌가 처리하기엔 너무도 압도적인 정보량이었다. 샤리는 머리가 터질 것 같은 고통을 느끼면서도 정신을 집중했다.

바로 이런 순간을 위해서 그녀는 시간이 날 때마다 라바인 사막의 연구실을 찾아 훈련을 반복했다. 그것은 정보처리용 성법기인 케인의 기능을 살려 동시에 열 개 이상의 화면을 띄워 그것을 확인하고 컨트롤하는 훈련이었다.

그래도 동시에 스무 기의 골렘을 컨트롤하는 것은 무리였다. 샤리는 일단 열다섯 마리의 스톤 골렘 전부를 자율 모드로 싸우게 한 뒤, 나머지 러버 골렘과 스틸 골렘만 직접 조종하기로 결정했다.

그때, 귀청을 찢는 끔찍한 금속성의 소음이 아카데미 전체에 울려 퍼졌다.

그것은 거대한 괴물의 망치가 스틸 골렘의 가슴을 후려친 충격음이었다. 그러나 스틸 골렘은 말 그대로 강철로 만들어진 골렘이었다. 몇 걸음 밀려난 스틸 골렘은 즉시 괴물의 얼굴을 향해 주먹을 날렸고, 괴물은 몸을 숙여 그것을 피한 다음 다시 골렘의 옆구리를 향해 망치를 휘둘렀다.

또다시 고막을 찢는 소음이 사방으로 울려 퍼졌다. 샤리는 갑자기 속이 울렁거리는 것을 느끼며 손으로 입을 막았다.

두꺼운 금속과 금속이 강력한 힘으로 충돌하는 소리. 그것은 단지 소리임에도 불구하고 인간의 내부에 큰 피해를 입히는 것이었다. 샤리는 눈앞이 핑핑 돌며 비틀거리기 시작했다. 어쩔 수 없이 조종하던 다른 모든 골렘을 자율 모드로 돌리고 좀 더 뒤로 물러나는 수밖에 없었다.

콰아아앙!

콰아아아아앙!

콰아아아아앙!

그러자 상대의 움직임이 잠시 움찔한 틈을 타 괴물은 무차별적으로 두 마리의 골렘을 두드리기 시작했다. 스틸 골렘들의 몸 여기저기에 움푹 찌그러진 상처가 늘어났다. 아무리 스틸 골렘의 내구력이 뛰어나다 해도 이런 식으로 두드려 맞다가는 안쪽에 있는 코어가 압력으로 찌그러져 깨질지도 몰랐다.

"잡아!"

샤리는 순간 한쪽 무릎을 꿇으며 억지로 골렘을 컨트롤했다. 그러자 망치로 머리를 얻어맞은 골렘이 순간적으로 팔을 뻗어 괴물의 팔을 붙잡았고, 그 틈을 타 비틀거리고 있던 다른 골렘이 양팔을 펼치고 괴물의 몸을 옆에서부터 껴안았다.

우직!

괴물의 늑골이 으스러지는 소리가 들렸다. 괴물은 자신을 껴안은 골렘을 미친 듯이 망치로 내려쳤지만, 골렘의 양팔은 마치 용접이라도 된 것처럼 단단히 고정되어 결코 풀리지 않았다.

그리고 그 순간, 또 다른 골렘의 거대한 강철 주먹이 괴물의 얼굴을 가격했다.

퍼억!

"우욱……."

샤리는 고개를 숙이고 속에 든 것을 몽땅 토해냈다. 골렘의 눈을 통해 본 괴물의 얼굴은 차마 눈 뜨고 볼 수 없을 정도로 끔찍했다.

하지만 눈을 감아도 그 광경이 더욱 생생하게 보일 뿐이다. 골렘은 처절하게 뭉개진 괴물의 얼굴을 계속 후려쳤고, 샤리는 속에 든 것을 몽땅 토해낼 때까지 그 광경을 지켜볼 수밖에 없었다.

잠시 후, 완전히 곤죽이 된 괴물의 몸이 축 늘어졌다. 샤리는 빈속에서 올라오는 신물을 삼키며 몸을 일으켰다.

"이건 안 좋아……."

샤리는 눈앞이 핑핑 도는 것을 느끼며 고개를 저었다. 3년 동안 마도대전을 치르며 온갖 끔찍한 광경을 보았다고 생각했지만, 방금 본 것은 그중에도 첫손에 꼽힐 만큼 잔인한 것이었다.

그리고 무엇보다 괴로운 것은 그런 잔인한 짓을 벌인 것이 바로 자기 자신이라는 사실이었다.

그러나 아카데미를 공격한 괴물들은 통각을 느끼지 못하기 때문에 어쩔 수 없었다. 샤리는 자신을 이렇게까지 하게 만든 다리우스를 증오했고, 애초에 이런 괴물을 만들어낼 빌미를 제공한 마지막 세대의 연구원들을 원망했다.

"제온이나 네프카였다면 이런 심한 꼴은 안 봤을 텐데……."

샤리는 친구들을 떠올리며 한숨을 내쉬었다. 그러나 지금은 푸념을 하고 있을 때가 아니었다. 대장급의 괴물을 쓰러뜨렸다고 해서 달라진 건 아무것도 없었다. 외벽 밖에는 여전히 수백 마리의 괴물이 남아 있었고, 아카데미의 학생들과 교수들의 마력은 점점 바닥을 향해 떨어지고 있었다.

샤리는 급히 아카데미 전체에서 싸우고 있는 골렘들을 확인했다. 곳곳에서 격렬한 전투가 벌어져 자율 모드로 돌려놓은 열다섯 기의 스톤 골렘 중에 무려 여섯 기가 박살 난 상태였다.

"어떻게 하지……."

잠시 고민하던 샤리는 일단 레비테이션으로 떠올라 다른 곳을 향해 날아가기 시작했다. 방금 전까지 자신이 있던 동쪽 외벽은 스틸 골렘 두 마리가 어느 정도 시간을 끌어줄 수 있을 것 같았다.

대신 그녀가 날아간 곳은 남쪽 외벽이었다. 남쪽 외벽은 그때까지 게일 교수가 혼자서 모든 적을 막아내고 있었는데, 그쪽에서 싸우는 골렘은 언뜻 보아도 완전히 지쳐 금방이라도 지면에 추락할 것처럼 보였다.

"교수님!"

샤리는 멀리 보이는 게일을 향해 소리쳤다. 공중에 떠서 남쪽 외벽을 노려보던 게일은 그 짧은 시간 동안 10년은 더 늙어버린 것처럼 초췌해진 상태였다.

"오, 학장……."

게일은 고개를 돌려 자신을 향해 날아오는 샤리를 바라보았다.

"제때 와주었군. 갑자기 골렘들이 땅에서 튀어나오기에 자네가 왔다고 생각하긴 했네만……."

"교수님 혼자 여길 막고 계셨던 건가요?"

"질풍 마법 수석교수인데 이 정도는 해야지. 자네가 왔으니 이제 귀스트와 클라크도 자유롭게 움직일 수 있겠구면."

게일은 안도의 한숨을 내쉬었다. 샤리는 이미 귀스트가 목숨을 잃었다는 사실을 설명한 다음 뒤쪽으로 보이는 본관을 가리키며 말했다.

"일단 교수님은 물러나서 쉬고 계세요. 마력이 완전 바닥이라 레비테이션을 유지하시기도 힘들 것 같아요."

"아직 더 싸울 수 있다… 고 말하고 싶네만."

게일은 괴로운 한숨을 내쉬며 고개를 끄덕였다.

"자네 말이 맞네. 신이 나서 너무 무리하는 바람에……."

그 순간, 말이 씨가 된 듯 게일의 몸이 줄이 끊긴 꼭두각시처럼 지면을 향해 추락했다. 샤리는 즉각 반응하며 충돌 직전에 게일의 몸을 받아냈다.

"괜찮으세요, 교수님?"

"이런 민폐를……."

게일은 가까스로 한마디를 내뱉은 다음 눈을 감으며 의식을 잃었다. 샤리는 교수를 바닥에 내려놓은 다음 이미 외벽 안쪽으로 몰려오기 시작한 새로운 괴물들을 노려보았다.

'여기서 수석교수님들을 더 잃을 수는 없어.'

당장은 남쪽 외벽 근처에 심어놓았던 세 기의 스톤 골렘이 적들을 막아내고 있었다. 그러나 그 정도로는 방어는 물론이고 시간을 오래 끄는 것조차 힘들었다.

'그렇다면…….'

샤리는 고민하지 않고 즉시 오른손을 지면에 댔다. 그러자 박살 난 외벽의 안쪽으로 지면이 솟아오르며 새로운 방벽을 만들기 시작했다.

'이 정도면 조금은 버틸 수 있을 거야.'

샤리는 숨을 크게 들이마셨다. 방금 그녀가 사용한 마법은 격토계의 6등급 마법인 어스 월(Earth wall)로, 이미 박살 난 곳은 물론이고 균열이 심하게 간 다른 부분까지 모두 보강을 끝내놓은 상태였다.

그러나 부서진 곳을 보강했다 해도 외벽 밖에 있는 괴물들의 움직임을 영원히 묶어놓을 수 있는 것은 아니었다. 샤리의 계획은 각개격파였다. 기절한 게일 교수를 안전한 곳으로 옮길 때까지 이미 외벽 안쪽으로 들어온 스무 마리가량의 괴물을 제거할 시간을 벌면 충분했다.

"좋아."

샤리는 급히 새로운 마력을 끌어올리며 지면의 흙을 양손으로 움켜쥐었다. 그리고는 끌어올린 마력을 손에 쥔 흙에 집중해 골렘의 핵심이 되는 코어를 연성하기 시작했다.

'이건 정말 비효율적인 마법이야. 하지만 어쩔 수 없어. 아니, 너무 심하게 낭비한 게 아닐까? 다른 곳은 여전히 싸우고 있는데?'

샤리는 마음속으로 후회를 거듭하며 만들어진 코어를 적당한 곳으로 집어 던졌다. 샤리의 마력으로 인해 동그란 구슬 모양으로 굳어진 코어는 지면에 닿자마자 근처의 흙을 끌어모으며 순식간에 커다란 인간 모양으로 뭉쳐 일어나기 시작했다.

그것은 격토계 마법의 꽃이라고 할 수 있는 메이크 골렘(Make golem)이었다. 다만 미리 만들어둔 골렘의 동체에 제작한 코어를 투입하는 방식이 아닌, 즉석에서 코어를 만들어 주변의 자연물을 끌어모아 만든 실전 스타일이라는 게 문제였다.

덕분에 만들어진 골렘은 골렘 중에서도 가장 약한 어스 골렘(Earth golem)이었다. 물론 코어에 마력이 유지되는 동안에는 스톤 골렘에 필적하는 내구력을 가질 수 있겠지만, 마력이 전부 소모되면 그대로 응집력이 풀리며 도로 흙으로 돌아갈 운명이었다.

게다가 급하게 만들어진 어스 골렘들의 형태를 유지하기 위해 코어에는 스틸 골렘을 만드는 것보다도 더 많은 마력을 쏟아부어야 했다. 그리고 그런 골렘을 총 여섯 기를 만들어 버린 것이다. 샤리의 마력은 순식간에 절반보다도 훨씬 아래쪽으로 떨어졌다.

"버텨줘, 애들아."

샤리는 괴물들을 향해 달려가는 골렘들을 지켜보며 중얼거렸다. 그리고는 기절한 게일의 몸을 부축해 레비테이션으로 날아오르기 시작했다.

그리고 그 순간, 어스 월로 보수된 외벽 너머에서 사람 머리만 한 바위들이 날아왔다. 밖에 남겨진 괴물들이 부서진 외벽의 파편을 안쪽으로 집어 던지기 시작한 것이다.

샤리는 이미 몸을 돌려 아카데미 본관 쪽으로 날아가고 있었기 때문에 등 뒤에서 날아오는 바위들을 확인할 수 없었다.

그리고 그중 하나가 운 나쁘게도 샤리의 뒤통수를 향해 정확히 날아왔고, 샤리는 이미 낭비해 버린 마력을 최대한 아끼기 위해 최소한의 역장조차 치지 않은 상태였다.

"위험해요!"

그때, 아카데미 옥상에서 주시하고 있던 클로시아가 소리를 지르며 그녀의 등 쪽에 대신 역장을 만들었고,

파직!

날아온 바위는 아슬아슬한 순간에 역장에 막히며 지면으로 떨어졌다.

"뭐, 뭐야!"

샤리는 깜짝 놀라며 뒤를 돌아보았다. 그리고는 계속해서 날아오는 바위의 모습에 급히 역장을 치며 아카데미 옥상을 향해 속도를 높이기 시작했다.

"샤리님!"

클로시아는 무사히 옥상에 도착한 샤리를 향해 달려갔다. 샤리는 비틀거리며 기절한 게일을 바닥에 내려놓은 다음 안도의 한숨을 내쉬며 클로시아를 바라보았다.

"고마워요, 클로시아 씨. 하마터면 큰일 날 뻔했어요."

"샤리님, 괜찮으세요? 그리고 게일 교수님은?"

"괜찮으실 거예요. 잠깐 기절하신 것 같아요."

샤리는 몸을 돌려 여전히 외벽 안쪽으로 날아오는 바위들을 바라보았다.

"마법이었으면 제가 감지했을 텐데… 그냥 돌을 집어 던지니 꼼짝없이 당할 뻔했네요."

"무사하셔서 다행이에요. 그보다 북쪽이……."

"북쪽이요?"

클로시아는 지친 얼굴로 고개를 끄덕이며 말했다.

"북쪽 외벽이요. 제가 어떻게든 막아내려 했는데 학생들이 많이 다쳤어요. 지금 그쪽으로 워낙 많이 몰려와서……."

"아……."

샤리는 순간 눈을 감고 북쪽 외벽 상황을 확인했다. 외벽의 일부가 그야말로 완전히 무너진 바람에 바깥에 있던 백여 마리의 괴물이 일거에 안쪽으로 몰려들어 온 상태였다.

"교수님을 부탁해요! 그럼!"

샤리는 즉시 공중으로 날아올라 북쪽 외벽을 향해 질주했다. 그녀는 마음이 돌처럼 무거워지는 것을 느꼈다. 결국 어떻게든 오늘의 위기는 넘길 수 있을 것이다. 그러나 이미 입은 피해와 앞으로 벌어질 사건들을 생각하면 양 어깨가 짓눌려 오그라질 것만 같았다.

그렇게 도착한 북쪽 외벽의 상황은 이미 돌이킬 수 없을 만큼 끔찍했다. 샤리는 숨이 끊어진 채 흙바닥을 뒹굴고 있는 학생들의 시체와 울먹거리며 그런 친구의 시체를 질질 끌고 도망치려는 다른 학생들의 모습을 확인할 수 있었다.

"용서 못해……."

샤리는 눈앞이 뿌옇게 흐려지는 것을 느꼈다.

매직 아카데미는 그녀의 집이자 고향이었다.

그녀는 그곳에서 태어나 자라며 평생을 보냈다. 교수들은
그녀의 부모와 형제들이었고, 학생들은 그녀의 자식과도 같
은 존재였다.

지금까지는 자신의 힘으로 이 모든 것을 해결하려 했다. 하
지만 더 이상은 아니었다. 그녀는 더 이상 수단과 방법을 가
리지 않기로 했다. 나인제로 몬스터즈의 다른 친구들은 물론
이고 비밀로 지켜온 '최후의 세대'의 힘을 동원해서라도 이
원한은 반드시 갚아야만 했다.

# 20장

갈림길

페슈마르 왕국의 왕궁 대회의실에는 서른 명이 동시에 둘러앉을 수 있는 원탁이 마련되어 있었다.

그리고 지금 그 원탁에 앉아 있는 것은 오직 세 사람뿐이었다. 한 사람은 국왕이었고, 또 한 사람은 여장남자였으며, 나머지 한 사람은 온 대륙의 공적이었다.

얼핏 보면 전혀 어울리지 않는 조합이었지만, 실제로 세 명은 십년지기 친구이자 함께 전장을 누빈 전우였다. 제온은 또다시 여장을 하고 자리에 앉아 있는 마그나스를 보며 눈살을 찌푸렸다.

"그런데 넌 또 왜 그 꼴이냐? 이제 그만하는 거 아니었어?"

"무슨 소리야? 기껏 완성한 재주를 썩히는 건 아깝잖아?"

마그나스는 어깨를 으쓱였다. 제온은 한숨을 내쉬며 가만히 앉아 있는 네프카를 돌아보았다.

"네프카, 국왕으로서 뭔가 한마디 해주는 게 어때?"

"국왕으로서 백성의 취미에 일일이 간섭할 생각은 없다. 물론 마그나스가 내 백성은 아니다만."

"그것 참, 쓸데없는 곳에는 한없이 너그럽구만."

"그리고 내게도 잘못이 있기 때문에 뭐라고 할 수가 없는 형편이다."

"너한테 잘못이 있다고?"

네프카는 고개를 끄덕이며 말했다.

"아체가 전부터 보고 싶다고 부탁했다. 그래서 오늘 마그나스가 저 꼴이 된 거지."

"말 그대로다. 난 그저 국왕 폐하께서 아끼는 부인의 부탁을 들어주기 위해 이 꼴이 된 거지."

마그나스는 네프카의 말투를 따라 하며 빙긋 웃었다. 아체는 네프카의 수많은 첩실 중 하나로, 기척을 느낄 수 없는 매우 독특한 체질에 제온의 아내인 프로나와 매우 흡사한 외모를 가진 화이트 가문의 여성이었다.

"아체는 공식적으로 식을 올리지 않은 사이라 함부로 성 밖을 나돌아 다닐 수가 없는 형편이다. 가능한 재밌는 것을 보고 즐겁게 해주고 싶은 것이 나의 마음이다."

네프카는 차분한 말투로 조용히 말했다. 페슈마르 왕국의 국왕은 의무적으로 수많은 부인을 얻어야 하기 때문에 한 사람 한 사람과 정신적인 교감을 나눌 수 없었다. 그런 와중에 자신을 이해하고 대화가 통하며 진심으로 마음을 열 수 있는 아체는 네프카에게 있어 국가 다음으로 소중한 존재라 할 수 있었다.

"어쩐지 그 말을 들으니 광대가 된 기분인데? 뭐 나야 아무래도 상관없지만."

마그나스는 여성스러운 동작으로 길게 내려온 앞머리를 쓸어 넘기며 네프카를 보았다. 축제가 끝난 지 사흘이 지난 지금, 국왕의 몸은 겨우 의자에 앉아 집무를 볼 수 있을 정도까지 회복되어 있었다.

"너희와 나누는 잡담도 나쁘지는 않다만, 지금은 일단 중요한 문제를 논의하는 게 우선이다. 실례가 되지 않는다면 본론으로 들어가도록 하지."

네프카는 정중한 태도로 제온을 돌아보며 고개를 숙였다.

"우선 제온, 다시 한 번 이 자리를 빌려 그대에게 감사의 뜻을 표한다. 그대가 이 나라를 구한 것이다. 페슈마르 왕국의 국왕으로서 최대의 찬사와 존경을 담아 인사하도록 하겠다. 그대는 이 왕국의 역사에 구원자로서 영원히 남게 될 것이다."

"천만의 말씀."

제온 역시 네프카에게 정중히 고개를 숙이며 말했다.

"나야말로 파이파와 싸운 덕분에 구원받았어. 이런 말을 하면 어떻게 들릴지 모르겠다만… 네가 중상을 입어 내게 기회가 돌아온 것에 감사할 정도라고."

"그런가? 나 역시 프로나가 살아 있다는 사실에 감격하고 있다."

네프카는 다시 친구의 얼굴로 돌아와 제온을 보며 말했다.

"파이파는 언제나 자격에 대해서 이야기했지. 역시 너라면 그 자격이 있을 줄 알았다."

"사실 좀 더 이야기를 듣고 싶긴 한데… 축제가 아닐 때는 파이파와 대화를 나눌 수 없는 거지?"

"그래, 파이파는 오직 축제 때만 몸을 움직인다."

네프카는 고개를 끄덕이며 말했다.

"기록에 따르면 지난 수백 년간 역대 국왕들이 파이파를 찾아 대화를 시도했다. 나 역시 마찬가지였고."

"너도 가봤어?"

"그래, 하지만 파이파는 언제나처럼 날개로 몸을 웅크리고 돌처럼 굳어 있었다. 아니, 얼음처럼 굳어 있었다는 표현이 맞겠군."

"어떻게 굳어 있든 아무려면 어때?"

그러자 가만히 이야기를 듣던 마그나스가 양팔을 쭉 펼치며 끼어들었다.

"중요한 건 프로나가 살아 있다는 거잖아? 위치도 대충 알고 있고. 그거면 충분하지 않아?"

"물론 충분해. 하지만……."

제온은 말끝을 흐렸다. 파이파는 아프레온이 초신수의 기적을 일으키기 위해 제물로 흡수한 인간들이 실제로는 텔레포트되어 대륙 서쪽의 어떤 섬에 보내지는 거라고 말했다. 그것은 제온의 죽어가던 정신을 다시 태어나게 만들 정도로 충격적인 이야기였지만, 대체 어디서부터 어떻게 찾아야 할지 감을 잡을 수 없을 만큼 막연한 이야기이기도 했다.

"…그럼 지금부터 내가, 그리고 우리가 당면한 문제에 대해 말하도록 하겠다."

네프카는 두 친구를 천천히 둘러보며 말했다.

"현재 페슈마르 왕국은 위기이던 축제를 무사히 치르는 데 성공했다. 그러나 다리우스 추기경의 계략으로 왕국 전체가 대륙에서 고립되었다는 사실에는 변함이 없다. 가장 적극적으로 나서던 타로스 왕국을 물리치긴 했지만, 전쟁의 위험은 여전히 이 왕국에 암운을 드리우고 있다. 그리고 이것은 두말할 것 없이 국왕인 나의 문제다."

"혼자 덤터기 쓸 것처럼 말하지 말라고. 네 문제가 우리의 문제니까."

마그나스가 퉁명스러운 표정으로 말했다. 네프카는 가볍게 웃으며 고개를 끄덕였다.

"고맙다. 마그나스. 다만 여기서 말한 문제는 문제의 중심부에 있는 핵심을 말하는 거다. 다리우스가 교황 암살범으로 누명을 씌운 건 바로 나니까. 그리고……."

네프카는 제온을 돌아보며 말을 이었다.

"프로나 화이트, 아니, 프로나 스태틱과 관련된 문제의 핵심은 바로 너다, 제온. 주변에 어떤 문제나 방해가 있어도 넌 무조건 프로나를 구하러 갈 테니까."

"물론이지. 상황이 정리되면 곧바로 프로나를 구하러 갈 거야."

제온은 고개를 끄덕였다. 다만 지금 그들이 해결해야 할 상황이라는 게 말처럼 간단하지 않다는 게 문제였다.

"그리고 세 번째는 바로 매직 아카데미와 관련된 문제다. 일단 급하게 마법사들을 보내긴 했지만, 다리우스가 또다시 변이된 인간들로 대규모의 공세에 나선다면 아카데미가 무너지는 건 시간문제다."

네프카는 무거운 표정으로 말했다. 매직 아카데미로부터 구원 연락을 받은 것은 축제의 바로 다음 날이었다.

즉, 다리우스는 일부러 페슈마르 왕국의 축제와 날짜를 맞춰 매직 아카데미를 공격한 것이다. 다행인 것은 거의 천 마리에 가까운 괴물이 아카데미를 포위한 채 밀물처럼 밀려드는 가운데, 자리를 비우고 있던 학장 샤리가 가까스로 시간에 맞춰 돌아왔다는 사실이다.

"너희도 알다시피 샤리는 독립적이고 자존심이 강한 여자다. 그런 그녀가 내게 전폭적인 지원과 '개인적인' 도움을 요청했다는 것은 아카데미의 현재 상황을 그대로 대변하는 거라 할 수 있다."

"동감이야. 샤리는 웬만해서는 남한테 부탁 안 하지."

마그나스도 고개를 끄덕였다. 제온은 잠시 생각하다 네프카에게 물었다.

"아카데미가 입은 피해가 정확히 어느 정도인지 알고 있어?"

"약 60명의 학생이 목숨을 잃었다. 교수도 아홉 명이 죽었고, 그중에 한 명은 수석교수라고 한다."

"수석교수라면 설마 게일 교수님?"

마그나스가 순간 움찔하며 물었다. 네프카는 고개를 저으며 말했다.

"돌아가신 건 빙결계를 맡고 계신 귀스트 교수님이다. 내가 샐러맨더 킬러 1번 대의 대장으로 모셔오려고 했을 정도로 훌륭한 분이셨는데……."

네프카는 눈을 감고 죽은 자를 잠시 애도한 다음 말을 이었다.

"정말 안타까운 일이다. 아무튼 아카데미는 인적으로도 물리적으로도 손실이 매우 큰 상태인 것 같다. 물론 샤리가 건재한 이상 무너질 일은 없겠지만, 아카데미 자체가 그동안 자치적인 중립을 유지하고 있었기 때문에 그 어떤 국가나 세력도 함부로 지원군을 보내기 힘든 상태다."

"하지만 페슈마르는 보냈잖아? 덕분에 상황이 좀 복잡해지지 않을까?"

"어떤 복잡함을 말하는 거지?"

네프카는 마그나스를 보며 되물었다. 마그나스는 어깨를 으쓱이며 설명했다.

"아무리 아카데미가 중립이라 해도 말이지, 거기 다니는 학생들은 전 대륙의 유망한 가문 출신이라고. 결국 자기 자식을 지키기 위해서라도 자신이 속한 국가에 지원을 요청할 거야. 그렇지 않아? 하지만 현재 대륙의 공적으로 몰린 페슈마르 왕국에서 먼저 지원군을 보냈다면… 적대하고 있는 입장에서 더더욱 함부로 움직일 수 없게 된다는 거지."

그것은 실로 복잡한 문제였다. 물론 이쪽은 네프카의 교황 살해가 누명이라는 것과, 아카데미를 공격한 것은 추기경 다리우스가 만든 괴물이라는 것을 알고 있다. 하지만 누명을 쓰고 있는 입장에서 아무리 그런 사실을 알려봤자 구차한 변명으로밖에 들리지 않을 뿐이다.

거기에 더하자면 페슈마르 왕국은 신수교단의 수많은 신관을 죽이고 이단자로 찍힌 제온의 도움을 받아 축제를 치렀다.

제온의 행동은 누명이 아닌 자신의 의지였기 때문에 빼도

박도 할 수 없는 상황이었다. 마그나스는 가벼운 바람을 일으켜 갑갑한 실내의 공기에 변화를 주며 말했다.

"아무튼 당장 급했기 때문에 어쩔 수 없었다는 건 나도 알아. 그리고 기왕 이렇게 되었으니… 나는 페슈마르 왕국과 매직 아카데미가 완전히 힘을 합치는 게 어떨까 싶어."

"힘을 합친다고?"

"그래, 다리우스는 미친 것 같지만 적어도 바보는 아냐. 사람을 엄청나게 죽여서 스스로 초신수가 된다는 계획은 어처구니가 없지만… 네프카 너를 노린 것도, 그리고 아카데미를 공격한 것도 모두 자신의 계획을 실행하기 위한 초석을 다지고 있는 거야. 전 대륙을 휘말려 들게 할 거대한 전쟁을 위한 초석 말이지."

"나를 노린 건 이해하겠는데 아카데미를 공격한 건 무슨 상관이 있는 거지?"

네프카가 물었다. 마그나스는 잠시 고민하다 어깨를 으쓱였다.

"글쎄? 나도 정확히 딱 집어 이거라고 말하기는 곤란한데… 아마 학생들의 죽음과 그 학생들의 부모가 속해 있는 국가와의 불화를 일으키려는 게 아닐까? 그리고 인망이 높은 샤리의 존재가 자신의 대업에 거슬렸다든가, 물론 샤리는 인망만 높은 게 아니라 실력도 높지만 말이지. 그러고 보니 샤리가 도망쳐 온 집행관을 아카데미에 보호하고 있다는 이야기도 했던 거 같은데……."

"클로시아 말이지."

제온이 짧게 대답했다. 마그나스는 손뼉을 치며 고개를 끄덕였다.

"맞아, 클로시아. 그 집행관이 다리우스의 비밀을 고발할 수 있기 때문에 아카데미를 노린 걸 수도 있겠네."

제온은 제스터 섬에서 마지막으로 보았던 클로시아를 떠올렸다. 자신의 목적이 신관을 죽이는 것이었음에도 불구하고 그는 클로시아를 다시 한 번 살려주고 말았다.

그것은 포스 필드, 즉 역장에 대한 그녀의 재능이 아까워서였다. 그러나 그보다 더 중요한 건 그녀가 자신을 좋아하고 있기 때문이었다.

시체가 즐비한 전장의 한복판에서조차도 자신을 보는 그녀의 눈은 애정과 동경으로 가득 차 있었다.

그것은 결코 인위적으로 만들어낼 수 없는 눈빛이었다. 사람은 자신을 좋아하는 사람에게 약해질 수밖에 없었다.

제온은 그저 친구들을 지키기 위해 마족들과 전쟁을 치렀을 뿐이다. 그러나 그 행동이 클로시아에게 있어선 목숨보다 소중한 만족을 주었다.

그녀는 자신에게 죽음을 당한다 해도 결코 원망하지 않을 것이다. 그렇기에 제온은 어떻게든 그녀를 살려주고 싶었다.

"통신에서 그 집행관에 대한 이야기는 없었나?"

제온이 네프카를 보며 물었다. 네프카는 고개를 저으며 답했다.

"별다른 말은 없었다. 다만 사상자에 대한 보고가 있었으니 반대로 이야기가 없다면 무사한 거겠지."

"그런가? 샤리가 본격적으로 어떻게 해달라는 말은 있었고?"

"도움이 필요하다고 했고, 복수를 하고 싶다고 했다. 다만 당장은 피해를 복구하고 새로운 적의 위협에 방어하는 데 전념한다고 하더군."

"난 아예 이참에 아카데미를 페슈마르 왕국으로 옮기는 게 어떨까 싶은데."

마그나스가 말했다. 네프카는 신중한 얼굴로 잠시 생각하다 말했다.

"그것도 확실히 고려할 만한 문제다. 지금 매직 아카데미는 중립적인 위치에 있어 도와주고 싶어도 빠르게 도와줄 수가 없어. 장거리 비행이 가능한 마법사를 몇 명 파견하는 게 고작이다."

"하지만 그 중립적인 위치 때무에 많은 사람이 아카데미에 모이는 게 아닐까? 당장 학교를 페슈마르로 옮기면 적대하는 왕국에서 더 이상 자식들을 보내지 않을 텐데?"

제온이 말했다. 그러자 마그나스가 어쩔 수 없다는 듯 말했다.

"그래도 죽는 것보다는 낫지 않겠어? 보내기 싫으면 보내지 말라지, 뭐."

"만약 매직 아카데미를 옮긴다 해도 아카데미의 중립적인 지위는 그대로 유지하게 하면 된다. 페슈마르 왕국은 학교의 정책에 관여하지 않고 오직 학교의 방위에 협력할 뿐이라고 공표하는 거지. 물론 그전에 교황살해자라는 오명은 풀어야겠지만……."

네프카는 작게 한숨을 내쉬었다. 그 일이 얼마나 골치 아플지를 생각하면 당사자가 아닌 제온조차 머리가 지끈거릴 지경이었다.

"어쨌든 매직 아카데미에 대한 문제는 여기까지다. 이 문제의 당사자는 물론 샤리지만, 마찬가지로 우리 모두가 관여할 수밖에 없는 공통적인 문제이기도 하다. 물론 국왕인 내가 할 수 있는 일이 많이 있겠지만, 이 모든 걸 전부 해결하려면 정확한 계획과 역할 분담이 필요하다."

"마도대전 때처럼 말이지?"

마그나스가 말했다. 당시에는 너무나 광범위한 전장에서 전투가 벌어졌기 때문에 나인제로 몬스터즈의 다섯 명은 상당한 시간을 서로 흩어져서 싸울 수밖에 없었다.

"그렇다. 그리고 전황의 분석과 작전을 세우는 건 우리 중에서 네가 가장 잘하지. 어떻게 했으면 좋겠나, 마그나스?"

"잠깐, 내가 결정하는 거야?"

마그나스는 눈을 크게 뜨며 되물었다. 네프카는 가만히 그를 바라보았고, 제온 역시 이견이 없다는 듯 고개를 끄덕였다.

"이것들이 사람 부담스럽게……."

마그나스는 힘들다는 표정으로 넋두리를 하며 한숨을 내쉬었다.

"…그래, 뭐, 어차피 작전이라고 해봤자 할 수 있는 건 뻔하니까."

잠시 생각하던 마그나스는 우선 네프카를 보며 말했다.

"먼저 페슈마르 왕국의 위기야 내가 작전을 세울 것도 뭣도 없어. 지금처럼 방어를 유지하다가 누가 공격해 오면 격퇴하면 그만이야. 다만 한동안 물리적인 충돌은 거의 없을 거라고 생각해."

"이미 타로스 왕국을 물리쳤기 때문인가?"

"그것도 있지만… 근본적으로는 너희가 같이 있다는 게 알려졌으니까."

마그나스는 가볍게 웃으며 말을 이었다.

"타로스 왕국이 기세 좋게 공격할 수 있었던 가장 큰 원인은 바로 너야, 네프카. 네가 중상을 입고 전투를 치를 수 없을 거라고 판단한 거지. 분명 다리우스가 따로 사람을 보내 귀띔을 해줬을 거라고 생각해. 아무튼 국왕의 부재라는 상징적인 이유뿐만 아니라… 넌 그냥 존재 자체가 최강의 전력이니까.

그런데 실제로는 직접 전투에 참전해서 건재한 모습을 보여 줬고, 거기에 제온까지 힘을 합했어."

마그나스는 두 사람을 번갈아 바라보며 어깨를 으쓱였다.

"미치지 않고서야 너희 둘과 동시에 맞서 싸우고 싶어하는 나라는 없어. 실제로 미친 것 같은 다리우스는 예외로 하고. 아무튼 제온이 축제를 성공적으로 치렀다는 소식도 지금쯤 전 대륙으로 퍼졌을 테니 모든 왕국은 너희 둘이 확실하게 힘을 합쳤다고 판단하고 있을 거야."

"즉 나의 왕국에 위기는 더 이상 없을 거란 말인가?"

"그래, 너의 왕국에 위기는 없어."

마그나스는 웃으며 네프카에게 말했다.

"적어도 당분간은 말이야. 아무튼 시간을 번 셈이니까 그 동안 사신을 파견해서 어떻게든 교황 암살이 다리우스의 음 모라는 사실을 밝혀."

"저들이 쉽게 믿을 거라고는 생각되지 않는다만."

"믿고 안 믿고는 상관없어. 중요한 건 저들에게 발을 뺄 빌미를 만들어줘야 한다는 거지."

"발을 뺄 빌미?"

"페슈마르의 국왕은 자신이 교황을 죽이지 않았다는 것과 이 모든 게 다리우스 추기경의 음모라는 사실을 밝혔다. 우리는 비록 신수교단과 다리우스 추기경의 뜻을 존중하지만, 적어도 페슈마르의 국왕의 해명에 대한 진위를 정확히 밝혀내기 전까지 군사적인 행동을 자제하기로 결정했다, 뭐 이런 변명거리를 말할 수 있도록 해줘야 한다고."

"아⋯⋯."

네프카는 나지막한 신음 소리를 냈다. 마그나스는 그럴 줄 알았다는 듯 한숨을 내쉬며 말했다.

"이런 생각은 해본 적도 없지? 자존심은 왕의 필수조건이지만, 가끔씩은 타국을 배려해서라도 자존심을 접을 필요도 있어. 3차 마도대전의 영웅, 대륙 최강의 아크메이지, 거기에 페슈마르 왕국의 국왕. 넌 그냥 존재 자체가 압도적이야. 먼저 살짝 굽히고 들어간다고 해서 널 얕볼 사람은 아무도 없다고. 안 그래?"

"…그건 맹점이었군."

네프카는 굳은 표정으로 눈을 감았다. 확실히 다리우스의 함정에 빠졌다는 자책감과 분노가 너무 강했다. 덕분에 공격해 오는 타국에게 자신의 상황을 해명하려는 시도조차도 하지 않은 것은 명백하게 실수라 할 수 있었다.

"아무튼 겉으로는 강경하게 방어의 자세를 취하고, 속으로는 사신을 보내 적극적으로 해명해 봐. 그것만으로도 대부분의 적은 군사적인 행동을 자제할 테니까. 그리고 그렇게 해야 저 녀석이 자유롭게 움직일 수 있어."

마그나스는 제온을 향해 시선을 돌리며 말했다.

"나보고 계획을 세워라 어째라 했지만, 내가 무슨 말을 해도 넌 프로나를 구하러 갈 거야. 그렇지? 안 그래?"

"그건……."

"뭐, 대답할 필요도 없어. 중요한 건 네가 프로나를 구하러 가냐 마냐가 아니라, 네가 페슈마르 왕국을 떠났다는 사실을 감추는 것뿐이니까. 그러면 실제로 없어도 있는 효과를 누릴 수 있으니까 상관없어."

"제온이 나와 함께 페슈마르에 남아 있다는 소문만으로도 충분하다는 거군."

네프카가 과연, 하며 말했다. 마그나스는 웃으며 고개를 끄덕였다.

"말 그대로야. 소문만으로 충분해. 파이파를 쓰러뜨린 제온 스태틱은 현재 왕궁의 별궁에 머물며 외부에 모습을 드러내지 않고 있다, 이런 소문이라도 내는 게 좋겠지. 그사이에 넌 몰래 성을 떠나면 되는 거고."

"하지만 샤리가……."

"아카데미 걱정은 할 필요 없어. 거긴 내가 갈 테니까."

마그나스는 제온을 보며 말했다.

"나야 당장에라도 매직 아카데미를 이쪽으로 옮겼으면 좋겠지만, 그건 어디까지나 학장인 샤리가 선택할 문제야. 실제로 옮긴다 해도 준비하는 데 시간이 걸릴 테고. 그러니까 내가 직접 아카데미에 가서 그쪽을 지킬게."

"음, 그걸로 괜찮겠어?"

"괜찮다마다."

마그나스는 자신 있는 얼굴로 말했다.

"내가 너만큼 화력을 낼 수는 없어도 너보다 빠르게 날 수는 있잖아? 내가 경계를 서면 아카데미가 기습당할 일은 절대 없어. 이번에도 샤리가 그 연구실에서 뒤늦게 돌아오는 바람에 피해가 커진 걸 거야. 그렇지 않아, 네프카?"

"자세한 이야기는 못 들었지만……."

네프카는 고개를 끄덕이며 말했다.

"상황을 보면 대략 그런 것 같다. 적이 마법사가 아닌 이상 샤리가 미리 알고 골렘부대를 배치했다면 이 정도로 피해가 커지진 않았겠지."

"내 말이 그 말이야. 너희 둘이 모인 것 정도로 엄청나진 않아도 샤리와 내가 있으면 웬만한 적은 모두 물리칠 수 있어. 그러니까……."

마그나스는 다시 제온을 보며 말을 이었다.

"이곳의 일은 우리에게 맡겨. 넌 프로나를 구해서 돌아오는 데 전념해. 지금은 다른 건 아무것도 생각할 필요 없어."


이켈 지방은 예로부터 유리언 대륙에서 가장 인구밀도가 낮은 지역이었다.

지형적으로만 보자면 대부분의 땅이 탁 트인 평지였고, 거기에 여러 개의 강이 흐르고 있어 농사에 더없이 적합한 곳이었다. 만약 북쪽의 마대륙과 가장 가깝다는 지리적인 단점만 없었더라면 대륙에서 가장 부유한 땅이 되었을지도 모르는 일이었다.

그럼에도 불구하고 일부 사람들은 마족의 위협을 감수하면서까지 이 지역에 흩어져 농사를 지으며 살아갔다. 그들은 레스톤 왕국의 근간을 뒤흔든 대가뭄으로부터 탈출한 사람들이었고, 죄를 짓고 고향을 버릴 수밖에 없는 범죄자였으며, 혹은 권력 싸움에서 밀려난 귀족이기도 했다.

그러나 성의력 99년에 이 지역을 휩쓴 역병은 그나마 명맥을 유지하던 인간들의 씨를 말려 버리기에 충분했다. 특히 로가드 강 북쪽에는 인간의 그림자조차 찾아볼 수 없었다. 마족들의 대규모 침공에 대비해 신수교단이 설치해 운용하고 있던 경계초소조차도 지금은 텅 빈 상태였다.

"전에도 한번 와봤지만 참 놀려두기 아까운 땅이야."

신수교단의 추기경인 다리우스는 끝없이 펼쳐진 로가드 강 북쪽의 평야를 바라보며 말했다.

주변에는 망토로 온몸을 가린 스무 명의 남자가 서 있었지만, 그들 중 누구도 추기경의 말에 대답하지 않았다. 다리우스는 코웃음을 치며 뒤편으로 멀리 보이는 초소를 향해 소리쳤다.

"체리오트! 그만 나오게! 언제까지 거기 처박혀 있을 건가!"

그러자 다 쓰러져 가던 초소의 문이 열리며 한 남자가 밖으로 걸어 나왔다. 그는 바로 신수교단의 대집행관이었던 체리오트로, 제스터 섬에서 제온에게 패한 이후로 반쯤 실성해 외부에 모습을 드러내지 않는 상태였다.

"죄송… 합니다, 추기경님."

다리우스의 옆으로 온 체리오트는 고개를 숙인 채 나지막한 목소리로 중얼거렸다. 다리우스는 눈살을 찌푸리며 그런 체리오트를 잠시 바라보다 말했다.

"사람들 앞에 나서고 싶지 않은 건 이해하네만, 그래도 지금은 내 곁에 좀 있어줘야겠네. 무엇보다 지금 우리가 만날 존재는 인간이 아니니까. 자네가 꺼릴 필요도 없지 않겠나?"

"예……."

체리오트는 맥 빠진 목소리로 중얼거렸다. 푹 눌러쓴 회색 로브 사이로 보이는 그의 얼굴은 제온의 라이트닝 캐논에 당한 후유증으로 끔찍하게 일그러져 있었다.

그것은 마력을 강제 주입당한 신관들, 바로 주위에 있는 스무 명의 남자와 비교해도 전혀 부족하지 않을 만큼 흉측했다. 하지만 인성을 잃고 다리우스의 말에 복종하는 인형이 된 그들을 체리오트는 오히려 부럽다는 눈으로 바라보았다.

다리우스는 그런 체리오트의 어깨를 두드리며 격려하듯 말했다.

"자네 마음도 알고 있네. 하지만 좀 더 기다려 줬으면 좋겠군. 내가 평소에 자네를 무척 아낀 것을 알고 있지 않나?"

"세상의 섭리의 성법기를 잃어버린 저는… 더 이상 아무 쓸모도 없습니다."

"자책은 그만하게. 지금 당장 자넬 강화인간으로 만든다고 해서 제온에게 복수를 할 수 있는 것도 아니지 않은가?"

다리우스는 자신이 마력을 강제로 주입해서 만든 괴물들을 강화인간이라고 불렀다. 강화인간의 존재를 알게 된 몇몇 고위 신관은 다리우스의 행태에 정면으로 반박하며 나서기도 했지만, 이미 신수교단의 전권을 장악한 그에게 있어선 계란으로 바위를 치는 형국에 지나지 않았다.

"강화인간은 인간을 능가하는 힘을 손에 넣지. 하지만 아직 불안정하네. 마력을 다루던 인간이 오히려 마력을 쓸 수 없게 되는 건 오히려 퇴보라고 할 수 있어."

다리우스는 자신과 가까운 곳에 서 있는 강화인간의 가슴에 손을 대며 말했다. 그자는 한때 렌파라는 이름으로 불리던 집행관이었다. 집행관 중에서도 손에 꼽을 만큼 강력한 마력을 다루던 마법사였지만, 지금은 그저 강화된 육체로 싸우는 전사에 불과했다.

"물론 자신이 가지고 있던 마력만큼 육체가 더 강력하게 변하는 것 같네만… 그것만으론 충분하지 않아. 고대인들이 단지 그런 걸 만들어내기 위해 그런 엄청난 실험 시설을 만들지는 않았을 거라고 생각하네. 지금 내 부하들이 열심히 조사하고 계량 중이니 조만간 성과가 나올 거야. 그때가 되면 마법을 쓸 수 있고 인성을 잃지 않는 강화인간을 만들 수 있겠지."

"저는… 저는 그냥 저들과 같은 모습이 되고 싶습니다."

체리오트는 떨리는 눈으로 강화인간들을 바라보았다. 그가 제온에게 당한 치욕의 순간들은 자살하고 싶을 만큼 끔찍한 기억으로 새겨져 있었다. 차라리 아무것도 생각할 필요 없는 강화인간이 되고 싶었지만, 다리우스는 그에게 그런 사치조차 허락하지 않았다.

"인간의 힘으로는 결코 제온을 쓰러뜨릴 수 없어. 방법은 오직 세상의 섭리께서 직접 내게 강림하는 것뿐이네. 오늘 저들과 만나는 수치를 참아내는 것도 모두 그때를 위한 시간을 벌기 위해서라네. 그러니 조금만 더 내 곁에서 기다려 주게. 알겠나?"

"…네, 알겠습니다."

체리오트는 힘없이 고개를 끄덕였다. 다리우스는 만족한 듯 웃으며 다시 북쪽으로 펼쳐진 평야를 향해 시선을 돌렸다.

"호랑이도 제 말 하면 온다더니, 저기 보게."

멀리 다리우스의 시선 끝으로 작은 점들이 날아오는 것이 보였다. 작은 점은 점차 커지며 마치 새와 같은 형상을 갖추었고, 좀 더 시간이 지나자 인간과 같은 형상에 등에 날개가 달린 이형의 모습을 확인할 수 있었다.

"혼 데몬……."

체리오트는 나지막한 목소리로 중얼거렸다. 저들은 혼 데몬으로 불리는 마족으로, 다양한 종족의 마족 중에서도 인간들에게 가장 큰 악명을 떨치는 마족이라 할 수 있었다.

왜냐하면 3차 마도대전을 일으킨 '칠흑의 마왕' 제노슈나가 바로 혼 데몬의 수장이었기 때문이다. 모두 여섯 마리인 혼 데몬은 빠른 속도로 날아온 다음 순간적으로 날개를 확 접으며 박력 있게 다리우스의 앞에 착지했다.

"어서 오게, 새로운 혼 데몬의 수장이여."

다리우스는 미소를 지으며 가운데 서 있는 덩치 큰 마족을 바라보았다.

혼 데몬의 얼굴은 아무 표정도 없는 평평한 가면에 눈구멍이 뚫려 있는 형태였기 때문에 얼굴로 개체를 구분할 수 없었다. 하지만 가운데 있는 한 명만 덩치가 훨씬 컸기 때문에 그가 바로 혼 데몬의 수장인 크레이드라는 사실을 알 수 있었다.

"네가 날 보자고 한 초신수의 사도인가?"

크레이드의 목소리는 마치 바위를 긁는 것처럼 독특한 울림이 있었다. 다리우스는 그 앞에 서 있는 것만으로도 온몸의 피가 마르는 듯한 기분을 느꼈다. 저들은 선천적으로 인간에게 공포를 주기 위한 모든 것을 갖추고 태어난 종족이었다.

'당연하다면 당연한 일이지. 원래 인간들과 싸우기 위해

만들어진 종족이니까.'

하지만 진실을 알고 있기에 다리우스는 공포에 떨지 않을 수 있었다. 그는 오래전 수인의 고향인 베이라 군도에서 찾은 고대인의 기록을 떠올리며 입가에 미소를 지었다.

"그렇다. 내가 신수교단의 추기경인 다리우스지."

"네가⋯ 퀸에게 이야기는 들었다."

크레이드는 새파란 안광을 빛내며 다리우스를 노려보았다. 그러자 뒤쪽에 있던 체리오트가 헉 소리를 내며 물었다.

"추기경님, 퀸이라고 하시면 설마 그 뱀파이어의 여왕인⋯⋯."

다리우스는 손을 뻗어 체리오트의 말을 끊었다. 그리고는 특유의 온화한 표정으로 고개를 끄덕이며 크레이드에게 말했다.

"나 역시 퀸에게 그대에 대한 이야기를 들었다. 최근에 제온 스태틱과 크게 한판 붙었다고 하더군."

"벌써 몇 달 전의 일이다. 씻기 힘든 치욕을 당했지."

마족의 머리에 달린 뿔이 감정을 드러내는 것처럼 희미하게 흔들렸다. 크레이드는 갑자기 간직거 있던 오른손이 손톱을 길게 뽑으며 말했다.

"그때 일을 떠올리니 갑자기 인간을 죽이고 싶어지는군. 말해라, 추기경. 어째서 날 만나자고 한 거지? 내가 거절할 수 없는 제안이란 게 무엇이지?"

"결론부터 말하자면, 제온을 죽이기 위해 힘을 합치자는 것이다."

순간 빛이 새어 나오던 크레이드의 눈구멍이 가늘어졌다.

"제온을 죽이기 위해 힘을 합치자고?"

"그렇다."

"믿을 수가 없군. 그런 이야기를 할 거라고는 생각했지만 그래도 이해할 수가 없다."

"복잡한 이야기는 아니다. 제온은 그대에게 원수이고, 나를 비롯한 신수교단과 세상의 섭리를 믿는 모든 인간을 배신한 이단자니까."

"하지만 나는 마족이다."

크레이드는 짧게 대답했다. 그리고 몸을 숙여 다리우스의 얼굴을 향해 자신의 얼굴을 가까이 가져갔다.

"우리는 인간을 죽이고 그들의 세상을 파괴하길 원한다. 그것이 마족의 본능이다. 추기경, 바로 네 녀석의 세상 말이다."

"내가 그걸 모른다고 생각하나?"

다리우스는 코앞에 다가온 크레이드의 얼굴을 노려보며 말했다.

"하지만 제온 스태틱의 위협은 마족의 위협을 뛰어넘는다. 거기에 그 동료들도 가세하기 시작했지."

"동료들?"

"네프카, 샤리, 마그나스… 그대도 이름 정도는 들어봤겠지?"

크레이드는 순간 몸을 뒤로 빼며 이를 가는 듯한 소리를 냈다.

"그래, 잊을 수 없는 이름이다. 내 아버님의 원수들이지."

"그들이 얼마나 위험한 존재인지는 마족들이 더 잘 알고 있으리라 생각한다. 그러니까 이런 제안을 하는 거지."

"…흥미가 생기는군. 그래서 내게 무엇을 원하지?"

"간단하다. 지금 당장 마대륙으로 돌아가서 군대를 모아라."

"군대? 군대를 모아서 어쩌라고? 새로운 마도대전이라도 일으키라는 건가?"

크레이드는 비웃듯이 말했다. 하지만 다리우스는 진지한 표정으로 얼굴을 끄덕였다.

"바로 그렇다. 제4차 마도대전을 일으켜 주길 바란다."

"…진심인가?"

다리우스는 말없이 크레이드를 바라보았다. 크레이드는 자신의 키에 반밖에 안 되는 인간을 노려보며 자신도 모르게 한 발 뒤로 물러났다.

"아무래도 진심인가 보군. 대체 무슨 생각이지?"

"지금 대륙의 시선은 페슈마르 왕국에 집중되어 있다. 마족이 군대를 일으켜 공격해 오면 쉽게 대처할 수 없지. 그사이에 이켈 지방을 돌파해 레스톤 왕국을 점령해라. 그러면 제온도 언제까지 페슈마르 왕국에 숨어 있을 수는 없겠지."

"하지만 그걸로 끝나리라 생각하나?"

크레이드는 순간적으로 날카로운 손톱을 다리우스의 목덜미에 대며 말했다.

"제온을 죽인 다음엔 대륙 전체를 점령할 거다. 인간들을 죽이고, 모든 왕국을 무너뜨리겠다. 그래도 상관없나?"

"할 수 있으면 해라. 하지만 그대는 아직 마족의 왕이 아니지."

"뭐라고?"

"마대륙에 있는 모든 마족의 군대를 끌고 올 수는 없을 거라는 말이다. 그 정도 전력으로 인간의 모든 왕국을 무너뜨릴 수 있을 거라고 생각하나? 그렇다면 시도해 봐도 좋다. 말리지 않을 테니까."

다리우스는 목덜미에 닿은 차가운 흉기에도 아랑곳하지 않고 웃음을 지었다. 크레이드는 별다른 마력도 느껴지지 않고 육체적으로도 전혀 특별할 것 없는 한 인간의 모습에 불가사의한 두려움을 느꼈다. 그는 자신의 목숨은 물론이고 자신의 종족의 흥망조차 아무런 관심이 없다는 듯 태연하기만 했다.

크레이드는 손톱을 뒤로 빼며 말했다.

"…생각을 많이 했나 보군, 추기경. 하지만 모든 일이 네놈의 생각대로 돌아갈 거라고 생각하지는 마라."

"상관없다. 그래서 내 제안을 받아들일 건가?"

"거절할 이유가 없지. 하지만 방금 이야기만 들으면 네 녀석은 아무런 도움도 주지 않는 것 같은데?"

"이미 많은 도움을 줬다고 할 수 있다. 3차 마도대전의 핵심이던 매직 아카데미를 무력화시켰으니까. 그리고……."

다리우스는 양팔을 펼치며 자신의 주위에 있는 강화인간을 가리켰다.

"전쟁이 시작되면 이런 강화인간 천 명을 지원해 주도록 하겠다."

"천 명?"

크레이드는 석상처럼 꼼짝도 하지 않는 강화인간의 망토를 순간 손톱으로 잘라 버렸다. 그러자 안에 드러난 흉측한 인간의 모습에 눈을 가늘게 뜨며 웃기 시작했다.

"후후… 네놈, 정말로 인간이 맞는 건가?"

"물론 인간이다. 그대는 아직 잘 모르고 있는 것 같지만……."

다리우스는 만면에 웃음을 지으며 나지막한 목소리로 말을 이었다.

"…오직 인간만이 이런 일을 할 수 있지. 너희 마족은 상상조차 할 수 없는 일을 말이다."

# 21장

수인의 섬

　페슈마르 왕국을 떠난 제온은 먼저 라바인 사막의 지하에 있는 연구소로 향했다. 데커라면 파이파가 말한 '서쪽의 섬'에 관한 정보가 있을 수도 있었고, 또 지금부터 할 일에 관해서 그와 해결해야 할 문제도 있었다.

　"그렇군. 자네 아내가 살아 있을 수도 있다는 건가……."

　이야기를 저부 들은 데커는 긴 한숨을 내쉬며 생각에 잠겼다. 연구실 주거구역의 테이블에 앉아 있던 제온은 인내심을 발휘하며 데커가 입을 열 때를 기다렸다.

　그리고 잠시 후, 데커는 무거운 표정으로 입을 열었다.

　"일단 축하하네. 자네에겐 정말 잘된 일이 아닐 수 없군.

내겐 좀 복잡한 문제가 생겼다고 할 수 있겠네만……."

"그렇지. 우리에겐 확실히 복잡한 문제가 생겼어."

"당연한 일이겠네만, 자넨 지금부터 아내를 구하러 갈 테지?"

"물론."

"성공을 비네. 그런데 지금부터는 좀 자네의 신경을 거슬릴 만한 가정법을 써야 할 것 같네만… 괜찮겠나? 부디 화를 내지 않았으면 좋겠군."

데커는 제온의 눈치를 살피며 물었다. 제온은 짧게 대답하며 고개를 끄덕였다.

"괜찮아. 무슨 말이든 해."

"그럼 좋은 이야기부터 하지. 만약 자네 아내가 정말로 살아 있고 무사히 아내를 구해낸다면, 그다음에 자네는 어떻게 할 셈인가?"

"상세한 계획을 세운 건 아니지만 아마도 페슈마르 왕국으로 돌아와서 살게 되겠지."

"자네를 받아주는 건 쉬운 일이 아닐 것 같네만. 국왕과 이야기는 이미 끝난 건가?"

"대충은."

제온은 네프카와 나눈 이야기를 떠올리며 말했다.

"내가 신수교단에 이단자로 쫓기고 있는 건 사실이지만, 신수교단 자체가 이미 다리우스에 의해 변질되고 있다. 네프카가 교황살해자의 누명에서 벗어나면 다리우스의 죄를 묻지 않을 수 없을 테니… 거기서 합의를 볼 수 있을 거다."

"합의? 무슨 합의를 말하는 거지?"

"내게 걸린 이단 혐의를 지우는 것. 물론 네프카가 힘써준 만큼 나도 페슈마르 왕국에 폐가 되지 않도록 열심히 일해야 겠지."

"자네는 이미 페슈마르 왕국을 최악의 위기에서 구해냈네. 국왕은 자네를 위해서라면 뭐든지 들어주겠지. 하지만 그렇게 된다면……."

데커는 잠시 머뭇거리다 물었다.

"더 이상 신관을 죽이진 않을 건가? 초신수의 힘을 약화시키기 위해."

"일이 그렇게 풀린다면."

제온은 고개를 끄덕였다. 데커는 괴로운 표정으로 얼굴을 감싸 쥐며 말했다.

"그렇다면… 자네는 더 이상 초신수를 죽일 생각이 없다는 말이군."

"그게 바로 우리가 해결해야 할 봉착한 문제지."

"제온, 자네는 이미 모든 진실을 알고 있지 않은가?"

데커는 호소하는 표정으로 제온을 바라보며 말했다.

"우리 인류는 사실상 초신수에게, 그러니까 아프레온에게 사육당하고 있는 셈이네. 이 유리언 대륙은 아프레온에게 마력을 공급하기 위한 농장에 다를 바 없지. 비록 자네가 개인적인 원한이 없더라도… 이런 부조리한 상황을 타파해야 하지 않겠나?'

"나는……."

제온은 말끝을 흐렸다. 페슈마르 왕국에서 여기까지 날아오는 긴 시간 동안 그 문제에 대해 생각을 하고 또 생각했다. 하지만 막상 말을 꺼내려니 목구멍 안쪽이 꽉 막히는 듯한 기분이 들었다.

그것은 바로 죄책감 때문이다. 제온을 눈을 감고 입술을 살짝 깨문 다음 겨우 입을 열었다.

"만약 프로나가 무사하고 우리의 아이도 무사하다면… 난 더 이상 초신수와 싸우지 않을 거다."

"제온!"

"당신과는 약속을 했지. 하지만 난 더 이상 가족에게 해가될 일을 하고 싶지 않아."

"그건… 그건 너무 이기적인 게 아닌가?"

데커는 주먹을 움켜쥐며 몸을 떨었다. 제온은 한동안 그런 데커를 바라보다 고개를 숙이며 말했다.

"당신 말이 맞아. 미안하다. 이건 전적으로 내 잘못이다. 대신 내가 할 수 있는 일이 있다면 뭐든 하도록 하겠다."

"초신수와 싸우는 일 말고 말인가?"

"그렇지."

"후우……."

데커는 긴 한숨을 내쉬었다. 두 사람 사이에 무거운 침묵이 찾아왔고, 제온은 목이 바짝 마르는 것을 느끼며 테이블에 놓인 컵을 입으로 가져갔다.

"…알겠네."

한참 만에 입을 연 데커는 제온을 바라보며 탄식했다.

"허어, 그래. 어쩔 수 없겠지. 자네와 자네의 아내에 관한 이야기는 샤리에게 많이 들었다네. 아프레온에 대한 복수를 위해 원수나 다름없는 우리와 손을 잡았던 건데… 처음부터 그 대전제가 사라진다면 나도 더 이상 할 말은 없네."

"다시 한 번 미안하다. 내 이기적인 마음에……."

"아니, 이기적이라고 한다면 처음부터 알파를, 그러니까 자네를 만들어낸 우리의 이기심을 따져야겠지. 죄를 진 걸로 따지면 우리가 진 죄가 훨씬 더 크니… 더 이상 사과할 필요는 없네."

데커는 고개를 저으며 차분해진 얼굴로 물었다.

"하지만 확실히 해두고 싶네. 자네가 싸우지 않더라도 우리 계속 연구를 거듭하며 싸울 거라네. 인간이 언젠가 이 속박에서 벗어나기 위해서 자네와의 약속으로 금지했던 비인륜적이고 잔인한 실험을 다시 시작할지도 모르네. 그래도 괜찮겠나?"

그것은 제온이 초신수와 싸운다는 명분으로 양보 받은 조건이었다. 제온은 눈을 가늘게 뜨며 입술을 깨물었다.

"눈을… 감도록 하지."

"정말인가?"

"그래, 다만 마이를 가지고 무언가 실험을 하는 건 용납할 수 없다."

"그 아이로는 더 이상 우리가 뭔가 할 필요도 없네. 하지만 새로운 샘플이 필요할 수도 있지."

"새로운 샘플?"

"우리에게 여자를 제공해 줄 수 있겠나?"

제온은 순간 눈을 크게 뜨며 되물었다.

"여자?"

"새로운 실험체를 만들려면 여자의 몸속에 있는 난자가 필요하네. 자네는 초신수와 직접 싸우지 않는 대신 그런 일까지 해줄 수 있겠는가?"

"그런……."

제온은 이를 악물었다. 어린 시절, 알바스 산맥의 실험실에서 고통의 시간을 보내는 도중에 의식을 잃은 여자들이 실험실 안쪽으로 실려 가는 광경을 목격한 기억이 떠올랐다.

"난 이미 당신과의 약속을 저버리는 죄를 지었다."

제온은 차가운 눈으로 데커를 노려보며 말했다.

"거기에 더해… 당신을 죽이는 죄까지 짓게 하지 않았으면 좋겠군."

"못하겠다는 거군."

데커는 힘없이 웃으며 고개를 저었다.

"걱정 말게. 그냥 심통이 나서 해본 소리니까."

"…정말인가?"

"우린 이미 냉동 보관한 난자를 대량으로 확보하고 있네. 대규모의 실험과 육성을 다시 시작하지 못하는 건 남아 있는 나노머신이 부족하기 때문이야."

"나노머신이라면… 내 몸에도 들어 있다는 그 작은 기계 말인가?"

"그렇다네. 나노머신 처리를 하지 않으면 실험체의 몸에 강제로 마력을 주입해 강화할 수가 없다네. 세포가 돌연변이를 일으켜 제어할 수 없는 상태가 되고 말지."

"하지만 다리우스는 제어를 하고 있는 것 같던데?"

"아, 그것 말이군."

데커는 고개를 끄덕이며 주거구역의 휴게실에 있는 대형 스크린의 버튼을 눌렀다. 그러자 화면에 이미 죽은 괴물, 즉 다리우스가 만든 강화인간의 시체가 떠올랐다.

"그 다리우스라는 인간이 알바스 실험실을 확보해서 대규모의 돌연변이 군대를 조직하고 있는 모양이더군. 샤리에게서 이미 보고를 받았네. 지금 이쪽에서도 여러 가지로 연구 중이지. 아마도 임프린팅 효과를 이용하는 것 같은데……."

"임프린팅?"

"동물이 태어나서 처음 보는 걸 따르는 본능을 말하는 거네. 하지만 이건 여러 가지로 불안정한 점이 있지. 그러나 인간은 어디서든 방법을 찾는 동물이니… 그자가 무언가 자신만의 방법을 찾아냈는지도 모르겠군."

데커는 화면에 뜬 강화인간의 시체 자료를 계속 넘겨 보며 말했다.

"하지만 기계란 건 적절한 관리와 보수를 해주지 않으면 계속해서 쓸 수 없다네. 이런 식으로 돌연변이를 만들어내는 것도 언젠가 끝이 날 테니 너무 걱정할 필요는 없을 거야. 그보다는 우리가 하던 이야기를 계속하는 게 좋을 것 같네."

"…당신들이 무슨 실험을 하던 눈을 감겠지만, 거기에 날 끼워 넣지는 말아줘."

"걱정 말게. 그래도 피 정도는 정기적으로 공급해 주면 좋겠군."

"피?"

"자네는 역시 특별한 케이스이니 말이네. 향후의 연구를 위해서라도 헌혈하는 셈 치고… 아, 이쪽 세계에서는 헌혈이라는 개념이 없겠군."

"…무슨 소린지는 잘 모르겠지만, 피라면 얼마든지 뽑아가도 좋아."

제온은 어깨를 으쓱였다. 데커는 웃으며 고개를 끄덕였다.

"고맙네. 하지만 지금 하려는 건 그 이야기가 아니네. 만약에 자네가 자네의 목적을 이루지 못했을 때에 관한 이야기를 하고 싶네. 물론 모든 일이 잘 풀리길 바라네만, 만약 그렇게 되지 않는다면 자네는 어떻게 할 생각인가?"

"그러니까……."

제온은 상상도 하기 싫은 가정을 떠올리며 작게 몸서리쳤다.

"파이파의 말이 거짓이었을 경우?"

"파이파의 말이 거짓이었거나, 혹은 진실이라 해도 자네의 아내나 아이를 구할 수 없는 경우를 말하는 거네."

"그렇다면… 우리 관계도 원래대로 돌아오는 거지."

제온은 무거운 눈으로 주거구역의 바닥을 노려보며 말했다.

"파이파는 아프레온에게 들은 말을 그대로 해줬을 뿐이니까, 만약 그렇다 해도 거짓말을 한 건 아프레온이 되겠지. 아무튼 간에……."

"그러면 다시 초신수를 죽이는 데 힘을 빌려줄 텐가?"

제온은 말없이 고개를 끄덕였다. 데커는 안타까운 건지 흡족한 건지 알 수 없는 표정으로 함께 고개를 끄덕였다,

"알겠네. 그런데 상황이 이렇게 되고 보니… 내가 얼마나 비열한 인간인지 새삼 깨닫게 되는군."

"프로나가 이미 죽어 있길 바라나?"

"부정하진 않겠네. 나 역시 오랜 숙원이 달린 문제라서 말

이지."

데커는 솔직하게 말하며 웃었다. 제온은 이상하게도 그런 데커의 말에 화가 나지 않았다.

"그래도 알고 있는 게 있으면 좀 말해줬으면 좋겠어. 파이파가 말한 서쪽의 섬에 대해 뭔가 알고 있는 정보가 있나?"

"질문이 너무 광범위하긴 하네만… 케인을 검색해 보면 무언가 정보가 있을지도 모르겠군. 위성이 멈추기 전까지 지형의 변화에 대해 기록해 놨으니까 말이네."

"위성? 그게 뭐지?"

"글쎄, 뭐라고 해야 할지. 하늘을 돌고 있는 커다란 성법기라고 말하면 이해가 가려나?"

"전혀."

제온은 고개를 저었다. 데커는 헛웃음을 지으며 말했다.

"지금 자네가 가진 지식으로는 이해하기 힘든 것이지. 그래도 설명하자면… 보이지 않을 만큼 높은 곳에 떠서 이 행성을 관찰하며 정보를 보내는 기계라네."

"정말… 무슨 소린지 모르겠군. 혹시 달 같은 건가?"

"달보다는 훨씬 가까운 곳에 떠서 행성의 주위를 돌고 있지. 아무튼 곧바로 내려가서 확인하도록 해보지. 같이 가겠나?"

"아니. 그전에 좀 할 일이 있어서……."

제온은 고개를 저으며 의자에서 몸을 일으켰다. 데커는 주거구역을 빠져나가는 제온의 뒷모습을 보며 말했다.

"마이라면 육성구역에 있네. 지금쯤 세타들에게 책을 읽어주고 있을 거야."

데커의 말은 사실이었다. 마이는 작동 중인 네 개의 실험관 앞에 앉아 두꺼운 책을 읽고 있었다.

"전쟁 때문이 아니야, 리키. 나는 당신을 피하고 싶었어. 리키가 말했다. 언제부터? 조는 괴로운 얼굴로 대답했다. 당신이 뱀파이어의 양산을 허락했을 때. 난 당신을 예전처럼 생각할 수 없게 됐어. 그러니까 우린 이제 그만 끝내는 게 좋겠어. 다시 생각해 줘. 내가 얼마나 힘든지 알잖아? 미안해, 리키. 난 더 이상 당신을 사랑하지 않아."

"…대체 무슨 책을 읽고 있는 거야?"

제온은 난감한 표정으로 물었다. 마이는 읽던 책의 페이지를 기억한 다음 책을 닫으며 제온을 돌아보았다.

"뱀파이어 여왕의 사랑."

"뭐?"

제온은 순간 퀸의 모습을 떠올리며 눈살을 찌푸렸다. 마이는 양손으로 책을 들어 제온에게 내밀었다.

"책 제목이 뱀파이어 여왕의 사랑이야. 고대인들이 쓴 소설이래. 케인이 추천해 줬어."

"케인이?"

"이 아이들은 뱀파이어야. 그래서 마이는 얘들한테 뱀파이어와 관련된 이야기를 들려주고 싶었어. 마이가 알고 있는 정보보다 더 많은 걸 말이야. 그래서 케인을 검색해 봤더니 이 책의 이름이 나왔어."

"얼핏 들었을 때는 연애소설 같던데?"

"소설이지만 실화를 바탕으로 만들어진 거야. 리키는 실존 인물로 뱀파이어를 처음 만들어낸 과학자래. 그래서 뱀파이어의 여왕으로 불리고 있어. 물론 제온이 알고 있는 뱀파이어의 여왕과는 다르지만."

"그런가? 그런데 여기서 읽는다고 저 안에서 들려?"

"데커가 이걸 줬어."

마이는 손에 쥐고 있던 동그란 지휘봉 같은 것을 보이며 말했다.

"여기다 대고 말하면 저 실험관 안쪽으로 목소리가 전달된대. 그래서 마이가 저 아이들에게 책을 읽어줄 수 있는 거야."

"신기한데? 아, 잠깐. 그 책 좀 줘볼래?"

제온은 마이에게 책을 건네받아 펼쳐 보았다. 안타깝게도 책의 내용은 제온이 해석할 수 없는 고대어로 적혀 있었지만, 중간중간에 매우 선정적인 삽화가 그려져 있어 결코 아이들이 볼 만한 내용이 아니라는 것을 짐작할 수 있었다.

"아무리 그래도… 이런 걸 세타들에게 읽어줘도 괜찮은 거야?"

"잘 모르겠어. 하지만 마이는 이 아이들에게 뭔가 많이 해 주고 싶어."

마이는 붉은 눈동자를 깜빡이며 실험관을 바라보았다. 검고 불투명한 액체 속에 언뜻 보이는 세타의 모습은 이제 열두어 살쯤 되는 아이의 모습을 갖추고 있었다.

"이 아이들은 나중에 초신수를 쓰러뜨리는 일을 하게 될 거야. 마이는 힘이 부족해서 제온을 많이 도울 수가 없어. 하지만 이 아이들은 큰 힘이 될 거라고 생각해."

"마이, 어쩌면 말이야."

제온은 잠시 고민했다. 그리고는 몸을 숙여 바닥에 앉아 있는 마이와 눈높이를 맞췄다.

"어쩌면 난 더 이상 초신수와 안 싸워도 될지 몰라."

"어째서?"

마이는 눈을 빠르게 깜빡였다. 제온은 파이파에게 들은 이야기를 간략하게 설명해 줬고, 마이는 무표정한 얼굴로 한참 동안 말없이 제온의 얼굴을 바라보기만 했다.

"프로나가 살아 있으면 제온은 행복하겠지?"

마이가 한참 만에 입을 열었다. 제온은 가만히 고개를 끄덕였다.

"그래, 정말 행복할 거야."

"그럼 마이도 프로나가 꼭 살아 있기를 바랄게. 뱃속의 아기도. 그래야 제온이 더 행복할 테니까."

"그래, 정말 꼭 그랬으면 좋겠어."

"그런데 그러면 마이는……."

마이는 한참 동안 눈을 깜빡이다 이내 혼란스러운 듯 눈을 꽉 감았다.

"마이는 어떻게 해야 해? 제온이 행복해지면, 더 이상 아프레온을 죽일 필요가 없어지면 마이는 뭘 해야 하는 거야?"

"마이……."

제온은 마이의 하얀 머리카락을 쓰다듬으며 말했다.

"넌 아무것도 안 해도 돼. 난 이미 많이 받았어."

"마이는 아무것도 준 게 없어."

"아니야. 네가 없었으면 난 완전히 무너졌어."

제온은 마이를 품에 안았다. 그리고 알바스 산맥의 연구소에서 처음 마이를 만나던 순간을 떠올렸다.

"난 죄를 졌어. 엄청나게 많이. 그래도 거기 짓눌려 무너지지 않은 건 너 때문이야. 그래서 여기까지 올 수 있던 거야. 아직 확실하진 않지만… 그래도 희망을 잡을 수 있게 됐어. 널 만난 걸 감사해, 마이. 네가 날 여기 있게 한 거야."

"제온……."

"만약 모든 게 잘 해결되면, 프로나를 무사히 구해서 다시 돌아오게 되면, 그때 우리 모두 같이 살자. 너만 좋으면… 난 네가 내 딸이 되었으면 좋겠어."

"딸?"

"응. 양녀로 들어와 줘. 그러면 우리 모두 가족이 되는 거야. 내 아이는 네 동생이 되고. 모두 같이 행복하게 사는 거야. 어때?"

"마이는……."

마이는 무표정한 얼굴로 한동안 제온을 바라보았다. 그리고는 어색하게, 하지만 기분 좋은 듯 미소를 지으며 고개를 끄덕였다.

"제온의 말이 아주 좋은 생각이라고 생각해."

"그래, 아주 좋은 생각이지. 어떻게 안 그럴 수 있겠어?"

제온은 함께 웃으며 고개를 끄덕였다. 마이는 평소대로의 무표정한 얼굴로 돌아온 다음 물었다.

"맞아. 그런데 제온, 마이는 한 가지 물어보고 싶은 게 있어."

"뭔데?"

"방금 마이를 제온의 양녀로 맞아준다고 했잖아? 양녀는 혈연관계는 없지만 혼인 중에 출산한 딸로 인정하는 제도를 말하는 거고."

"아… 그런데?"

"그러면 혹시 말이야."

마이는 고개를 돌려 부글거리며 기포가 올라오는 실험관을 바라보았다.

"제온은 혹시 양자를 네 명 더 받을 생각 없어?"

제온이 라바인 사막의 연구실에서 다시 페슈마르 왕국으로 돌아오고, 거기서 또다시 페슈마르 왕국의 서쪽 끝에 있는 항구도시 오르펜까지 도착하는 데 걸린 시간은 총 7일이었다.

마음 같아서는 단숨에 프로나를 찾으러 날아가고 싶었다. 그러나 그의 유일한 약점인 비행 마법의 느린 속도가 발목을 잡아 어쩔 수가 없었다.

"이것만큼은 어떻게 할 수가 없으니……."

네프카가 미리 준비해 놓은 범선의 객실에 들어온 제온은 긴 한숨을 내쉬며 자신의 엉치뼈 부근을 주물렀다

어린 시절 그는 자신의 몸속에 박혀 있는 제어장치를 칼과 송곳으로 직접 파내 제거했다. 제어장치가 척추와 가까운 곳에 박혀 있었기 때문에 한동안은 걷지도 못한 채 바닥을 기어야 했고, 상처가 전부 아문 후에도 후유증으로 평생 동안 제대로 달릴 수 없는 몸이 되고 만 것이다.

문제는 비행 마법인 레비테이션의 속도를 가늠 짓는 것이 바로 시전자의 육체적인 능력이라는 점이었다. 제온이 아무리 강력한 마력으로 속도를 높이려 해도 그의 다리가 지상을 달릴 수 없는 이상 레비테이션 역시 일정 이상의 속도를 내는 것은 불가능했다.

만약 그의 마법적 속성이 질풍계였다면 다른 마법을 동시

에 사용해 속도를 높일 수도 있었을 것이다. 실제로 마그나스는 그런 식으로 마법을 사용해 눈으로 따라잡기 힘들 정도의 엄청난 가속도를 얻기도 했다.

하지만 제온의 속성은 뇌전계였다. 모든 마법사가 개인이 가진 속성과는 상관없이 질풍계 마법인 레비테이션을 쓸 수 있도록 훈련을 하지만, 실제로 질풍계의 속성을 가지고 있지 않은 이상 여러 가지의 한계에 부딪치는 것이 사실이었다.

결국 첫 번째 목적지인 베이라 군도까지 이동하는 데도 배를 타고 가는 것이 유일한 해결책이었다. 빠른 범선을 타고도 사흘이 걸리는 거리다. 제온이 설사 범선과 비슷한 속도를 낼 수 있다 해도 망망대해에서 사흘 동안 쉬지도 않고 자지도 않으며 날아가는 것은 무리였다.

물론 마그나스에게 부탁하면 반나절 만에 도착할 수도 있을 것이다. 그러나 마그나스는 지금 매직 아카데미에 지원군으로 파견되어 시간을 낼 수가 없었다. 제온은 마음속으로 친구들의 무사를 기원하며 침대 위에서 눈을 감았다.

잠시 후, 배가 항구를 빠져나가며 객실에 누워 있던 제온의 몸도 작게 흔들리기 시작했다. 지난 일주일간 대륙 전체를 횡단하는 강행군을 치른 제온으로선 어떻게든 숙면을 취하며 몸을 회복하고 싶었지만, 배의 흔들림과 다양한 상념 때문에 좀처럼 잠에 빠질 수가 없었다.

그때, 적어도 미들 위저드 급은 되어 보이는 마법사 한 명이 제온이 있는 객실로 다가와 문을 두드렸다. 제온은 나지막하게 한숨을 내쉰 다음 침대에서 몸을 일으키며 말했다.

"들어오세요."

"실례하겠습니다.

문을 열고 들어온 것은 나이가 적어도 예순이 넘어 보이는 노마법사였다. 그의 이름은 슈레이로, 샐러맨더 킬러 1번대 소속이자 페슈마르의 국왕이 축제 전날에 머물러 심신을 가다듬는 회색 탑의 관리자이기도 했다.

"객실은 좀 어떠십니까, 제온 경? 급하게 준비하느라 여러 가지로 부족한 것 같아 죄송스럽기 그지없습니다."

제온을 대하는 슈레이의 말투는 공손 그 자체였다. 물론 페슈마르 왕국의 모든 신하가 한결같은 마음이겠지만, 제온이 네프카 대신 축제를 성공적으로 끝낸 이후로 그는 국빈 이상의 대접을 받고 있었다.

제온은 쓴웃음을 지으며 천천히 고개를 저었다.

"부족하다니요. 배도 빠르고 객실도 편해서 아주 좋습니다. 슈레이님이야말로 회색 탑에 계셔야 할 분이… 저 때문에 여기까지 오셔서 고생하시는 것 같아 뭐라 드릴 말씀이 없습니다."

"천만에요. 제가 폐하께 자처해서 부탁드린 일입니다."

슈레이는 손사래를 치며 허허 웃었다.

"물론 가능한 젊고 유능한 마법사들로 보좌를 해드리는 게

도리겠지요. 하나 나라의 정세가 여전히 불투명한지라… 손이 비는 저 같은 늙은이라도 나서야 할 것 같아 이렇게 경을 모시게 되었습니다."

"무슨 겸손의 말씀을. 샐러맨더 킬러 1번 대의 현역이 아니십니까?"

제온이 웃으며 말했다. 그러자 슈레이도 그럭저럭 자부심 깃든 표정을 지으며 수염을 쓰다듬었다.

"물론 아직 현역에서 물러날 생각은 없습니다. 이번 여행에서도 미흡하나마 전력으로 보좌할 생각이니… 제온 경은 자질구레한 것들은 걱정 마시고 부디 원하는 바를 이뤄내시길 바랍니다."

"감사합니다, 슈레이님."

제온은 고개를 끄덕였다. 비록 베이라 군도까지는 사흘 정도의 거리였지만, 거기서 새로운 정보를 얻고 프로나가 있을지 모르는 문제의 섬까지 다녀오는 데 대체 어느 정도의 시간이 걸릴지 알 수 없는 일이었다.

그렇기 때문에 네프카는 이 배에 가능한 최대한의 물자와 인력을 비출해 주었다. 스무 명의 선원과 슈레이를 포함한 다섯 명의 마법사, 그리고 약 서른 명이 최소 두 달간을 먹을 수 있는 식량과 식수, 그리고 기타 보급품이 탑재된 상태였다.

"그러고 보니… 그나마 유리언 대륙에서 베이라 군도와 가장 가까운 곳에 있는 것이 우리 페슈마르 왕국이지요."

슈레이는 빛이 들어오는 나무 창문 너머의 대양을 보며 말했다.

"그럼에도 저희는 베이라 군도, 그리고 거기 살고 있는 수인들에 대해 아는 것이 거의 없습니다. 교류도 전혀 없고… 그저 몇 개의 여행기와 기록서에 남은 자료가 전부일 뿐이죠. 제온 경께서는 얼마나 알고 계신지 궁금하군요."

"저라고 딱히 베이라 군도에 가본 적은 없습니다. 하지만……."

제온은 독특하고 개성적인 아카데미의 친구들 중에서도 가장 독특했던 한 소녀의 모습을 떠올리며 말을 이었다.

"친구 하나가 그 섬 출신입니다. 덕분에 사람들이 잘 모르는 이야기를 많이 들었습니다."

"밍우이님 말씀이시군요."

제온은 고개를 끄덕였다. 대륙에선 찾아보기 힘든 독특한 울림이 있는 그 이름은 그녀가 베이라 군도 출신의 수인이라는 것을 반증하는 것이었다.

"베이라 군도엔 다양한 수인 부족들이 저마다 군락을 이루고 살고 있습니다. 밍우이가 속한 부족은 옴 부족이라고 하는데… 베이라 군도에서도 가장 큰 세력 중 하나라고 하더군요. 일단 도착하면 그쪽에 신세를 질 생각입니다."

"소문으로는 밍우이님이 그 부족 족장의 딸이라고 하더군요. 사실입니까?"

"그렇습니다. 베이라 군도엔 제대로 된 마법이 전해지지 않아서 마법을 배우기 위해 아카데미를 찾아왔죠."

당시 매직 아카데미가 밍우이를 학생으로 받아준 것은 대단히 이례적인 일이 아닐 수 없었다. 대륙의 인간들에게 수인의 이미지란 미지에 싸인 야만적인 원시인이었다. 거기에 그녀는 혈혈단신으로 대륙에 건너왔기 때문에 그녀의 신분을 증명할 수 있는 것은 아무것도 없었다.

"처음에는 아무도 밍우이의 곁으로 다가가지 않았죠. 저도 상당히 겉도는 학생이었습니다만… 모두들 본능적으로 뭔가 다르다는 것을 감지하고 있던 것 같습니다."

"일단 외모부터 인간과 다르지 않습니까?"

"아니요. 외모는 그다지 차이가 없습니다."

제온은 고개를 저으며 말했다.

"밍우이는 귀가 좀 특이한 걸 빼면 인간과 거의 똑같이 생겼습니다."

"오, 그렇습니까? 저는 영락없이 털로 뒤덮인 늑대인간 같은 외모를 연상했습니다만……."

"물론 고향에는, 그러니까 베이라 군도에는 그런 외모의 수인도 있다고 들었습니다. 하지만 수인의 외모는 개인차가 대단히 심한 것 같더군요."

―우리 아버지는 완전 털북숭이야! 거기에 내 동생 중에는

얼굴이 늑대처럼 길쭉한 녀석도 있어. 호랑이처럼 발톱을 숨길 수 있는 친구들도 있고. 완전 제멋대로라니까.

　제온은 밍우이의 목소리를 떠올리며 쓴웃음을 지었다.
　물론 처음 그 이야기를 들었을 때는 말도 안 된다는 생각을 했다. 아무리 수인이 인간과 다르다곤 해도 한낱 짐승조차도 부모와 자식 간에 그렇게 외모가 다를 수는 없기 때문이다.
　하지만 지금의 제온은 수인에 대한 진실을 알고 있었다. 라바인 사막의 연구실을 떠나기 전에 데커가 수인의 기원에 대한 정보를 전해준 것이다.

　─수인은 우리 아젤 공화국이 최후의 전쟁에서 불리스의 마족들을 상대하기 위해 만든 또 하나의 생물병기라네.

　─다양한 짐승의 유전자를 인간의 유전자에 조합해 만든 것이지. 처음에는 신수보다도 제작이 쉽고 양산이 편할 것으로 예상되어 큰 기대를 받고 있었네.

　─하지만 완성된 수인은 병기로서 사용하기가 대단히 까다로운 실패작이었어. 육체적인 능력이 강할수록 야성 또한 강해 컨트롤이 어려웠고, 반대로 인성을 키워놓으면 자신들을 병기가 아닌 인간이라고 생각하게 되어 명령에 따르려 하

지 않았지.

—이후로 몇 차례 시행착오가 있었던 것으로 기억하네만… 아무튼 수인 프로젝트는 우리가 연구하던 신수 프로젝트에 밀려 폐기되었네. 지금 베이라 군도에 살고 있는 수인들은… 분명 당시에 샘플로 보관하고 있던 실험체들이 탈출하여 자신들만의 세계를 만든 것이겠지.

—그들의 유전자는 매우 복잡하게 얽혀 있을 거라고 추정되네. 부모와 자식 간에도 개체적인 차이가 엄청나게 나타날 수 있지.

—늑대, 호랑이, 곰… 대체 얼마나 많은 짐승의 유전자가 섞여 있는지는 나도 잘 모른다네. 얼마나 운이 좋으냐에 따라, 혹은 얼마나 운이 나쁘냐에 따라 특정 짐승의 형질이 강하게 드러나겠지.

데커의 말대로라면 밍우이는 수인의 피에 담겨 있는 짐승의 형질이 최대한 억제되어 나온 셈이었다. 그럼에도 불구하고 그녀의 신체적인 능력은 인간의 한계를 크게 뛰어넘는 것으로, 제자리에서 도약하는 것만으로도 기숙사의 3층 창문까지 한 번에 뛰어오를 수 있었다.

거기에 어둠 속에서도 빛을 발하는 그녀의 눈동자는 보는 이의 가슴을 철렁 내려앉게 만들기에 충분했다. 덕분에 학생들 사이에서 그녀는 철저하게 고립되었고, 쾌활하고 적극적이던 성격도 차츰 우울하고 조심스럽게 변하기 시작했다.

그리고 이번에도 그녀에게 먼저 다가간 것은 프로나였다.

아카데미에 입학한 지 1년이 지났을 무렵, 프로나는 인간성이 결여된 제온을 겨우 사람 비슷한 꼴로 만들어놓은 상태였다. 덕분에 여유가 좀 생겼다고 판단한 그녀는 모두에게 고립되어 생기를 잃어가던 밍우이에게 관심을 기울였고, 거기에 친하게 지내던 다른 친구들까지 몽땅 끌어들여 적극적인 커뮤니케이션을 시도했다.

"그러고 보니 제온 경이 밍우이님을 만나는 것도 꽤 오랜만의 일이겠군요."

슈레이는 수염을 쓰다듬으며 화제를 돌렸다.

"아마도 3차 마도대전이 종결된 이후로 처음 만나는 것이겠지요?"

"아, 마지막으로 본 건 결혼식 때였습니다."

"결혼식이라면… 아, 제온 경의 결혼식 말이군요."

제온은 고개를 끄덕였다. 밍우이는 결혼식을 올린다는 소식을 접하자마자 작은 배 한 척을 직접 몰고 대륙으로 건너왔다. 정확히 말하자면 제온이 아니라 프로나의 결혼식이었기 때문이지만.

"밍우이는 프로나를 친언니처럼 좋아했으니까요. 그래서 살짝 두렵기도 합니다."

"두렵다니, 그게 무슨 말씀이십니까?"

"몇 달 전에 마그나스가 베이라 군도에 사람을 보내 소식을 알렸다고 했습니다. 프로나가 죽었다는 소식을 말입니다. 아마 제 얼굴을 보자마자 주먹부터 날리지 않을까 싶습니다. 어째서 프로나를 지키지 못했냐고 말이죠."

제온은 쓴웃음을 지으며 말했다. 만약 그녀가 정말로 주먹을 날린다면 제온은 아무 저항 없이 맞아줄 생각이다.

"하지만 그건 제온 경의 잘못이 아니지 않습니까. 그 누구도 초신수 앞에서는……."

슈레이는 뭔가를 더 말하려다가 헛기침을 하며 입을 다물었다. 비록 일이 잘 풀려 원만하게 넘어간다면 좋겠지만, 상황이 조금이라도 잘못된다면 제온의 칼끝은 다시 아프레온을 향해 집중될 것이 뻔했다.

제온은 작게 한숨을 내쉬며 말했다.

"아무튼 여러 가지로 신경 쓰이긴 합니다. 프로나의 소식을 듣고도 밍우이가 바로 찾아오지 않은 것도 이상하고, 마그나스가 소식을 전하러 보낸 사람도 아직까지 돌아오지 않은 것 같습니다."

"베이라 군도에 무슨 일이 벌어진 걸까요?"

"저도 잘 모르겠습니다. 워낙 외딴 곳이라……. 아무튼 도착해 보면 알게 되겠죠."

제온은 어깨를 으쓱였다. 슈레이는 심각한 얼굴로 잠시 생각하다 고개를 끄덕이며 말했다.

"알겠습니다. 그러고 보니 피곤하실 텐데 제가 눈치 없이 들어와서 쉬시지도 못하게 방해한 것 같군요."

"아니요. 별말씀을……."

"그럼 저녁 식사를 할 때까지 시간이 좀 있으니 편히 쉬시길 바랍니다. 저는 이만 물러나도록 하지요."

슈레이는 고개를 숙인 다음 제온의 객실을 빠져나갔다. 제온은 방금 전에 그가 침묵하는 동안 무슨 생각을 했는지 짐작할 수 있었다. 분명 배에 동행한 마법사를 따로 파견해 베이라 군도의 상황을 정찰하게 할 생각을 했을 것이다.

'딱히 그럴 필요는 없을 것 같지만…….'

제온은 잠시 고민하다 다시 침대에 누워 눈을 감았다. 슈레이가 하려는 일을 괜히 앞서서 막는 것도 실례일 것 같았고, 그의 말대로 당장은 일단 눈을 붙이고 잠시 쉬는 편이 우선인 것 같았다.

조급히 굴지 않아도 어차피 사흘 후면 베이라 군도에 도착하게 된다. 제온은 베이라 군도 너머의 어딘가에 있을 프로나와 그들의 아이가 무사하길 바라며 깊은 잠 속으로 빠져들었다.

제온의 예상대로 항해가 시작된 지 하루가 지났을 무렵부터 슈레이가 움직이기 시작했다.

"우선은 베이라 군도 근처의 바다까지 정찰을 다녀올 생각입니다. 크게 무리할 생각은 없으니 제온 경은 배에서 그대로 편히 쉬시길 바랍니다."

슈레이는 그렇게 말하고는 비행 마법이 비교적 빠른 두 명의 마법사를 선별해 서쪽으로 날려 보냈다. 그들은 모두 내년이면 신설되는 샐러맨더 킬러 9번 대에 배치될 예정인 젊은 후보생들로, 비록 하급이지만 미들 위저드 급의 마력을 가진 뛰어난 인재들이었다.

'괜히 애먼 데서 잃기라도 하면 네프카에게 폐를 끼치는 셈인데……'

제온은 서쪽으로 멀어지는 마법사들의 모습을 바라보며 속으로 생각했다. 아무리 비행 마법만큼은 제온에 비해 빠르다 해도 변변치 않은 실전 한 번 치러본 적 없는 상태로 미지의 적과 충돌하게 된다면 그대로 목숨을 잃게 될 가능성이 높았다.

다행히 마법사들은 저녁이 되자 무사히 배로 돌아왔다. 그들은 멀리 베이라 군도로 보이는 섬을 확인만 하고 돌아왔는데, 비록 멀리서 보긴 했지만 별다른 문제는 없는 것 같다고 보고했다.

하지만 다음 날, 배가 출항한 지 사흘째 되는 날 아침에 정찰을 나간 마법사들은 고작 두 시간 만에 사색이 되어 배로 돌아왔다.

"저, 저, 이건 뭐랄까… 뭐라고 말을 하지 못하겠습니다."

"그러니까… 이건… 좀 문제가 있는 것 같습니다."

마법사들은 하루 전과는 비교도 할 수 없을 만큼 당황한 모습이었다. 슈레이가 답답한 얼굴로 자초지종을 묻자, 한 마법사가 크게 한숨을 몰아쉰 다음 겨우 자신이 목격한 것을 설명하기 시작했다.

"멀리서 봤을 때는 별다른 문제가 없는, 그냥 평범한 섬처럼 보였습니다. 그런데……."

"그런데? 답답하니 빨리 보고해라!"

"그, 그런데 좀 더 가까이 가서 보니까 너무나 거대했습니다."

"거대하다고? 섬이 말인가?"

"무, 물론 섬도 거대했습니다만… 숲이 너무나 거대했습니다."

"숲? 대체 무슨 소리지? 섬에 숲이 크다는 건가?"

"그러니까……."

두 명의 마법사는 서로의 눈치를 보다 말을 이었다.

"숲도 크고 나무도 컸습니다."

"나무의 높이가 거의 30미터 이상이었습니다."

"섬에는 그런 나무들이 빽빽하게 들어찬 숲이 끝없이 펼쳐져 있었습니다."

"근데 그냥 나무만 있는 것도 아니고… 내부는 또 엄청나게 우거진 정글이었습니다."

"뭐? 정글?"

슈레이가 눈을 가늘게 뜨며 되물었다. 유리언 대륙의 남부에도 일부 정글화된 지형이 있었지만, 두 마법사가 하는 말은 그런 야생의 풍경을 아득히 뛰어넘는 무언가가 담겨 있었다.

"좀 차분히 말해보십시오. 나무가 높이 자란 게 그렇게 심각한 문제입니까?"

제온이 앞으로 나서며 물었다. 두 마법사는 잠시 멍하니 있다가 이내 고개를 저으며 말했다.

"그게… 그러니까… 말씀하신 대로 나무가 높아서 공중에서 내부의 상태를 확인할 수 없었습니다. 그래서 모래사장으로 된 해안가에 착륙한 다음 걸어서 숲의 안쪽으로 들어가 봤습니다."

"그런데?"

"얼마 지나지 않아서 습격을 받았습니다."

"습격이요?"

제온이 눈을 크게 뜨며 물었다. 마법사들은 숨을 크게 쉬며 고개를 끄덕였다.

"네, 창과 활 같은 게 마구 날아왔습니다."

"정체불명의 짐승 같은 게 직접 덤비기도 했습니다. 깜짝 놀라서 역장을 치긴 했지만… 자칫 잘못했으면 죽을 뻔했습니다."

'창? 활? 정체불명의 짐승? 설마 수인인가?'

제온은 불안감이 커지는 걸 느끼며 물었다.

"그래서 교전이 일어난 겁니까? 그들과 싸웠습니까?"

"아닙니다. 정신이 하도 없어서… 겨우 도망쳐 빠져나왔을 뿐입니다."

"그럼 그쪽을 다치게 하진 않았다는 거죠?"

"네, 저희는 숲을 탈출하는 데 정신이 없어서……."

제온은 안도의 한숨을 내쉬었다. 아무리 저쪽에서 먼저 불시에 기습을 해왔다 해도 행여 전투 도중에 수인의 목숨을 빼앗기라도 했다면 이후에 일이 어려워질 수 있었다.

"일단 섬에는 저 혼자 상륙하겠습니다. 슈레이님은 다른 분들과 함께 배에서 기다려 주십시오."

한 시간 후. 제온은 육안으로 보이기 시작한 베이라 군도의 전경을 바라보며 말했다. 갑판에 함께 서 있던 슈레이도 불안한 표정으로 섬을 보며 말했다.

"혼자서는 위험하지 않겠습니까? 아무래도 시간을 들여 천천히 탐색하는 게……."

"죄송한 말씀이지만, 혼자인 게 오히려 안전합니다. 다른 분들의 안전까지 신경 쓰지 않아도 되니까요."

제온은 딱 잘라 말하고는 레비테이션으로 천천히 떠오르

기 시작했다. 슈레이는 그런 제온에게 잠시 기다리라고 소리친 다음 선실 쪽으로 달려가 작은 배낭을 들고 돌아왔다.

"여기 식량과 물이 들어 있습니다. 사흘 정도 분량입니다만… 가급적 그전에 배로 돌아와 상황을 알려주시면 감사하겠습니다."

"감사합니다. 그럼……."

제온은 배낭을 받아 등에 멘 다음 섬 쪽으로 비행을 시작했다. 식량은 그렇다 치고, 사흘 동안 마실 물이 들어 있어서 그런지 배낭의 무게가 상당히 묵직했다.

그런데 섬과 점점 가까워질수록 제온은 뭔가 자신의 눈이 이상하다는 느낌을 받았다. 서서히 확장되기 시작한 섬의 전경은 도저히 한눈에 파악할 수 없을 만큼 거대했고, 그 섬을 빽빽하게 메운 나무들의 높이는 원근감을 잃어버릴 만큼 엄청난 수준이었다.

"엄청난데……."

제온은 나지막한 목소리로 중얼거리며 날아가는 속도를 높였다. 먼저 섬을 정찰한 마법사들이 그렇게 당황했던 이유를 이제는 알 수 있었다.

'어떻게 나무가 이렇게 크게 자랄 수 있지?'

섬의 해안가에 도착한 제온은 멀리 보이는 빽빽한 숲을 바라보며 한숨을 내쉬었다. 나무의 높이는 정말로 30미터 이상이었다. 30미터라는 숫자를 귀로 들었을 때는 별다른 감흥이 없었지만, 그것을 실제로 눈으로 보게 되자 마치 거인의 세계에 온 것 같은 압도적인 박력을 느낄 수 있었다.

"밍우이, 베이라 군도가 이런 곳이라는 이야기는 한 번도 한 적이 없잖아?"

제온은 혼잣말을 중얼거리며 해안의 모래사장에 착지했다. 오른쪽으로 숲에서부터 이어진 사람들의 발자국이 파여 있었는데, 분명 숲에서 봉변을 당한 마법사들이 다시 모래사장으로 도망쳐 나온 흔적임에 틀림없었다.

'어떻게 하지? 일단은 밍우이가 살고 있는 옴 부족의 마을을 찾는 게 우선인데……'

잠시 고민하던 제온은 다시 공중으로 날아올라 섬의 전경을 살피기 시작했다. 아무리 숲이 빽빽하다 해도 분명 높은 곳에서 섬 전체를 내려다본다면 어딘가 특별한 장소를 발견할 수 있으리란 생각이 들었다.

하지만 그것은 착각이었다.

먼저 정찰한 마법사들의 말처럼 숲의 나무들이 너무 높고 빽빽해서 내부를 확인할 수 없었다. 어딜 봐도 똑같은 거목의 향연이었다. 직접 안쪽으로 내려가지 않는 이상, 그 안에 무엇이 있는지 절대로 확인할 수 없었다.

하지만 마법사들은 정작 더 중요한 이야기를 하지 않았다. 그것은 바로 섬의 크기였다.

나무만 보고 숲을 보지 못한다는 말이 있지만, 정작 마법사들은 숲만 보고 그 숲이 펼쳐진 섬 전체의 규모에 대해 말하지 않았던 것이다.

10분 정도 섬의 상공을 날아다닌 제온은 자신이 근본적으로 큰 착각을 하고 있다는 사실을 깨달았다. 베이라 군도는 말 그대로 섬들이 모여 있는 지형이었다. 실제로 한 번도 이곳에 와본 적이 없는 제온은 막연하게나마 작은 섬들이 옹기종기 모여 있는 그런 풍경을 상상하고 있었다.

하지만 자신의 아래 펼쳐져 있는 섬은 너무나도 거대했다.

얼마나 거대한지 10분 동안 안쪽으로 날아갔음에도 그 끝을 확인할 수 없을 만큼 거대했다. 예전에 신수교단의 토벌단과 싸웠던 제스터 섬도 꽤 큰 섬이라 생각했지만, 지금 이 섬에 비하면 그야말로 아이들 장난에 불과했다.

"이걸… 섬이라고 불러도 되는 걸까?"

제온은 막막함을 느끼며 중얼거렸다. 마그나스는 대체 어떻게 이런 곳에 사람을 보내 밍우이에게 소식을 전달할 수 있었을까?

나도 밍우이가 사는 곳까지 직접 가본 적은 없어. 그냥 그쪽을 잘 아는 사람이 있어서 가끔 연락을 부탁했을 뿐이야.

제온은 언젠가 마그나스가 했던 말을 떠올리며 입술을 깨물었다.

일단 밍우이를 만나서 그녀가 사는 곳에 거점을 마련한다. 그리고 베이라 군도에서조차도 더욱 서쪽의 어딘가에 있을 '문제의 섬', 바로 프로나가 살고 있을 그 섬에 대한 정보를 얻을 생각이었다.

하지만 이래 가지고는 시작부터 일이 한참 꼬인 셈이었다. 제온은 망연자실한 얼굴로 숲을 내려다보았다. 일단은 다시 배로 돌아가는 게 좋지 않을까 하는 생각이 들었지만, 딱히 배로 돌아간다고 해서 무슨 뾰족한 수가 생기는 건 아니었다.

'그래, 일단 부딪쳐 보자.'

잠시 고민하던 제온은 자신이 떠 있던 곳에서부터 숲을 향해 무작정 하강했다. 서로 얽혀 있는 굵은 나뭇가지들이 얼마나 촘촘한지 그것을 뚫고 내려가기 위해서는 몸에 역장을 펼쳐야 할 지경이었다.

그리고 숲의 안쪽으로 내려가자 제온의 눈앞에 신세계가 펼쳐졌다.

숲의 내부는 그야말로 야생 그 자체였다.

종류를 셀 수 없이 다양한 벌레와 새들의 울음소리. 끝도 없이 자란 풀과 덩굴. 거기에 믿을 수 없을 만큼 높은 습도에 숨이 막힐 지경이었다.

얼마나 풀숲이 우거져 있는지 대체 어디서부터가 지면이고 어디서부터가 풀인지 알 수 없을 지경이었다. 그나마 땅이라고 생각한 곳에 착지한 제온은 순간적으로 발밑이 푹 꺼지는 것을 느끼며 황급히 다시 공중으로 떠올라야 했다.

"습지인가……."

제온은 고개를 저으며 중얼거렸다. 영원히 날아다닐 수는 없기 때문에 어떻게든 마른 땅을 찾아야 했다. 그리고 단지 그런 지형을 찾는 데만도 엄청난 시간과 노력을 필요로 했다.

"후우……."

거의 30분 만에 맨땅을 찾아 내려온 제온은 긴 한숨을 내쉬며 주위를 둘러보았다.

눈으론 보이지 않았지만, 그의 주변에 엄청난 숫자의 동물들이 움직이고 있었다. 생물의 생체전류를 감지하는 그의 능력이 이곳에서는 오히려 짐으로 느껴질 지경이었다.

"이런 곳에서 사람이 살 수 있다니……."

제온은 믿을 수 없다는 듯 중얼거리며 걸음을 옮겼다. 어쨌거나 첫 번째 목표는 이 섬에 살고 있는 수인과 만나는 것이다. 그들이 밍우이와 같은 부족이든 아니든 간에 일단 말이 통하는 사람을 만나 그들로부터 정보를 얻어내는 것이 밍우이의 옴 부족을 찾을 가장 빠른 길이었다.

"거기 누구 없습니까!"

"전 싸우러 온 것이 아닙니다!"

"물어보고 싶은 것이 있습니다!"

제온은 일부러 큰 소리를 내거나 주변의 나뭇가지를 부러뜨린다든가 하며 정글을 걸어 나갔다. 숲에 살고 있는 들짐승들은 제온의 기적을 느끼며 사방으로 도망쳤지만, 수인이라면 어떻게든 그 행동에 반응하지 않을 수 없을 정도로 노골적인 움직임이었다.

그렇게 한 시간쯤 지났을까.

제온은 자신이 숲의 어디를 걷고 있는지 짐작조차 할 수 없었다. 자신이 똑바로 걷고 있는지, 아니면 같은 자리를 빙빙 돌고 있는지조차 구분할 수 없을 지경이었다.

"이 주변엔 수인들이 살지 않는 건가……."

제온은 낭패한 얼굴로 중얼거리며 고개를 치켜들었다. 숲이 얼마나 높고 깊게 우거져 있는지, 제온이 서 있는 최하층까지는 단 한 줄기의 직사광선조차 도착하지 못하는 형편이었다.

일단 위로 올라가서 상황을 파악하자 제온은 숨이 막히는 것을 느끼며 그렇게 생각했다. 그렇게 결심하고 레비테이션으로 다시 몸을 띄우려는 순간,

쉬이이이익!

촘촘한 나뭇가지 사이로 날카로운 화살 한 대가 제온의 뒷목을 향해 날아왔다.

파직!

그러나 제온의 몸은 이미 역장에 감싸인 상태였다. 제온은 반사적으로 화살이 날아온 방향을 향해 몸을 돌렸다. 눈으론 아무것도 보이지 않았다. 하지만 20미터쯤 떨어진 곳에 사람

만 한 크기의 생체전류가 여럿 느껴졌다.

'수인이다.'

제온은 직감적으로 그렇게 느꼈다. 동시에 세 발의 화살이 제온의 역장에 막히며 사방으로 튕겨 날아갔다.

"잠깐! 공격하지 마십시오!"

제온은 양팔을 펼치며 소리쳤다. 하지만 마음속으로는 적의가 싹트고 있었다. 수인들의 기습은 상대가 평범한 인간이었다면 즉사를 면치 못할 공격이었다.

"전 대화를 하기 위해 이 섬을 찾아왔습니다! 결코 여러분의 영역을 침범하거나 빼앗기 위해 온 것이 아닙니다!"

제온은 미리 준비해 놓은 이야기를 외쳤다. 하지만 풀숲에 가려진 수인들에게는 아무런 반응도 돌아오지 않았다.

'설마 이쪽 말을 모르는 건가?'

제온은 밍우이와 자연스럽게 말이 통했기 때문에 당연히 베이라 군도의 모든 수인이 대륙의 공용어를 쓴다고 생각했다. 하지만 실제로는 밍우이가 특별한 경우이고, 대부분의 수인들이 자신들만의 언어를 쓰는지도 모를 일이었다.

'확인하기 위해서는 직접 이야기를 해보는 수밖에 없어.'

생각을 굳힌 제온은 수인들이 있는 방향으로 천천히 걸음을 옮기기 시작했다. 상대를 확인조차 하지 않고 무작정 기습을 하는 수인들의 태도가 괘씸하긴 했지만, 지금은 어떻게든 자세를 낮춰서라도 말문을 트는 것이 우선이었다.

"전 이야기를 하고 싶습니다! 질문할 것이 있으니 공격하지 마십시오! 절대로 해치지 않을 테니 안심하셔도 좋습니다! 저는 그저 옴 부족의 위치를 알고 싶을 뿐입니다! 옴 부족의 밍우이라는 친구와 아는 사이인데……."

그 순간, 제온을 향해 무수한 화살이 쏟아졌다.

'젠장!'

제온은 속으로 욕을 하며 입술을 깨물었다. 이번에는 화살뿐만 아니라 대가 굵은 창까지 날아왔는데, 얼마나 강력한 힘이 담겨 있는지 역장 너머로 은은한 충격이 느껴질 지경이었다.

'이건 명백한 적의다.'

수인들은 갑자기 제온을 포위하기라도 하듯 사방으로 흩어지기 시작했다. 감지 범위 안쪽으로 확인된 것은 약 스무 명 정도였는데, 얼마나 움직임이 날렵한지 눈으로는 전부 포착하기 힘들 지경이었다.

'역시 수인. 신체능력이 엄청나다.'

제온은 혹시나 하는 불안을 느끼며 역장을 강화했다. 동시에 짧은 창을 양손에 쥔 남자 둘이 풀숲을 뚫고 제온을 향해 뛰어들었다.

"캬아아아앙!"

수인들의 입에선 마치 야수와 같은 함성이 터져 나왔다. 벌거벗은 수인들의 상체에는 맨살이 남아 있지 않을 정도로 현

란한 문신이 새겨져 있었고, 얼굴에는 눈이 큰 야수 모양의
가면이 씌워져 있었다.

그러나 아무리 역동적인 공격이라도 그것만으로는 제온의
역장을 뚫을 수 없었다.

파직!

파지직!

공격이 실패로 돌아감과 동시에 역장에 담겨 있는 전기에
감전된 수인들이 비명을 지르며 뒤로 나가떨어졌다. 제온은
그들을 다치게 할 생각이 결코 없었다. 하지만 이런 식으로
육탄공격을 해오면 역장의 기본 속성 때문에 어쩔 수가 없었
다.

"캬아앙!"

그러나 언제 그랬냐는 듯 나가떨어진 수인들은 날카로운
소리를 지르며 재빨리 몸을 일으켜 수풀 속으로 사라졌다. 동
시에 수십 명의 수인이 사방에서 새롭게 몰려오며 똑같은 공
격을 퍼부었고,

파지지지직!

마찬가지로, 똑같이 감전되어 비명을 지르는 패턴을 반복
했다. 제온은 한숨을 내쉬며 오른손에 마력을 끌어모은 다음
하늘을 향해 라이트닝 볼트를 사용했다.

"그만하고 내 말 좀 들으라고!"

콰과과과과광!

번쩍이는 섬광과 함께 뻗어 나간 뇌전 줄기가 굵은 나뭇가지 하나를 부러뜨렸다. 동시에 정신없이 날뛰던 수인들도 순간적으로 경직되었고, 제온은 그중 한 명을 향해 오른손을 뻗으며 말했다.

"말귀를 못 알아먹냐? 난 그냥 옴 부족이 어디 있는지 알고 싶을 뿐이다!"

"크르……."

그러자 수인의 가면 안쪽에서 적의가 담긴 울음소리가 새어 나왔다. 제온은 순간 저들이 '옴 부족'이라는 단어에 반응하고 있다는 것을 깨달았다.

'이들은 옴 부족과 적대하고 있는 부족인가? 그래서 이렇게 맹렬하게 공격해 온 거야?'

그렇다면 계획을 바꿀 필요가 있었다. 제온은 위협을 위해 내밀었던 오른손으로 라이트닝 애로우를 날렸다. 일단 감전으로 마비시켜 생포할 생각이다.

파직!

그러나 순간적으로 날아간 전류의 화살은 맨땅을 두드리며 하릴없이 사라졌다. 제온을 눈을 크게 뜨며 왼쪽으로 고개를 돌렸다. 반사적으로 몸을 날린 수인이 지면을 박차며 다시 제온을 향해 뛰어들고 있었다.

"크와아아아아앙!"

창을 버린 수인은 양 손톱과 이빨로 제온의 역장을 공격했다. 물론 어리석은 짓이었다. 제온은 역장에 충돌해 감전된 채 나가떨어지는 수인을 향해 다시 한 번 라이트닝 애로우를 사용했다.

파지직!

이번에는 명중이었다. 강력한 충격에 휩싸인 수인은 온몸에 경련을 일으키며 지면을 뒹굴기 시작했다.

"귀찮게 구는군."

제온은 눈살을 찌푸리며 쓰러진 수인을 향해 다가갔다. 그리고 몸을 숙여 부들거리는 수인의 가면을 벗기며 말했다.

"너희가 누군진 모르지만 어쨌건 정보를 알아야겠어. 옴부족을 알고 있지? 대체 어디로 가면 그들을……."

하지만 제온은 말을 끝까지 잇지 못했다. 오히려 즉시 몸을 일으키며 뒤로 한 걸음 물러났는데, 벗긴 가면 안쪽에 있는 수인의 얼굴이 제온의 상상을 크게 벗어났기 때문이다.

'뭐지, 이건?'

제온은 마른침을 삼켰다. 가면 밖으로 드러난 수인의 얼굴은 말 그대로 짐승의 그것이었다.

표범, 혹은 늑대.

그것도 완전한 짐승의 얼굴이 아닌, 인간의 얼굴이 희미하게 남아 있어 더욱 기괴한 그런 모습이었다. 제온은 본능적인 혐오감을 느끼며 주위를 둘러보았다. 어느새 수십 명의 수인이 그의 시야가 닿는 곳에서 창과 활로 그를 겨누고 있었다.

저들 모두가 가면 안쪽에 저런 흉측한 얼굴을 하고 있다고 생각하니 등골이 오싹해졌다. 제온은 순간적으로 저들 모두를 죽여 버리고 싶은 충동을 참으며 가까스로 입을 열었다.

"내 말을 알아듣는 사람은 아무도 없나? 싸워봤자 피해를 보는 건 너희다! 내가 알고 싶은 것만 알면 순순히 물러나겠다!"

하지만 수인들은 아무런 반응을 보이지 않았다. 오히려 감지 범위 안쪽으로 더 많은 수인이 몰려와 포위망을 넓히기 시작했고, 그중에는 명백하게 마력을 가진 자들까지 존재했다.

'어떻게든 끝장을 볼 모양이군.'

제온은 속으로 한숨을 내쉬었다. 인질이라도 한 명 잡아서 정보를 빼낼까 생각했지만 소용없을 것 같았다. 그렇다고 이런 곳에서 쓸데없이 피를 보고 싶지는 않았기 때문에 그냥 레비테이션으로 날아올라 숲을 빠져나가는 게 최선이라는 생각이 들었다.

그런데 그 순간, 제온의 감지 범위 안에 무언가 변화가 생겼다. 포위하고 있던 수인들의 한쪽 벽이 열리기 시작한 것이다.

"……."

제온은 말없이 포위망이 열린 쪽을 돌아보았다. 우거진 수풀 사이로 커다란 무언가가 제온을 향해 다가오고 있었다.

그것은 늑대였다.

정확히는 인간처럼 직립하고 있는 늑대였다. 체형도 인간과 흡사했지만 긴 발톱과 주둥이, 그리고 온몸에 난 털은 누가 봐도 늑대의 그것이었다.

문제는 그 늑대인간의 키가 약 3미터라는 것, 그리고 미들위저드 급의 무시할 수 없는 마력이 느껴진다는 것이었다. 제온은 숨을 크게 들이마시며 늑대인간을 노려보았다. 사방에 퍼진 흉포한 들짐승의 냄새가 제온의 폐부 깊숙한 곳까지 들어와 위험을 알리고 있었다.

─먼저 공격해!

─선제공격으로 쓰러뜨려!

─내버려 두면 위험해!

그것은 제온의 본능이 알리는 경고였다. 하지만 제온은 본능의 경고를 무시하고 차분하게 늑대인간을 바라보며 중얼거렸다.

"대단한데? 마도대전 때 왔으면 한결 수월했겠군."

3차 마도대전 당시, 수십 명의 수인이 대륙에 건너와 인간들을 도와주었다. 만약 이 늑대인간이 그때 와주었다면 상당한 전력이 되었을 거라는 생각이 들었다.

어쩌면 밍우이보다도 더.

"유르카!"

그때 사방을 포위한 수인들이 함성을 지르며 뒤로 물러나기 시작했다. 제온은 아마도 그것이 이 늑대인간의 이름이며, 늑대인간이 단독으로 자신과 싸우게 할 수 있도록 자리를 비켜주는 것이라 생각했다.

생각해 보면 오히려 간단한 이야기였다. 아마도 이 늑대인간은 수인들의 지도자, 혹은 최고의 전사일 것이다. 어쩌면 둘 다일 수도 있다. 그렇다면 이 늑대인간만 제압한다면 추가적인 전투 없이 원하는 바를 달성할 수도 있을 것이다.

'예상대로 됐으면 좋겠군.'

제온은 마력을 끌어올리며 푸른 눈의 늑대인간을 노려보았다. 가급적 죽이지 않고 제압했으면 좋겠다는 생각이 들었기 때문에 일단 라이트닝 볼트 정도로 반응을 볼 생각이었다.

하지만 그 순간 제온은 자신의 눈앞에서 늑대인간이 사라지는 것을 목격했다.

"응?"

제온은 전혀 반응하지 못했다. 늑대인간이 서 있던 자리의 수풀이 휘날리는 것을 보아 그가 아주 빠르게 움직였다는 것만 짐작할 뿐이다.

늑대인간이 지면을 박차고 제온의 왼쪽으로 몸을 날린 다음, 그곳에 있는 나무를 발판 삼아 다시 제온을 향해 뛰어들

때까지 걸린 시간은 정확히 1초도 되지 않았다.

물론 제온의 감지력은 늑대인간의 움직임을 정확히 감지하고 있었다. 하지만 제온의 반응 속도는 감지한 정보를 따라가지 못했다. 고작 왼쪽으로 고개를 살짝 틀려고 한 순간에 이미 늑대인간의 앞발이 제온의 목덜미를 향해 날아오고 있었다.

쉬이이익!

제온이 눈으로 확인한 것은 길이가 40㎝에 육박하는 적의 긴 손톱이었다. 물론 그것이 아무리 날카롭다 해도 자신의 역장을 뚫을 수는 없을 것이기 때문에 큰 상관은 없었다.

원래대로라면 분명히 그랬을 것이다.

파지지지지지직!

적의 손톱이 닿은 순간, 제온은 자신의 역장이 엄청난 속도로 소멸하는 것을 느꼈다. 아무리 역장의 마력을 강화하지 않았다 해도 그 정도로 빠르게 자신의 역장이 소멸하는 것은 처음 있는 일이다.

순간 제온의 머릿속에 한 단어가 떠올랐다.

'안티 매직?'

어째서 늑대인간의 손톱에 성법기로나 구현할 수 있는 그 기술이 적용되고 있는지 제온은 깊이 생각할 시간조차 없었다. 늑대인간의 손톱은 이미 역장을 가르며 자신의 목덜미를 향해 날아오고 있었다.

차악!

날카로운 적의 손톱이 제온의 어깨를 스치며 지나갔다. 찰나의 순간, 제온을 구한 것은 그의 엄청난 마력이 아니었다. 그저 본능이었다. 본능적으로 몸을 뒤로 뺀 덕분에 제온은 목이 날아가는 것을 막을 수 있었다.

"큭!"

뒤로 넘어진 제온은 거의 전력을 다해 역장을 강화했다. 그 자리에 버티고 선 늑대인간은 양손의 손톱으로 미친 듯이 제온의 역장을 난도질하기 시작했다.

파직!

파직!

파지지지직!

'뭐야, 이건?'

제온은 경악했다.

불과 몇 초 만에 역장을 재생하기 위해 전체의 20퍼센트에 가까운 마력이 소모되었다. 제온은 급히 왼팔을 들어 늑대인간의 가슴을 겨누려 했다.

"악······!"

하지만 돌아온 것은 끔찍한 고통뿐이었다. 왼팔은 꼼짝도 하지 않았다. 적의 손톱이 왼쪽 어깨의 뼈까지 닿았다. 제온의 옷은 상처에서 배어나온 피로 어느새 붉게 물들었다.

흥분한 수인들이 함성을 지르며 늑대인간의 주위로 모여

들기 시작했다. 그들은 승리를 확신하고 있었다. 제온은 눈앞이 어질어질한 것을 느끼며 자신을 향해 손톱을 휘두르는 늑대인간을 노려보았다. 적의 얼굴엔 어디 뭐든 해보라는 듯한 광기의 비웃음이 깃들어 있었다.

느려 터진 인간 녀석.

어디 한번 반격해 봐라.

뭐든지 피해주마.

"귀찮아……."

제온은 나지막하게 중얼거렸다. 그리고 그가 새로운 마력을 끌어 올린 순간, 늑대인간은 공격을 멈추며 번개같이 뒤쪽으로 몸을 날렸다.

하지만 제온이 시전한 것은 적어도 일정 범위 안에서는 결코 피할 수 없는 그런 종류의 마법이었다. 제온의 몸 전체가 푸른 섬광에 휩싸임과 동시에, 순간적으로 폭발하듯 사방으로 퍼져 나가기 시작했다.

그것은 뇌전으로 만들어진 반구형의 충격파였다. 그것은 눈 깜짝할 만한 순간에 제온을 중심으로 30미터 내에 존재하는 모든 생물체의 몸을 관통하며 퍼져 나갔다.

파지지지지직!

뒤로 몸을 날리던 늑대인간은 물론이고,

파지지지지지지직!

승리를 확신하며 주위에 모여 있던 수십 명의 수인이 거의 동시에 뇌전에 휘말리며 감전을 일으켰다.

그리고 순간적으로 온 세상이 조용해졌다.

그곳에 살아 있는 고등생물은 오직 제온뿐이었다. 반경 30미터 내에 있는 중추신경을 가진 모든 생물이 치명적인 감전에 의해 숨이 끊어졌다. 풀벌레 소리도 새소리도 더 이상 들리지 않았다.

"큭……."

제온은 신음 소리를 내며 천천히 몸을 일으켰다. 그리고 옷을 찢어 끊임없이 피가 흐르는 왼쪽 어깨를 묶어 지혈한 다음 길게 한숨을 내쉬며 걸음을 옮기기 시작했다.

"이런, 마법까지 쓰게 될 줄이야……."

제온은 스스로에게 실망한 듯 중얼거렸다. 그리고 10미터쯤 떨어진 곳에 쓰러져 있던 늑대인간의 시체를 노려보았다. 마치 죽은 개구리처럼 널브러진 늑대인간은 온몸이 검게 탄 채 하늘을 향해 양손을 치켜들고 경직된 상태였다.

제온이 사용한 것은 아직 마법협회에 등록조차 되지 않은 새로운 마법이었다.

라이트닝 블래스트(Lighting blast).

그것은 라이트닝 캐논에 필적하는 마력을 소모해 전 방위에 강력한 뇌전의 폭발을 일으키는 효과를 가지고 있었다.

하지만 실전에서 사용한 것은 이번이 처음이었다. 라이트닝 캐논에 필적하는 마력을 소모하지만, 범위 안의 적에게 가해지는 피해는 각각 라이트닝 볼트 한 발 정도에 불과하다는 게 문제였다.

상대가 역장을 쓰지 못하거나 항마력이 약한 마물이라면 모를까, 치열하게 전개되는 전장에서 이 마법을 쓸 상황은 거의 나오지 않았다.

하지만 늑대인간의 움직임이 너무나 빨랐다. 제온은 어느새 절반 이하로 뚝 떨어진 자신의 마력을 갈무리하며 한숨을 내쉬었다. 적에 대해 미리 알고 대처했다면 훨씬 적은 마력으로 충분히 제압할 수 있었을 거라는 후회가 들었다.

'안티 매직의 힘이 깃든 손톱에 눈으로는 따라잡을 수 없을 만큼 빠른데… 정작 라이트닝 볼트 한 방 정도의 힘에 나가떨어지는군. 마력이 꽤 느껴졌는데 역장은 쓸 수 없는 걸까? 아니면 자기 속도를 과신해서 무조건 피할 수 있다고 생각한 걸까?

어찌 되었던 간에 자신의 예상을 뛰어넘는 적이었다는 사실에는 변함없었다. 제온은 날카로운 손톱이 달려 있는 늑대인간의 손을 발로 툭 건드리며 중얼거렸다.

"그냥… 타고난 건가?"

신수교단에서 사람을 보내 안티 매직의 힘이 담긴 성법기를 이식해 줬을 가능성은 제로에 가까웠다. 그렇다면 이 손톱은 그냥 늑대인간 고유의 능력이라고 봐야 했다. 신수교단이 만드는 성법기는 사실 고대인이 만든 기술이기 때문에 같은 고대인에 의해 만들어진 수인 역시 처음부터 그런 능력을 몸 안에 가지고 있을 가능성도 충분했다.

'하지만 밍우이는 그냥 인간이었어. 거의 인간이라고 해야 할까. 마도대전에 참전한 다른 수인들도 체모가 많고 우락부락하긴 했지만 특별한 차이점은 없었지.'

그런데 지금 사방에 죽어 있는 수인들의 외모는 그냥 괴물이라고 불러도 손색이 없을 정도로 흉측했다. 거기에 극단적인 공격 성향에 말도 통하지 않아서 같은 인간의 피가 섞여 있는지도 의심스러울 지경이었다.

아무튼 이대로 수색을 이어나가는 건 위험했다. 어깨에 입은 상처를 빨리 치료하지 않으면 목숨이 위험할 것이다. 제온은 일단 레비테이션으로 천천히 공중으로 떠올랐다. 그러나 순간 움찔하며 다시 지면으로 내려올 수밖에 없었다.

"우악……!"

상처가 너무나 아팠다. 비행 마법 자체가 육체에 부담을 주기 때문에 날아오른 순간 통증이 배가 되어 숨조차 쉴 수 없을 지경이었다.

'이건 위험해……'

제온을 눈을 질끈 감았다. 일단 생체전류를 조종해 신경을 차단해 통각을 마비시킨 다음 억지로 다시 공중에 날아오르기 시작했다.

그렇게 30미터를 날아올라 높은 숲을 빠져나간 순간, 귀청을 찢는 소음이 사방에서 쏟아졌다.

"키이이이이이이이익!"

"키이에에에엑!"

그것은 거대한 새의 울음소리였다. 제온은 자신의 눈을 믿을 수가 없었다. 실제로 자신의 키에 맞먹는 수십 마리의 거대한 새가 숲의 상공을 활공하며 자신을 포위하고 있었다.

"키이이이익!"

그중 한 마리가 방향을 꺾으며 제온을 향해 급강하했다. 제온은 퀭한 눈으로 그 새를 노려보았다. 신경을 마비시킨 것 때문에 적의 마력도, 생체전류도 느낄 수 없었다. 하지만 확실한 건 날아오는 새 역시 수인의 일종이라는 사실이었다.

비록 새의 부리처럼 튀어나온 주둥이에 인간의 얼굴이 전혀 조화를 이루지 못하고 있었지만.

"빌어먹을!"

제온은 욕지거리를 내뱉으며 체인 라이트닝으로 날아오는 수인을 격추시켰다. 그러자 동시에 수십 마리의 수인이 괴성을 지르며 일제히 제온이 있는 곳을 향해 질주하기 시작했다.

'안 돼. 지금 싸우는 건 자살행위야.'

제온은 역장으로 몸을 보호하며 다시 나무를 뚫고 숲 속으로 하강했다. 지금까지 수많은 전장에서 수백, 아니, 수천의 적에게 포위되어 싸우면서도 냉정을 잃지 않고 효과적으로 싸울 수 있었던 가장 큰 이유는 바로 압도적인 그의 감지력 때문이었다.

하지만 지금 그는 스스로 그 감지력을 차단해 버린 상태였다. 제온은 마치 더듬이를 잃은 곤충 같은 무력함을 느꼈다. 아무리 그가 아크메이지의 강력한 마력을 가지고 있다 해도 거기에 감지력이 뒷받침되지 않는 이상 그저 눈에 보이는 적에게 마법을 난사하는 고정포대에 불과할 뿐이었다.

그렇다고 느린 비행 속도로 날아다니는 수인들을 따돌리며 배까지 돌아갈 자신도 없었다. 제온이 선택할 수 있는 건 그저 숲 속에서 저공으로 비행하며 동쪽을 향해 움직이는 것뿐이었다.

하지만 직사광선이 닿지 않을 정도로 우거진 숲 속에선 일정한 방향을 유지하는 것조차 어려웠다. 거기에 날아다니는 수인들은 어떻게 제온의 위치를 파악하는지 그의 머리 위를 따라오며 끊임없이 기분 나쁜 괴성을 질러대고 있었다.

시각, 그리고 청각에만 의지하는 세상은 너무도 불확실하고 두려웠다. 거기에 마치 졸음이 오는 것처럼 자꾸 눈이 감겼다. 출혈이 심해 의식이 흐려지는 가운데 제온의 고도 역시 조금씩 아래쪽으로 내려가기 시작했다.

그때 한 발의 화살이 제온의 목덜미를 향해 날아왔다.

쉬이이익!

제온은 날아오는 화살의 소리로 그 화살이 역장에 막혀 튕겨나는 소리도 듣지 못했다. 그저 여기서 잠들면 끝이라는 생존본능에 의해 억지로 비행을 계속할 뿐이었다.

어느새 수십 명의 새로운 수인이 느리게 날고 있는 제온을 따라 숲을 달리고 있었다. 그들은 처음 제온이 라이트닝 블래스트로 날려 버린 수인들과 같은 모습을 하고 있었지만, 제온은 언뜻언뜻 보이는 수인들의 외모조차 구분할 수 없을 정도로 의식이 흐려진 상태였다.

결국 지면까지 추락한 제온은 바닥을 몇 번 구른 다음 나무 기둥에 몸을 부딪쳤다. 역장 때문에 새로운 상처를 입지는 않았지만, 바닥을 구른 충격 때문에 어깨의 상처에 출혈이 더욱 심해졌다.

"망할……."

제온은 근처의 나무에 등을 기대며 억지로 몸을 일으켰다. 수많은 수인이 잔상을 남기며 사방에서 어지럽게 뛰어다녔다.

수십 개의 화살과 창이 날아왔고, 그 모두가 역장에 막혀 튕겨나갔다. 마력은 아직 충분했다. 하지만 그의 생명은 마력보다도 빠른 속도로 소모되고 있었다.

'어떻게 하지…….'

무언가 방법을 생각해야 하는데 아무것도 떠오르지 않았다. 수인들은 더 이상 제온을 공격하지 않고 주변을 포위한 채 몸을 들썩거렸다.

'가만히 내버려 둬도 죽는다는 건가?'

그때 수인들 사이로 무언가 커다란 것이 모습을 드러냈다. 제온은 순간적으로 가물거리는 눈을 크게 뜨며 그것을 노려보았다.

늑대인간.

그것은 분명 자신이 방금 전에 쓰러뜨린 늑대인간이었다.

'어떻게 살아 있을 수가 있지?'

"유르카!"

"유르카!"

주변의 수인들이 늑대인간의 이름으로 추정되는 단어를 부르짖었다. 제온은 반사적으로 역장을 강화하며 녀석을 노려보았다. 외모는 분명 좀 전의 늑대인간과 동일했다. 하지만 갈색의 긴 털이 조금도 상해 있지 않았다.

'내가 죽인 것과는 다른 녀석이다. 한 마리가 아니었군.'

그렇다면 유르카라는 것은 늑대인간의 이름이 아니라 직위, 혹은 계급을 나타내는 것이리라. 하지만 지금의 상황에서 그런 분석은 아무런 의미도 없었다. 중요한 것은 어떻게든 선제공격으로 녀석을 쓰러뜨려야 한다는 것이었다.

가장 확실한 것은 라이트닝 블래스트를 다시 쓰는 것이다. 하지만 그것을 위해 마력을 다 끌어올리기도 전에 늑대인간의 모습이 시야에서 사라졌다.

그리고 거의 한순간 만에 늑대인간의 날카로운 손톱이 눈앞을 아른거렸다.

'위험……'

제온의 사고는 적의 속도를 따라가지 못했다. 신기하게도 순식간에 거리를 좁힌 늑대인간의 공격이 마치 슬로우 모션처럼 보였지만, 제온의 생각은 그보다 더 느려 마치 멈춘 것처럼 느껴질 정도였다.

그때, 한 소녀가 엄청난 속도로 늑대인간의 측면을 향해 다가왔다.

그리고 작은 주먹으로 거대한 늑대인간의 옆구리를 사정없이 후려쳤다.

콰광!

동시에 늑대인간의 옆구리에서 붉은 화염과 함께 폭발이 일어났다. 손톱으로 제온의 역장을 막 내려치려던 늑대인간은 그 일격에 5미터쯤 옆으로 날려가 풀숲을 뒹굴었다.

"……"

제온은 멍한 표정으로 쓰러진 채 꿈틀거리는 늑대인간을 바라보았다. 그리고 고개를 돌려 늑대인간을 날려 버린 작은 소녀를 바라보았다.

"밍우이……"

"지금이야!"

늑대인간을 날려 버린 작은 소녀 밍우이는 손을 번쩍 치켜올리며 소리쳤다. 그러자 대기하고 있던 그녀의 동료들이 사방에 깔린 수인들을 덮치며 한순간에 상황을 역전시켜 버렸다.

"한 놈도 놓이지 마! 지원을 불러오게 하면 안 돼!"

밍우이는 치켜든 손을 가볍게 휘두르며 동료들에게 명령을 내렸다. 그리고는 고개를 돌려 제온을 향해 빙긋 웃어 보였다.

"이야! 오랜만이야! 그렇지, 제온?"

"아, 오랜만이야, 밍우이."

제온은 힘없이 고개를 끄덕였다. 얼핏 보기엔 열다섯 살쯤으로밖에 보이지 않는 소녀였지만, 그녀는 분명 함께 매직 아카데미를 졸업한 친구이자, 함께 마도대전을 치러낸 동료였다.

밍우이는 제온의 몰골을 위아래로 훑어본 다음 씩 웃어 보였다.

"오자마자 신고식 한번 제대로 치렀네? 어때, 제온? 여기가 바로 내 고향 베이라 군도야. 만만한 곳이 절대 아니지?"

"아, 그러게. 그보다도 어깨에 상처가 심해서……."

제온은 당장에라도 어깨의 상처를 치료해 달라고 말하고 싶었다. 하지만 밍우이 별거 아니라는 듯 제온의 말을 끊어버렸다.

"상처야 뭐. 근데 일단 역장 좀 풀래?"

"역장? 아, 그래."

제온은 상처라도 봐주려는가 생각하며 순순히 역장을 풀었다. 그러자 밍우이는 빙긋 웃으며 제온에게 물었다.

"아, 그러고 보니 정말 오랜만이네. 우리가 마지막으로 본 게 언제지?"

"뭐? 뭐라고?"

"우리가 마지막으로 본 게 언제지?"

"잠깐, 밍우이. 그런 인사는 나중에 해도 좋으니까 지혈이나 좀 해줬으면 좋겠는데……."

"우리가 마지막으로 본 게 언제지?"

밍우이는 완전히 똑같은 말투로 다시 한 번 물었다. 제온은 괴로운 표정으로 그녀를 바라보며 가까스로 입을 열었다.

"그야… 내 결혼식 때……."

"맞아, 제온. 너랑 프로나 결혼식 때 마지막에 봤지?"

밍우이는 웃으며 고개를 끄덕였다. 그리고 거의 동시에 제온의 명치를 향해 주먹을 날렸다.

퍽!

"……."

순간적으로 숨이 막히는 엄청난 충격에 제온은 신음 소리조차 내지 못한 채 눈을 감으며 의식을 잃었다. 밍우이는 으샤 하는 소리와 함께 앞으로 쓰러지는 제온의 몸을 받으며 나지막한 목소리로 중얼거렸다.

"이건 프로나를 지키지 못한 벌이야. 원래는 광대뼈가 으스러질 때까지 얼굴을 패주려고 했는데 부상자라서 참은 거라고."

그리고는 자신의 두 배는 될 법한 제온의 몸을 들쳐 멘 다음 길게 휘파람 소리를 내고 숲의 서쪽을 향해 달리기 시작했다. 그러자 적을 모조리 섬멸한 그녀의 동료들 역시 그녀를 따라 바람처럼 몸을 날리기 시작했다.

마치 머릿속에 안개가 낀 것처럼 모든 것이 뿌옇게 느껴졌다. 서서히 정신을 차린 제온은 멍한 눈으로 하늘을 바라보았다. 처음에는 캄캄한 밤하늘이라고 생각했지만, 조금 시간이 지나자 자신이 보고 있는 것이 울창한 나뭇가지로 가려진 숲의 지붕이라는 것을 깨달을 수 있었다.

탁탁.

귓가에 모닥불이 타는 소리가 들렸다. 제온은 자신이 동물 가죽 같은 것 위에 누워 있다는 것을 느끼며 억지로 몸을 일으키려 했다.

"흐으……."

하지만 몸은 꼼짝도 하지 않았다. 몸 전체가 마비된 것처럼 감각이 느껴지지 않았고, 목소리조차 제대로 나오지 않아 맥 빠진 신음 소리밖에 낼 수 없었다.

"오, 정신이 들어?"

그러자 제온의 눈에 거꾸로 된 밍우이의 얼굴이 보였다. 제온의 머리맡에 앉아 있던 밍우이는 모닥불에 끓이고 있던 솥에서 검푸른 액체를 한 그릇 떠 제온의 입가로 가져가기 시작했다.

"자, 천천히 마셔. 목소리가 좀 나올 거야."

제온은 순순히 밍우이가 주는 액체를 목으로 삼켰다. 그렇게 1분쯤 지나자 목에 따끔따끔한 느낌이 살아났고, 가까스로 목소리를 낼 수 있게 되었다.

제온은 쉰 목소리로 힘겹게 물었다.

"여기… 여기는 어디야?"

"어디긴 어디야. 숲이지."

"숲… 그… 수인들은?"

"수인? 우리 말이야?"

밍우이는 자신과 함께 주변에 옹기종기 앉아 있는 다른 동료들을 가리켰다. 제온은 천천히 고개를 저으며 말했다.

"아니… 적들. 날 공격했던……."

"아, 반카들 말이지?"

"반카?"

"응, 그 녀석들. 반카라고 불러."

밍우이는 품속에서 하얀 가루가 든 가죽 주머니를 꺼낸 다음 근처의 다른 모닥불로 다가가 그곳에 끓고 있는 솥에 가루를 부어 넣으며 말했다.

"좀 있다 이야기해 줄 테니까 일단 말하지 말고 가만히 있는 게 좋겠어."

"으… 응? 왜?"

"마비가 덜 풀린 상태로 무리하게 말하면 목이 상할 수도 있어. 이거 먹고 나면 좀 더 괜찮아질 테니까 좀 기다려 봐."

밍우이는 솥 앞에 웅크리고 앉아 나무 수저로 내용물을 천천히 젓기 시작했다. 제온은 말없이 고개를 끄덕이며 밍우이의 모습을 바라보았다.

밍우이의 모습은 3년 전에 마지막으로 봤을 때와 조금도 달라지지 않았다. 하나로 땋은 다음 둥글게 말아 고정시켜 놓은 머리 스타일은 물론이고, 150㎝가 조금 넘는 키와 작은 체격까지 과거의 모습과 똑같았다.

아니, 그것은 10년 전에 처음으로 그녀를 봤을 때와 마찬가지였다. 장난이 심한 소년처럼 활달하고 앳된 얼굴은 조금도 나이를 먹지 않은 채 그대로였다.

귀가 늑대처럼 크고 뾰족하며 털이 나 있다는 것을 제외하면 그녀와 인간의 차이점은 전혀 없다고 해도 무방했다. 다만 그토록 작은 체격에서 커다란 사람을 한 방에 날려 버릴 괴력이 나온다는 것이 놀라울 뿐이었다.

"자, 이것도 먹어."

잠시 후, 밍우이는 새로운 액체를 나무 그릇에 담아 제온의 입가로 가져왔다. 방금 전까지 솥에서 끓고 있던 그것은 연기가 날 정도로 뜨거웠는데, 신기하게도 삼킨 순간부터 마치 차가운 물을 마신 것처럼 목 전체가 시원해지는 것을 느낄 수 있었다.

"후, 정말 효과 좋네."

제온은 한층 풀린 목소리로 한숨을 내쉬며 말했다. 밍우이는 큭큭 웃으며 그릇에 남은 액체를 쭉 마셔 버렸다.

"겨우 본래 목소리로 돌아왔네. 프로나가 좋아하던 그 목소리로."

"아……."

"이야기는 들었어. 뭐 네 잘못이 아니란 것도 알고 있지만."

밍우이는 갑자기 눈을 크게 뜨며 주먹을 치켜들었다.

"그래도 만나면 두들겨 패주겠다고 이를 갈고 있었거든?"

"뭐… 맞아도 싸지."

"그래, 넌 한참 맞아도 싸."

밍우이는 치켜든 주먹을 천천히 내리며 한숨을 내쉬었다.

"그래도 반카 녀석들이 나 대신 쓴맛을 보여준 거 같으니까. 대륙 최강의 아크메이지인데도 이렇게 당할 줄은 상상도 못했지?"

"정말로. 상상도 못했어."

제온은 고개를 끄덕였다. 늑대인간이 보여준 엄청난 손톱와 안티 매직의 손톱은 확실히 상상 이상이었다.

"칠흑의 마왕조차도 뚫지 못한 역장이라고 자만하고 있던 거 아냐? 이 섬에서 방심은 금물이라고. 내가 왜 마법을 배우러 그 먼 길을 떠나 아카데미를 찾아갔겠어?"

"…그 반카라는 부족은 대체 뭐하는 녀석들이지?"

"반카는 부족이 아니야."

밍우이는 입술을 삐죽 내밀며 말했다.

"그 녀석들은 그냥 변질자의 집단이야. 잘못 태어난 수인들. 고대신의 유혹에 넘어간 괴물이라고. 물론 이제 와서는 그냥 그런 놈들이 모인 부족이라고 해도 할 말은 없지만……."

"고대신? 대체 무슨 소리야?"

"그러고 보니 너희랑 같이 있을 때 반카에 대해서는 이야기를 안 했구나."

밍우이는 껄끄러운 표정으로 숲의 하늘을 바라보며 송곳니를 드러냈다.

"고대신은 이 땅의 터줏대감이야. 너희가 대륙에서 '신수'라고 부르는 것과 비슷해."

"뭐? 신수?"

제온은 자신도 모르게 목소리를 크게 냈다. 밍우이는 손가락으로 입을 가리며 제온을 쏘아 보았다.

"목소리를 낮춰. 반카의 활동 영역에서 많이 벗어나긴 했지만 완전히 안전한 건 아니야. 우린 여전히 높은 나무 섬에 있으니까 조심해야 해."

"높은 나무 섬?"

"응. 이 섬의 이름이 높은 나무 섬이야. 알아듣기 쉬워서 좋지?"

밍우이는 씩 웃으며 주변의 나무를 가리켰다. 확실히 대륙에선 볼 수 없는 높은 나무들이 섬을 가득 메우고 있었다. 제온은 마른침을 삼키며 누운 채로 고개를 끄덕였다.

"확실히 쉽네. 그런데 섬에서 그 반카라는 녀석들의 영역이 얼마나 넓은 거야?"

"그건 뭐, 따지고 보면 섬 전체지."

"그런, 어쩌다 그렇게 된 거야?"

제온은 심각한 표정으로 밍우이를 바라보았다. 하지만 밍우이는 아무렇지도 않은 얼굴로 제온을 마주 보며 눈을 깜빡였다.

"어쩌다? 무슨 소리야? 높은 나무 섬은 원래 반카의 영역이었는데?"

"…뭐?"

"뭔가 착각하고 있는 거 아냐? 이 섬은 고대신의 기운이 너무 강해서 오래전부터 수인들은 터를 잡지 않았어. 정상적인 수인들은 말이야. 특별한 일이 아니면 잘 오지도 않고."

"그럼 너희는 어디 살고 있는데?"

"우리? 우리야 당연히 '땅의 은혜' 섬에 살고 있지."

밍우이는 손가락으로 서쪽을 가리켰다. 제온은 잠시 머뭇거리다 물었다.

"그러니까… 정상적인 수인들은 모두 그 땅의 은혜 섬에 살고 있는 거야?"

"그럴 리가. 땅의 은혜 섬에 자리 잡은 건 우리 옴 부족뿐이야. 다른 부족들은 모두 다른 섬에 살고 있어. 사실 약간씩 섞여 살고 있기도 하지만."

"…부족이 모두 몇 개인데?"

"네 개."

밍우이는 손가락을 펼치며 말했다.

"물론 대표적으로 큰 부족이 네 개라는 거야. 각자 큰 섬을 하나씩 차지하고 있지만 중립적으로 공유하는 섬도 두 개 더 있어. 이 높은 나무 섬도 그중 하나인데 반카들이 차지해 버린 거고."

"뭔가 잘 상상이 안 되는데……."

제온은 눈을 감고 처음 이 섬을 발견했을 때를 기억했다. 아무리 날아도 끝이 보이지 않을 만큼 엄청난 크기였기 때문에 그의 머릿속에는 베이라 군도의 중심지가 바로 이 섬이라는 고정관념이 박혀 있는 상태였다.

"다른 섬들은 크기가 어느 정도야?"

제온이 물었다. 밍우이는 새롭게 들리는 풀벌레 소리에 귀를 쫑긋 세우며 대답했다.

"응? 그야 다들 비슷하지, 뭐."

"다른 섬들도 이 높은 나무 섬과 비슷한 크기라고?"

"대충 그럴걸? 직접 재본 적은 없지만 아주 큰 차이는 없을 거야. 아, 물론 땅의 은혜 섬이 가장 크긴 해. 적어도 이 섬보다는 확실히 클 거야."

"대단한데? 난 이 섬이 베이라 군도의 중심지인 줄 알았어."

제온은 베이라 군도의 거대한 규모에 혀를 내둘렀다.

"군도라고 하니까 섬이 많은 줄은 알았지만, 커다란 섬 하나에 작은 섬들이 주변에 모여 있을 거라고 생각했어. 처음이 섬을 봤을 때 규모가 너무 커서 놀랐거든."

"뭘 그런 걸 가지고 놀라고 그래?"

밍우이는 재미있다는 얼굴로 말했다.

"아무리 그래도 대륙이 훨씬 더 크잖아? 베이라 군도의 모든 섬을 모아도 레스톤 왕국 정도밖에 안될걸?"

"아니, 레스톤 왕국만큼 되는 게 대단한 거야. 솔직히 이 정도로 규모가 클 거라곤 상상도 못했어. 나만 그런 게 아니야. 아마 대륙에 살고 있는 대부분의 사람은 베이라 군도가 외딴 곳에 작은 섬 몇 개가 모여 있는 거라고 생각하고 있을걸?"

"정말? 그건 너무 심한데?"

밍우이는 실망한 표정으로 눈살을 찌푸렸다.

"나름 교류가 좀 있다고 생각했는데, 그렇게까지 우릴 모르고 있었던 거야?"

"솔직히 그래. 아카데미 있을 때 좀 이야기하지 그랬어?"

"이야기했잖아!"

밍우이는 목소리가 너무 크다고 생각했는지 자신의 손으로 입을 막으며 주위를 둘러보았다. 그렇게 사방에 퍼져 경계를 하고 있던 다른 수인들과 눈을 맞춘 다음 긴 한숨을 내쉬며 말을 이었다.

"수인이 많이 살고 있다고! 내가 이런저런 섬을 헤집으며 모험도 많이 했다고 말이야! 너희랑 같이 있을 때 내가 얼마나 많이 이야기를 해줬는데 기억 안 나? 이제 와서 딴소리를 하면 어떻게 해?"

"아니, 아무리 그래도 정확한 섬의 규모에 대해서는 못 들었어."

"그 정도는 대충 짐작했어야지. 너희, 마법사잖아? 머리 엄청 똑똑한 사람들 아니었어? 시험 보면 너랑 네프카랑 1, 2등을 다퉜잖아! 내가 만날 꼴지 먹을 때 말이야."

밍우이는 질책하듯 말했다. 제온은 쓴웃음을 지으며 고개를 저었다.

"생각보다 똑똑하지 않았던 모양이야. 네프카나 나나."

"…입은 살아가지고. 아무튼 이제 알았으니까 됐어. 나중에 돌아가면 소문 좀 많이 퍼뜨려 줘. 베이라 군도가 사실은 엄청 넓은 섬이라고. 아니, 엄청 넓은 섬이 적어도 일곱 개는 있다고 말이야."

"명심할게."

"꼭이야. 생명의 은인이니까 그 정도는 해줘."

"알았어. 그런데 넌 왜 이 섬에 있던 거야?"

"타이밍이 안 좋았어."

밍우이는 금방 풀죽은 얼굴이 되어선 땅바닥을 손가락으로 긁기 시작했다.

"얼마 전에 우리 부족 수인들이 반카들에게 납치당했거든."

"납치?"

"응. 그래서 구출하려고 며칠 전부터 높은 나무 섬에 잠입해 있었어. 타이밍을 봐서 야영지를 습격할 생각이었는데, 갑자기 엄청난 소리가 나면서 숲이 울리더라?"

"엄청난 소리?"

밍우이는 흙이 묻은 손가락으로 제온의 얼굴을 찌르며 말했다.

"너 말이야, 너. 너 싸우는 소리를 듣고 달려온 거라고."

"아……."

"덕분에 위장도 풀리고 일이 번거롭게 됐어. 도망치던 반카 놈들을 전부 죽이긴 했지만, 아마 흔적을 보고 우리가 이 섬에 있다는 걸 금방 알아낼 거야. 그리고 보니 반카에 대해 이야기하다가 말았지?"

"고대신에 대해서도 말이지. 사실은 신수라고?"

"아마 그럴 거야. 아카데미에서 신수학 배울 때 확실히 비슷하다고 생각했어."

밍우이는 고개를 끄덕이며 말했다.

"이건 아주 오래전의 이야기부터 시작해. 오래전에, 아주 오래전에 세상의 천지가 뒤바뀌는 난리가 벌어졌어. 고대의 인간과 고대신의 싸움 때문에 생긴 난리인데, 우리 수인들은 살 곳을 찾아 세상을 헤매다 일곱 개의 거대한 섬을 발견했어."

"베이라 군도 말이지?"

"응. 그런데 섬에는 먼저 온 고대신들이 자리를 잡고 있었어. 천지를 뒤흔들던 강한 고대신은 아니었지만, 그래도 수인들이 쉽게 물리칠 만큼 약한 고대신도 아니었나 봐."

"…A급 신수 정도는 되는 건가?"

"너희 식으로 말하면 그럴지도 몰라. 아무튼 수인과 고대신은 살 자리를 놓고 오랫동안 싸움을 벌였어. 10년 동안 싸웠다는 이야기도 있고 30년 동안 싸웠다는 이야기도 있는데… 아무튼 그러다가 섬 여섯 개를 수인들이 가지고 고대신들은 남은 하나를 가지는 걸로 결론이 났어."

"교섭을 했다는 건가?"

"나도 자세히는 몰라. 어떤 부족은 승리의 대가로 얻어냈다고 하고, 어떤 부족은 타협했다고 하는데 서로 말이 다 달라서 확실하지가 않아."

"아무튼 그런데?"

"그런데 그때부터 수인들 사이에 돌연변이가 태어나기 시작했어."

"반카 말이지?"

"응. 겉모습도 이상했지만 정신도 이상했어. 원래 수인들이 좀 호전적이긴 하지만… 반카들은 그게 너무 심하다고 할까?"

"광기?"

"응. 그런 거."

밍우이는 눈을 가늘게 뜨며 말을 이었다.

"처음에는 어떻게든 같이 살아보려고 노력했대. 그런데 도저히 통제가 불가능해져서 어쩔 수 없이 버릴 수밖에 없었어."

"이 높은 나무 섬에 말이야?"

"처음부터 여기에 버렸던 건 아니야. 그냥 각자 살던 섬의 외딴곳에 버렸는데, 버려진 반카들이 이 섬으로 몰려와서 부족을 이루기 시작했어. 그래서 알게 된 거야. 반카는 고대신의 저주라고. 고대신에 홀린 괴물이라고."

"그러니까 수인들과의 싸움에서 패한 고대신, 그러니까 신수들이 저주 같은 걸 내려서 반카라는 돌연변이들이 태어나게 된 것이다?"

"모두들 그렇게 믿고 있어. 높은 나무 섬은 고대신의 힘이 강하게 퍼져 있으니까. 몇 달 정도 버티는 거라면 모를까, 정상적인 수인들은 이 섬에서 오래 살 수 없어. 그런데 반카들은 평생을 이 섬에서 살다 죽지."

"확실히 연관이 있긴 있나 보네. 그런데 유르카는 뭐야?"

제온은 반카들이 늑대인간을 향해 외치던 소리를 기억하며 물었다. 밍우이는 무섭게 보이려는 듯 손가락을 까딱거리며 말했다.

"유르카는 악마야."

"악마?"

"우리는 그렇게 생각하고 있어. 실제로는 잘 모르겠고."

"모르다니, 무슨 소리야? 그것도 반카 아니야?"

"그게 반카인지 아닌지를 잘 모르겠다는 말이야. 아까 말했잖아. 반카는 수인들 사이에서 태어나는 돌연변이라고."

"그런데?"

"그런데 유르카는 수인이 낳은 게 아니야. 언제부턴가 반카들 사이에 나타나서 우리를 위협하고 있어. 너도 상대해 봤으니 알겠지? 그 녀석들이 얼마나 강력한지."

"물론… 몸으로 직접 경험했지."

제온은 약 때문인지 감각이 없는 왼쪽 어깨를 바라보았다. 밍우이는 문득 생각났다는 듯 제온의 어깨를 감싼 붕대를 갈아주며 말했다.

"상처는 깊지만 너무 걱정하지 않아도 돼. 이럴 때를 대비해서 우리가 가져온 약이 많거든. 이틀만 지나면 팔을 움직일 수 있을 거야. 상처도 아물고."

"이틀이면 다 낫는다고? 그 약 진짜 대단한데? 네프카가 화상으로 고생 중인데 그거 좀 가져다주면 좋지 않을까?"

"화상에 쓰는 약은 따로 있어. 그런데 네프카가 다쳤어?"

"응. 이야기하자면 좀 길어. 나중에 천천히 말해줄게."

"그래, 그런데 네프카가 다치기도 하는구나."

밍우이는 신기하다는 듯 중얼거리다 이내 히히 웃으며 제온을 바라보았다.

"하긴 너도 여기 이렇게 뻗어 있으니까. 아크메이지라고 다 무적은 아닌가 봐?"

"당연하지. 그런데 수인이 낳은 게 아니라면 그 늑대인간은 어디서 나온 거지?"

"우리도 몰라. 유르카가 처음 모습을 드러낸 게 100년쯤 전이라고 하던데… 언제부턴가 서서히 숫자가 늘어나고 있어. 아무튼 걱정이야. 우리 부족의 최고의 전사들도 유르카가 상대라면 승리를 자신할 수 없어. 요즘 들어 자주 우리 섬으로 건너와서 습격하기도 하고, 최근엔 어린아이까지 납치해 갔어. 어떻게든 다시 찾아서 우리 섬으로 돌아가야 하는데……."

밍우이는 침울한 얼굴로 한숨을 내쉬다 제온을 보며 물었다.

"그런데 넌 왜 높은 나무 섬에 온 거야?"

"정확히는 베이라 군도에 온 거지. 가장 가까운 곳에 있는 섬이 이런 무시무시한 곳일지는 꿈에도 몰랐어."

"그래서 대륙과 교류할 때는 배를 멀리 돌아서 보내는데."

"…마그나스가 그런 이야기는 안 해줬거든. 뭐 그 녀석도 직접 여길 오는 건 아니라서 자세히는 몰랐던 것 같아. 아무튼 내가 여기 온 이유는 널 만나기 위해서야."

"나?"

밍우이는 눈을 크게 뜨며 자신을 가리켰다.

"날 왜? 아, 혹시 프로나가 죽은 걸 사죄하려고?"

"아니, 그 반대야."

제온은 고개를 저으며 말했다.

"프로나는 살아 있어."

"뭐?"

"사실이야. 이 베이라 군도 너머에 있는 어떤 섬에 납치되어 있어. 그래서 그 섬에 대한 정보를 얻고… 또 거점을 삼고 도움을 받으려고 너를 찾아온 거야."

『광신사냥꾼』 5권에 계속…

# 말년병장, 이등병되다!

**에바트리체 장편 소설**

FUSION FANTASTIC STORY

대한민국 남자라면 알고 있을 바로 그 이야기!

## 『말년병장, 이등병 되다!』

전역을 코앞에 둔 말년병장, 이도훈.
꼬장의 신이라 불리던 그가 갑자기 훈련병이 되었다?!

### "…이런 X같은 곳이 다 있나!"

## 전우애 넘치는 군인들의
## 좌충우돌 리얼 군대 이야기!

Book Publishing CHUNGEORAM

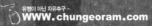

유행이 아닌 자유추구─
**WWW.chungeoram.com**